HOMENAGEM À
CATALUNHA
E RECORDANDO A
GUERRA ESPANHOLA

George Orwell

Homenagem à
CATALUNHA
e recordando a
Guerra Espanhola

TRADUÇÃO E NOTAS
DUDA TEIXEIRA

COPYRIGHT © FARO EDITORIAL, 2021

Todo conteúdo original (em inglês) é de autoria de George Orwell (Eric A. Blair) e se encontra em domínio público.

Todos os direitos reservados.

Nenhuma parte deste livro pode ser reproduzida sob quaisquer meios existentes sem autorização por escrito do editor.

Avis Rara é um selo da Faro Editorial.

Diretor editorial **PEDRO ALMEIDA**
Coordenação editorial **CARLA SACRATO**
Preparação **ROSA CASSELATO**
Revisão **DENISE SILVA ROCHA COSTA** e **THAIS ENTRIEL**
Ilustração de capa e miolo **FERNANDO MENA**
Montagem de capa e diagramação **CRISTIANE | SAAVEDRA EDIÇÕES**

Dados Internacionais de Catalogação na Publicação (CIP)
Angélica Ilacqua CRB-8/7057

Orwell, George, 1903-1950
    Homenagem à Catalunha e Guerra Espanhola / George Orwell; tradução de Duda Teixeira. — São Paulo: Faro Editorial, 2021.
    320 p.

    ISBN 978-65-5957-066-9
    Título original: Homage to Catalonia

    1. Orwell, George, 1903-1950 - Viagens - Espanha - Catalunha 2. Catalunha (Espanha) - História - Séc. XX 3. Espanha - Política e governo - 1931-1939 I. Título II. Teixeira, Duda

21-3478   CDD 946.081

Índice para catálogo sistemático:
1. Orwell, George, 1903-1950 - Viagens - Espanha - Catalunha

1ª edição brasileira: 2021
Direitos de edição em língua portuguesa, para o Brasil, adquiridos por **FARO EDITORIAL**

Avenida Andrômeda, 885 — Sala 310
Alphaville — Barueri — SP — Brasil
CEP: 06473-000
www.faroeditorial.com.br

SUMÁRIO

- **07** INTRODUÇÃO
- **13** LINHA DO TEMPO
- **21** HOMENAGEM À CATALUNHA
- **199** APÊNDICE 01
- **225** APÊNDICE 02
- **257** RECORDANDO A GUERRA ESPANHOLA
- **291** GLOSSÁRIO
- **299** NOTAS
- **315** BIBLIOGRAFIA

INTRODUÇÃO

Aos 33 anos, o escritor britânico Eric Arthur Blair, que já alcançara notoriedade pela publicação de quatro livros com o pseudônimo de George Orwell, embarcou à meia-noite do dia 25 de dezembro de 1936 na estação de trem Gare d'Austerlitz, em Paris, com destino a Barcelona. Os vagões estavam cheios de voluntários tchecos, franceses e alemães, que rumavam para lutar contra os fascistas na Guerra Civil Espanhola. Ao despertar no dia seguinte, Orwell viu pela janela do vagão que todos os agricultores trabalhando nos campos se viravam em direção ao trem e, com a coluna ereta, faziam a saudação antifascista com o punho cerrado — a mesma que décadas depois se repetiria em protestos pelo mundo todo. "Eles eram como uma guarda de honra, saudando o trem quilômetro após quilômetro", escreveu Orwell.

Imortalizada pela obra *Guernica*, de Pablo Picasso, a guerra civil irrompeu em julho de 1936, quando militares espanhóis iniciaram uma tentativa de golpe de Estado para depor o governo de esquerda, eleito em fevereiro daquele ano. Entre os militares estava o general Francisco Franco, que nos três anos seguintes se consolidaria o líder dos rebeldes e contaria com milicianos, soldados e armas do fascista italiano Benito Mussolini e do nazista Adolf Hitler.

Os republicanos espanhóis defensores do governo eleito contaram principalmente com a ajuda da União Soviética (URSS), de Josef Stalin. Como as democracias ocidentais — Estados Unidos, França e Reino Unido — se abstiveram de ajudar no conflito, voluntários como Orwell assumiram os riscos por conta própria. Estima-se que 35 mil estrangeiros, vindos de oitenta países diferentes, juntaram-se aos republicanos no campo de batalha. Entre eles, havia algumas dezenas de brasileiros. Nos quatro anos de combate, um em cada cinco desses voluntários internacionais perderia a vida.

Ao longo de seis meses, Orwell perambulou pelas comunidades de Aragão e da Catalunha, participou de treinamentos militares precários com adolescentes espanhóis, quase morreu de tédio nas trincheiras, atirou contra soldados franquistas, montou guarda no telhado de um cinema, dormiu enrolado em uma cortina de cabaré carregando duas granadas e fumou cigarros feitos por andaluzes humildes. De licença em Barcelona, depois de meses no front passando fome e frio, comeu e bebeu tanto que teve de recusar uma oferta para participar do conflito em Madri.

Inicialmente desinteressado pela política, como ele mesmo reconheceu, Orwell acabou tendo de mergulhar na "praga de siglas" dos diversos partidos, sindicatos e milícias do país. Sua compreensão mudou inteiramente. Quando ainda estava na Inglaterra, tentou se alistar nas brigadas internacionais, organizadas pelos partidos comunistas e respaldadas pela União Soviética. Mas foi recusado por pensar de maneira muito independente e estar aberto a formular a própria opinião depois de chegar à Espanha. Assim, ele acabou se alistando nas milícias do Partido Operário de Unificação Marxista (Poum).

Em Barcelona, Orwell presenciou o ataque dos comunistas a outros grupos de esquerda, o que incluiu o uso de propaganda para difamar membros das milícias, além de assassinatos e prisões de diversos líderes. Subitamente, o autor se viu em perigo. O principal inimigo a ser enfrentado, que ele achava serem os fascistas, tornou-se os comunistas a mando de Josef Stalin. Com receio de ser preso como vários de seus colegas, Orwell escapou com a esposa, Eileen, em um trem para a França, em junho de 1937, "com a polícia arfando em nossos calcanhares". Ambos estavam disfarçados de turistas britânicos endinheirados no vagão da primeira classe.

Homenagem à Catalunha começou a ser escrito quando ele ainda estava no luxuoso Hotel Continental, onde se hospedou em Barcelona, e foi publicado em abril de 1938 com uma tiragem baixa, de 1.500 exemplares, da qual metade foi vendida. Seu relato pessoal moldou sua visão de mundo e acabaria orientando a narrativa de dois de seus livros de ficção posteriores: *A revolução dos bichos*, de 1945, e *1984*, lançado quatro anos depois.

Este livro é um convite para acompanhar Orwell em sua aventura espanhola em dois momentos. O primeiro, ao seguir a narrativa envolvente e límpida de *Homenagem à Catalunha*. Com espírito jornalístico, e também disposição para lutar, ele narra como se deslumbrou com o que viu, investigou, pôs em xeque suas crenças e reconheceu algumas falhas de julgamento. O segundo, quando lemos o ensaio *Recordando a guerra espanhola*, escrito em 1942 e publicado no ano seguinte, com análises sobre como os crimes de guerra são levados em conta ou não, espelham as discussões atuais sobre a verdade objetiva. "Tenho poucas evidências diretas sobre as atrocidades na Guerra Civil Espanhola. Sei que algumas foram cometidas pelos republicanos, e muitas outras pelos fascistas (que ainda continuam)", escreve. "Mas, o que me impressionou naquele tempo, e tem me impressionado desde então, é que as atrocidades podem ser encaradas como verdade ou mentira de acordo com a predileção política. Todos acreditam nas atrocidades do inimigo e não nas do seu lado, sem nunca se preocupar em examinar as evidências."

A esta edição foram acrescidas mais de sessenta notas, que incluem explicações e curiosidades obtidas a partir das obras de outros autores e pesquisadores, como Paul Preston e Antony Beevor. Além de ajudar a entender a complexa Guerra Civil da Espanha, as notas deixam a leitura mais cativante ao revelar o que Orwell não trata em seu livro, como a provável traição de sua esposa e as informações de espiões sobre ele. Uma linha do tempo relaciona os fatos aqui narrados com os acontecimentos do mundo e um glossário ajuda o leitor a não se perder com conceitos e siglas. A palavra, contudo, é sempre do brilhante George Orwell. É ele quem comanda esta aventura.

A ESPANHA DE GEORGE ORWELL
ARAGÃO E CATALUNHA

 Comunidade de Aragão    Comunidade da Catalunha

LINHA DO TEMPO

1929

Leon Trótski é expulso da URSS, governada por Josef Stalin.

1936

Fevereiro

16. Uma coalizão de partidos de esquerda, a Frente Popular, vence democraticamente as eleições da Espanha.

Julho

17. Militares iniciam um golpe, do qual um dos líderes é o general Francisco Franco, para derrubar o novo governo de esquerda.

19. Milícias anarquistas da Confederação Nacional do Trabalho (CNT) e policiais repelem um levante militar franquista em Barcelona.

21. É criado o Comitê Central das Milícias Antifascistas (CCMA), que passa a funcionar como o governo de fato da Catalunha.

Sindicalistas e anarquistas tomam diversas fábricas e negócios na Catalunha. Igrejas são destruídas e religiosos assassinados.

Setembro

O líder do Partido Operário de Unificação Marxista (Poum), Andrés Nin, torna-se ministro da Justiça no governo catalão. O CCMA é desfeito, e anarquistas da CNT entram na Generalitat, o governo da Catalunha.

Outubro

Agentes soviéticos chegam à Espanha. O governo republicano anuncia a formação do Exército Popular, com a missão de unir as diferentes milícias e grupos que lutavam contra os militares rebeldes.

Novembro

6. Quatro integrantes do sindicato anarquista CNT assumem como ministros no governo republicano, em Madri. Foi a única vez na história em que anarquistas integraram um governo nacional.

22. O governo republicano, com ajuda das brigadas internacionais e com armas fornecidas pela URSS, repele as tropas franquistas que tentavam conquistar Madri. É a primeira derrota do exército de Franco.

Dezembro

8. George Orwell consegue o passaporte para a Espanha.

10. Orwell obtém um empréstimo de cinquenta libras no banco para custear a viagem.

16. O anarquista Andrés Nin é expulso do governo catalão após pressão do cônsul soviético e do Partido Socialista Unificado da Catalunha (PSUC), ligado à URSS.

26. Orwell chega a Barcelona de trem, aos 33 anos.

1937

Janeiro

Depois de sete dias de treinamento em Barcelona, Orwell parte para lutar no front em Aragão.

23 a 30. Ocorre o segundo julgamento dos Processos de Moscou, em que Stalin ordena a execução de seus opositores trotskistas, forçados a confessar após serem falsamente acusados de traição.

Fevereiro

Eileen, esposa de Orwell, chega a Barcelona.

Abril

25. Orwell retorna das trincheiras de Aragão, e vai a Barcelona para uma licença de duas semanas.

Maio

1º. Desfile do Dia do Trabalhador é cancelado pelo governo da Catalunha por receio de tumultos.

3 a 8. Membros da Guarda de Assalto, ligados ao governo da Catalunha, tomam o prédio da Central Telefônica, sob o controle da CNT anarquista. Nos dias seguintes, os conflitos entre anarquistas, trotskistas, policiais e comunistas apoiados pela URSS deixam de duzentos a quatrocentos mortos.

20. Depois de retornar ao front em Aragão, Orwell é atingido acidentalmente por um tiro no pescoço.

29. Orwell é levado para se tratar no Sanatório Maurín, administrado pelo Poum.

Junho

16. O Poum é declarado ilegal.

17. Andrés Nin, líder do Poum, é preso.

18. Um otorrinolaringologista atende Orwell no Hospital de Monzón. O escritor apresenta "paralisia da corda vocal direita" e é dispensado da guerra.

21. Andrés Nin é assassinado pela polícia secreta soviética.

23. Orwell e sua esposa Eileen deixam o país de trem em direção à França.

1938

Abril

25. Orwell publica *Homenagem à Catalunha*.

Agosto

28. O Vaticano envia um delegado apostólico para a Espanha, que reconhece na prática o governo de Francisco Franco.

1939

Abril

1º. Fim da Guerra Civil Espanhola.

Agosto

23. A URSS e a Alemanha nazista assinam um pacto de não agressão. Orwell critica a aproximação do comunismo com o nazismo: "Esse pacto minou não só o básico apelo 'antifascista' do comunismo, mas também sua queixa contra o *status quo*, e os comunistas, que no passado amaldiçoaram seus governos burgueses por apaziguarem Hitler."

Setembro

1º. A Alemanha nazista invade a Polônia e tem início a Segunda Guerra Mundial.

3. O Reino Unido declara guerra contra a Alemanha nazista.

1940

Agosto

21. Leon Trótski é assassinado no México a mando de Stalin por um agente do Comissariado do Povo para Assuntos Internos (NKVD).

1945

Agosto

17. Orwell publica *A revolução dos bichos*.

Setembro

2. O Japão assina a rendição e acaba a Segunda Guerra Mundial.

1949

Junho

8. Orwell publica *1984*.

1950

Janeiro

21. Orwell morre em um hospital de Londres após contrair tuberculose pulmonar, aos 46 anos.

1975

Novembro

20. Morre Francisco Franco e termina a ditadura espanhola.

I

"Não responda ao tolo de acordo com a sua tolice, para não se igualar a ele.
Responda ao tolo de acordo com a sua tolice, para que ele não seja sábio em seu próprio conceito."

Bíblia, Provérbios XXVI, 5-6

No Quartel Lênin, em Barcelona, um dia antes de ingressar na milícia, vi um miliciano italiano de pé, em frente à mesa dos oficiais.

Era um jovem de 25 ou 26 anos, com um jeito rude, o cabelo loiro acobreado e ombros largos. Seu quepe de couro pontudo estava puxado ferozmente sobre um dos olhos. De perfil para mim, o queixo no peito, olhava com uma expressão intrigada para um mapa que um dos oficiais abrira sobre a mesa. Algo em seu rosto me comoveu profundamente. Era o rosto de um homem capaz de cometer um assassinato e jogar sua vida fora por um amigo — o tipo de rosto que se esperaria em um anarquista, embora a probabilidade é que fosse comunista.

Havia nele candura e ferocidade, e também a comovente reverência que os analfabetos têm por seus supostos superiores. Era óbvio que o mapa para ele não tinha nem pé nem cabeça. Era óbvio que ele considerava a leitura de mapas um feito intelectual estupendo. Difícil saber por que, mas raramente vi alguém — qualquer homem, quero dizer — que tenha me agradado tão de imediato. Enquanto conversavam ao redor da mesa, um comentário revelou que eu era estrangeiro. O italiano ergueu a cabeça e logo disse:

— Italiano?

Respondi no meu espanhol precário:

— *No, inglés. Y tu?*

— Italiano.[1]

Quando saímos, ele cruzou a sala e agarrou minha mão com força. Estranho como é possível sentir ternura por um desconhecido! Foi como se o espírito dele e o meu tivessem momentaneamente conseguido transpor o abismo da linguagem e da tradição e se encontrassem com a mais profunda intimidade. Torci para que ele tivesse gostado de mim tanto quanto eu havia gostado dele. Mas também sabia que, para reter minha primeira impressão sobre ele, não deveria vê-lo de novo; nem preciso dizer que nunca mais o vi. Estávamos sempre fazendo contatos desse tipo na Espanha.

Menciono esse miliciano italiano porque ele ficou vividamente gravado em minha memória. Com seu uniforme em farrapos e seu comovente rosto bravo, ele representa para mim a atmosfera especial daquela época. Está conectado a todas as minhas memórias daquele período da guerra — as bandeiras vermelhas em Barcelona, os trens desolados cheios de soldados maltrapilhos arrastando-se para o front e, mais adiante na linha, as cidades cinzentas devastadas pelo conflito, as trincheiras gélidas e lamacentas nas montanhas.

Isso foi no final de dezembro de 1936, menos de sete meses atrás enquanto escrevo, e, no entanto, é um período que já recuou a uma enorme distância. Acontecimentos posteriores obliteraram esse período de forma muito mais completa do que o ano de 1935, ou mesmo o de 1905. Vim para a Espanha com a vaga ideia de escrever artigos de jornal, mas acabei ingressando na milícia quase de imediato, porque naquela época e naquele ambiente parecia a única coisa imaginável a se fazer. Os anarquistas ainda estavam teoricamente no controle da Catalunha e a revolução ainda estava em pleno andamento. Para qualquer um que estivesse lá desde o início, provavelmente parecia já em dezembro ou janeiro que o ímpeto revolucionário estivesse terminando, mas para alguém vindo direto da Inglaterra, o aspecto de Barcelona era algo surpreendente e arrebatador. Foi a primeira vez que estive numa cidade onde a classe trabalhadora estava no comando.[2] Praticamente todos os prédios de todos os tamanhos tinham sido tomados pelos trabalhadores e estavam enfeitados com bandeiras vermelhas ou com a bandeira vermelha e preta dos anarquistas; todos os muros estavam pichados com a foice e o martelo e as iniciais dos partidos revolucionários; quase todas as igrejas tinham sido pilhadas e suas imagens, queimadas. Igrejas aqui e ali vinham sendo sistematicamente demolidas por bandos de trabalhadores.[3] Todas as lojas e cafés exibiam um cartaz dizendo que tinham sido coletivizados; até mesmo os engraxates foram coletivizados, e suas caixas, pintadas de vermelho e preto. Garçons e lojistas nos encaravam nos olhos e nos tratavam como iguais. As formas de tratamento servis, e até mesmo as de cortesia, desapareceram temporariamente. Ninguém dizia "*señor*" ou "*don*" ou mesmo "*usted*"; todos se chamavam de "camarada" e "tu", e diziam "Olá!" em vez de "Bom dia". Dar gorjeta era proibido por lei; praticamente minha primeira experiência foi receber um sermão de um gerente de hotel por tentar dar gorjeta a um ascensorista. Não existiam mais automóveis particulares, todos tinham sido confiscados; e todos os bondes e táxis, e muitos dos outros meios de transporte, foram pintados de vermelho e preto. Cartazes revolucionários estavam por toda parte, flamejando nos muros em tons de vermelho e azul, que faziam os poucos anúncios restantes parecerem como manchas de lama. Descendo as Ramblas, a larga artéria central da cidade onde multidões circulavam sempre de um lado para outro, os alto-falantes berravam canções revolucionárias durante o dia inteiro e noite adentro. O aspecto da multidão era a coisa mais estranha de todas. Pelo visto, era uma cidade em que as classes ricas praticamente tinham deixado de existir. Exceto por um pequeno número de mulheres e estrangeiros, não havia ninguém "bem-vestido". Quase todos usavam roupas rústicas da classe trabalhadora ou macacões azuis, ou então uma variante do uniforme das milícias. Tudo isso era curioso e comovente. Muitas coisas escapavam à minha compreensão, mas reconheci de imediato que se tratava de uma situação pela qual valia a pena lutar. Também acreditei que as coisas eram como pareciam ser, que se tratava de fato de um estado operário e que toda a burguesia tinha fugido, sido morta ou voluntariamente se colocado ao lado dos trabalhadores. Não percebi que um grande número de burgueses abastados estava apenas se escondendo e se disfarçando de proletários naqueles tempos.

Junto a tudo isso, havia algo da atmosfera maligna de guerra. A cidade exibia uma aparência sombria e suja, as vias e os prédios estavam malcuidados; as ruas à noite eram pouco iluminadas pelo temor de ataques aéreos; quase todas as lojas estavam em más condições e meio vazias. A carne era escassa e o leite quase impossível de se obter, havia falta de carvão, açúcar e gasolina, e uma falta realmente séria de pão.[4] Mesmo nesse período, as filas de pão costumavam ter centenas de metros de comprimento. No entanto, até onde era possível julgar, as pessoas estavam contentes e esperançosas. Não havia desemprego e o custo de vida ainda era muito baixo, raras eram as pessoas visivelmente pobres e ninguém mendigava, exceto os ciganos. Acima de tudo, havia uma crença na revolução e no futuro, uma sensação de se ter emergido repentinamente em uma era de igualdade e liberdade. Os seres humanos estavam tentando se comportar como seres humanos e não como engrenagens da máquina capitalista. Nas barbearias, havia cartazes anarquistas (a maioria dos barbeiros era anarquista) explicando com solenidade que eles não eram mais escravos. Nas ruas, cartazes coloridos apelavam às prostitutas para que deixassem seus trabalhos.[5] Para qualquer um vindo da civilização calejada e sarcástica das raças anglófonas, havia algo bastante vulnerável na literalidade com que esses espanhóis idealistas interpretavam as frases banais de revolução. Naquela época, músicas revolucionárias do tipo mais ingênuo, todas sobre a fraternidade proletária e a maldade de Mussolini, eram vendidas nas ruas por algumas moedas cada. Muitas vezes vi milicianos analfabetos comprarem essas canções, soletrarem laboriosamente as palavras e então, depois de pegarem o jeito, saírem cantarolando com uma melodia apropriada.

Estive todo esse tempo no Quartel Lênin, supostamente treinando para o front. Quando ingressei na milícia, disseram-me que eu deveria ser mandado para a linha de frente no dia seguinte, mas na verdade tive que esperar enquanto uma nova centúria era preparada. As milícias operárias, juntadas às pressas pelos sindicatos no início da guerra, ainda não estavam organizadas como um exército normal. As unidades de comando eram a "seção" com cerca de trinta homens; a centúria, com cerca de cem, e a "coluna", que, na prática, significava qualquer grande número de homens. O Quartel Lênin era um bloco de esplêndidas construções de alvenaria com uma escola de equitação e enormes pátios de paralelepípedos; tinha sido um quartel de cavalaria e fora confiscado durante os combates de julho. Minha centúria dormia em um dos estábulos, sob os cochos de pedra onde os nomes dos animais ainda estavam gravados. Todas as montarias haviam sido capturadas e enviadas para o front, mas o lugar ainda cheirava a urina de cavalo e aveia podre. Fiquei no quartel por cerca de uma semana. Lembro principalmente do cheiro dos animais, dos toques trêmulos de clarim (todos os nossos corneteiros eram amadores — a primeira vez que ouvi os toques de clarim espanhóis foi vindo do outro lado das linhas fascistas), os tramp-tramp das botas de tachões no pátio do alojamento, as longas marchas matinais sob o nascer do sol de inverno, os jogos selvagens de futebol, com cinquenta jogadores de cada lado, no saibro da escola de equitação. Havia talvez mil homens no quartel e cerca de vinte mulheres, além das esposas dos milicianos, que preparavam a comida. Ainda havia mulheres servindo nas milícias, embora não muitas. Nas primeiras batalhas, elas lutaram lado a lado com os homens, sem problemas. É algo que parece natural em tempos de revolução. No entanto, essas ideias já estavam mudando. Os milicianos tinham que ser mantidos fora da escola de equitação enquanto as mulheres treinavam porque riam e desdenhavam delas. Alguns meses antes, ninguém acharia nada de cômico numa mulher empunhando uma arma.

Todo o quartel estava em um estado de imundície e caos, reduzido ao que a milícia fazia em todos os edifícios que ocupava, e que parece ser um dos subprodutos da revolução. Em cada canto havia pilhas de móveis quebrados, selas destruídas, capacetes de latão de cavalaria, bainhas de sabre vazias e comida em decomposição. Havia um terrível desperdício de alimento, especialmente pão. Só do meu alojamento, uma cesta cheia de pães era jogada fora a cada refeição — uma coisa vergonhosa quando para a população civil estava em falta. Comíamos em mesas compridas armadas sobre cavaletes, usando vasilhas de lata permanentemente engorduradas, e bebíamos de uma coisa horrível chamada *porrón*. Um *porrón* é uma espécie de garrafa de vidro com um bico pontudo, de onde sai um jato fino de vinho quando inclinado. Pode-se, assim, beber a distância, sem tocá-lo com os lábios, e passá-lo de mão em mão. Protestei e exigi uma caneca assim que vi um *porrón* em uso. A meu ver, aquilo parecia um penico, ainda mais quando estava cheio de vinho branco.

Gradualmente, eles começaram a enviar os uniformes aos recrutas e, se tratando da Espanha, tudo era distribuído aos poucos, de modo que nunca se sabia ao certo quem tinha recebido o quê. Várias das coisas de que mais precisávamos, como cinturões e cartucheiras, foram enviadas apenas no último minuto, quando o trem estava realmente nos esperando para nos levar para a linha de frente. Usei a palavra "uniforme" da milícia, mas é provável que isso gere uma impressão equivocada. Não era bem um uniforme. Talvez "multiforme" seja o mais adequado. As roupas seguiam o mesmo plano geral, mas nunca chegavam a ser iguais, se comparadas. Quase todo mundo no exército usava calças de veludo caneladas, mas acabava aí a uniformidade. Alguns usavam grevas, outros polainas de veludo, outros perneiras de couro ou botas de cano alto. Todos usavam uma jaqueta com zíper, mas algumas delas eram de couro, outras de lã, e de todas as cores imagináveis. Os tipos de quepe eram tão numerosos quanto seus usuários. Era comum enfeitar a frente do quepe com um símbolo do partido e, além disso, quase todo homem usava um lenço vermelho ou rubro-negro em volta do pescoço. Uma coluna da milícia naqueles tempos era uma turba de aparência extraordinária. Mas as roupas só podiam ser distribuídas à medida que as fábricas as entregavam, e não eram roupas ruins, considerando-se as circunstâncias. Todavia, as camisas e as meias eram de um algodão deplorável, inúteis contra o frio. Odeio pensar no que os milicianos devem ter passado nos primeiros meses, antes que qualquer coisa tivesse sido organizada. Lembro de ter encontrado um jornal de apenas dois meses antes, no qual um dos líderes do Partido Operário de Unificação Marxista (Poum), depois de visitar o front, disse que providenciaria para que "cada miliciano tivesse um cobertor". Uma frase que dá calafrios a qualquer um que já tenha dormido numa trincheira.

No meu segundo dia no quartel, teve início o que foi comicamente chamado de "instrução". No início, ocorreram cenas assustadoras de caos. Os recrutas eram em sua maioria garotos de dezesseis ou dezessete anos das ruelas de Barcelona, cheios de ardor revolucionário, mas completamente ignorantes do significado da guerra. Era impossível até mesmo fazer com que ficassem em fila. A disciplina não existia; se um homem não gostasse de uma ordem, ele saía da formação e discutia acaloradamente com o oficial. O tenente que nos preparava era novo, robusto, de rosto jovem e agradável, que já fora oficial do Exército regular, e ainda se parecia com um, com sua postura elegante e seu uniforme impecável. Curiosamente, ele era um socialista sincero e fervoroso. Mais até do que os próprios homens, ele insistia na igualdade social completa entre todas as hierarquias. Lembro de sua triste surpresa quando um recruta ignorante se dirigiu a ele como *"Señor"*: "O quê! *Señor?* Quem é este me chamando de *Señor?* Não somos todos camaradas?" Duvido que isso tenha tornado seu trabalho mais fácil. Enquanto isso, os brutos recrutas não recebiam nenhum treinamento militar que pudesse ser de alguma utilidade. Disseram-me que os estrangeiros não eram obrigados a assistir à "instrução" (os espanhóis, percebi, tinham uma crença comovente de que todos os estrangeiros sabiam mais de assuntos militares do que eles), mas naturalmente eu compareci com os outros. Estava muito ansioso para aprender a usar uma metralhadora; era uma arma que eu nunca tivera a chance de manusear. Para minha consternação, descobri que nada nos foi ensinado sobre o uso de armas. A chamada "instrução" era apenas um exercício do tipo mais antiquado e estúpido; virar à direita, virar à esquerda, meia-volta, marcha em colunas de três e toda aquela baboseira inútil que aprendi aos quinze anos. Era um tipo de treinamento extraordinário para dar a um exército guerrilheiro. Obviamente, se temos apenas alguns dias para treinar um soldado, é preciso ensinar a ele as coisas de que mais precisa; como se proteger, como avançar em terreno aberto, como montar guarda e como construir um parapeito — acima de tudo, como usar suas armas. No entanto, essa multidão de crianças ansiosas, que seria despejada na linha de frente em alguns dias, não foi ensinada nem mesmo a disparar um fuzil ou puxar o pino de uma bomba. Na época, não percebi que isso acontecia porque não havia armas disponíveis.[6] Na milícia do Poum, a escassez de fuzis era tão desesperadora que as novas tropas que chegavam ao front precisavam sempre pegar as armas das tropas que eram substituídas. Em todo o Quartel Lênin, não havia, creio eu, nenhum fuzil, a não ser os usados pelas sentinelas.

Depois de alguns dias, embora ainda não passássemos de uma grande gentalha, segundo qualquer padrão, fomos considerados prontos para ser vistos em público e, pelas manhãs, marchávamos porta afora para os jardins públicos na colina depois da Praça da Espanha. Esse foi o campo de treinamento comum a todas as milícias dos partidos, além dos *carabineros* e dos primeiros contingentes do recém-formado Exército Popular. Dos jardins no alto, a visão era estranha e encorajadora. Por todos os caminhos e becos, entre canteiros de flores, pelotões e companhias de homens marchavam empertigados de um lado para o outro, estufando o peito e tentando desesperadamente parecer como soldados. Ninguém estava armado nem completamente uniformizado, embora na maioria o uniforme da milícia estivesse se desfazendo em pedaços aqui e ali. O procedimento era sempre o mesmo. Durante três horas, marchávamos de um lado para o outro (o passo da marcha espanhola é muito curto e rápido), então parávamos, desfazíamos a formação e nos juntávamos sedentos em uma pequena e barulhenta mercearia no meio da descida, que fazia um excelente negócio com vinho barato. Todos eram muito amigáveis comigo. Como inglês, eu era alvo de curiosidade, e os oficiais *carabineros* me elogiavam e me pagavam bebidas. Enquanto isso, sempre que eu conseguia encurralar nosso tenente em um canto, pedia para ser instruído no uso de uma metralhadora. Costumava tirar o dicionário *Hugo* do bolso e conversar com ele no meu espanhol infame:

— *Yo sé manejar fusil. No sé manejar ametralladora. Quiero apprender ametralladora. Quándo vamos apprender ametralladora?*

A resposta era sempre um sorriso constrangido e uma promessa de que deveria haver instrução de metralhadora *mañana*. Nem preciso dizer que *mañana* nunca chegava. Vários dias se passaram e os recrutas aprenderam a marchar cadenciado e a se colocar em posição de sentido quase com elegância, mas, se eles sabiam de qual lado de um fuzil saía a bala, isso era tudo o que conheciam. Um dia, um *carabinero* armado se aproximou de nós quando estávamos descansando e permitiu que examinássemos seu fuzil. Ficou claro que, em toda a minha seção, ninguém, exceto eu, sabia como carregar o fuzil, quanto mais apontar com ele.

Todo esse tempo, eu estava tendo as dificuldades de sempre com a língua espanhola. Além de mim, havia apenas um inglês no quartel e ninguém, mesmo entre os oficiais, falava uma palavra de francês. As coisas não eram facilitadas para mim pelo fato de que, quando meus companheiros falavam entre si, geralmente usavam o catalão. A única maneira de me dar bem com eles era levar a todos os lugares um pequeno dicionário, que sacava do bolso em momentos de crise.

Mas eu preferiria ser estrangeiro na Espanha do que na maioria dos países. Como é fácil fazer amigos na Espanha! Em um ou dois dias, vários milicianos me chamavam pelo meu nome de batismo, me davam dicas e me enchiam de hospitalidade. Não estou escrevendo um livro de propaganda e não quero idealizar a milícia do Poum. Todo o sistema de milícia apresentava falhas graves, e os próprios homens eram um grupo heterogêneo, pois nessa época o recrutamento voluntário diminuía e muitos dos melhores homens já estavam no front ou tinham sido mortos. Sempre houve entre nós certa porcentagem que era completamente inútil. Garotos de quinze anos eram levados ao alistamento por seus pais, sem esconder que o faziam por causa das dez pesetas diárias, o salário do miliciano; e também por causa do pão, que a milícia recebia em abundância, e eles podiam contrabandear para seus pais em casa. Mas eu desafio qualquer um a ser jogado, como eu fui, entre a classe trabalhadora espanhola — devo dizer talvez a classe trabalhadora catalã, pois além de alguns aragoneses e andaluzes, eu me misturei apenas com catalães —, e não se impressionar com sua decência intrínseca; acima de tudo, sua franqueza e generosidade. A generosidade de um espanhol, no sentido comum da palavra, às vezes é quase embaraçosa. Se você pedir a ele um cigarro, ele lhe empurrará o maço inteiro. Além disso, há generosidade em um sentido mais profundo, uma verdadeira grandeza de espírito, com a qual me deparei várias vezes em circunstâncias nada promissoras. Alguns dos jornalistas e outros estrangeiros que viajaram pela Espanha durante a guerra declararam que, em segredo, os espanhóis tinham um ciúme amargo da ajuda estrangeira. Tudo o que posso dizer é que nunca observei nada parecido. Eu me lembro de que, alguns dias antes de deixar o quartel, um grupo de homens voltou de licença da linha de frente. Eles falavam animadamente sobre suas experiências e estavam entusiasmados com algumas tropas francesas que estiveram ao seu lado em Huesca. Os franceses foram muito corajosos, disseram, acrescentando com fervor: "*Más valientes que nosotros!*" É claro que contestei, ao que eles explicaram que os franceses sabiam mais das artes da guerra — eram mais experientes com bombas, metralhadoras, e assim por diante. A observação foi significativa. Um inglês cortaria a mão antes de dizer uma coisa dessas.

Todo estrangeiro que serviu na milícia passou suas primeiras semanas aprendendo a amar os espanhóis e a se exasperar com algumas de suas características. Na linha de frente, minha exasperação às vezes chegava à beira da fúria. Os espanhóis são bons em muitas coisas, mas não em fazer guerra. Todos os estrangeiros ficaram estarrecidos com a ineficiência deles, acima de tudo com a falta de pontualidade enlouquecedora. A única palavra em espanhol que nenhum estrangeiro consegue evitar aprender é *mañana* — "amanhã" (literalmente, "de manhã"). Sempre que é possível, os negócios de hoje são adiados para *mañana*. É algo tão notório que até os próprios espanhóis fazem piadas sobre isso. Na Espanha, nada, de uma refeição a uma batalha, acontece na hora marcada. Como regra geral, as coisas acontecem tarde demais, mas apenas ocasionalmente — apenas para que não se possa nem mesmo depender de que aconteçam tarde — ocorrem cedo demais. Um comboio que deveria partir às oito sai normalmente a qualquer minuto entre nove e dez, mas talvez, uma vez por semana, graças a algum capricho pessoal do maquinista, parte às sete e meia. Essas coisas podem ser um pouco desgastantes. Em teoria, admiro bastante os espanhóis por não compartilharem nossa neurose temporal do Norte; mas infelizmente também compartilho dessa neurose.

Depois de rumores infindáveis, *mañanas* e atrasos, de repente recebemos ordens para ir ao front com um aviso de apenas duas horas, embora grande parte de nosso equipamento ainda não tivesse sido entregue. Ocorreram terríveis tumultos na intendência do quartel; por fim, muitos homens tiveram de partir sem o equipamento completo. O quartel prontamente se encheu de mulheres que pareciam ter brotado do chão e ajudavam seus parceiros a enrolar cobertores e preparar as mochilas. Foi bastante humilhante o fato de que uma garota espanhola, a esposa de Williams, o outro miliciano inglês, tenha precisado me mostrar como eu deveria colocar minhas novas cartucheiras de couro. Ela era uma criatura gentil, de olhos castanhos, intensamente feminina, cuja aparência levava a crer que seu único trabalho na vida seria balançar um berço, mas que, na verdade, tinha lutado corajosamente nas batalhas de rua, em julho. Naquele tempo, ela estava grávida, e o bebê nasceu apenas dez meses depois do início da guerra e talvez tenha sido concebido atrás de uma barricada.

    O trem deveria partir às oito horas e eram cerca de oito e dez quando os atormentados e suados oficiais conseguiram nos reunir na praça do quartel. Lembro muito vividamente da cena iluminada por tochas — o alvoroço e excitação, as bandeiras vermelhas tremulando à luz dessas tochas, as fileiras de milicianos aglomerados com as mochilas nas costas, e as mantas enroladas e presas sobre os ombros, com bandoleiras; e os gritos e o ruído de botas e vasilhas de lata; e então um tremendo e por fim bem-sucedido assobio soou, pedindo silêncio. Um comissário político ficou de pé debaixo de um enorme estandarte vermelho e nos fez um discurso em catalão. Finalmente, eles nos levaram até a estação, tomando o caminho mais longo, de cinco ou seis quilômetros, com o objetivo de nos exibir à cidade inteira. Eles nos fizeram parar nas Ramblas enquanto uma banda improvisada tocava uma ou outra canção revolucionária. Mais uma vez, a história do herói conquistador — gritos e animação, bandeiras vermelhas e bandeiras rubro-negras por toda parte, multidões amistosas se aglomerando na calçada para nos ver, mulheres acenando das janelas. Como tudo parecia tão natural naquele momento; quão remoto e improvável parece agora! O trem estava tão lotado de homens que mal havia espaço para sentar no chão, muito menos nos assentos. No último instante, a esposa de Williams veio correndo pela plataforma e nos deu uma garrafa de vinho e um naco daquela salsicha vermelha brilhante que tem gosto de sabão e causa diarreia. O trem saiu da Catalunha arrastando-se para o planalto de Aragão na velocidade normal do tempo de guerra, menos do que vinte quilômetros por hora.[7]

II

Barbastro, embora muito longe da linha de frente, parecia uma cidade desolada e arrasada. Enxames de milicianos em uniformes surrados vagavam para cima e para baixo nas ruas, tentando se manter aquecidos. Em uma parede em ruínas, encontrei um cartaz do ano anterior, anunciando que "seis belos touros" seriam mortos na arena em tal e tal data. Que impressão lastimável davam suas cores desbotadas! Onde estavam os belos touros e toureiros agora? Parecia que, mesmo em Barcelona, quase não havia touradas hoje em dia. Por alguma razão, todos os melhores matadores eram fascistas.

Mandaram minha companhia de caminhão para Siétamo, depois para o oeste, para Alcubierre, que ficava logo atrás da linha, de frente para Saragoça. Siétamo tinha sido disputada três vezes até que os anarquistas finalmente a tomaram em outubro. Partes da cidade foram destruídas por tiros e a maioria das casas ficou cheia de buracos feitos por balas de fuzil. Estávamos a pouco mais de 450 metros acima do nível do mar agora. Estava terrivelmente frio, com névoas densas que surgiam do nada. Entre Siétamo e Alcubierre, o motorista do caminhão se perdeu (isso é uma das coisas comuns da guerra) e ficamos vagando por horas na neblina. Já era tarde da noite quando alcançamos Alcubierre. Uma pessoa nos conduziu entre charcos de lama até um estábulo de mulas, onde nos enfiamos no meio do joio e prontamente caímos no sono. O joio não é ruim para dormir quando está limpo. Não é tão bom quanto o feno, mas é melhor que a palha. Foi só com a luz da manhã que descobri que o joio estava cheio de migalhas de pão, jornais rasgados, ossos, ratos mortos e latas de leite cortadas.

Estávamos perto da linha de frente agora, perto o suficiente para sentir o cheiro característico da guerra — na minha experiência, um cheiro de excremento e comida em decomposição. Alcubierre nunca tinha sido bombardeada e estava em melhor estado do que a maioria das aldeias imediatamente atrás da linha. No entanto, acredito que, mesmo em tempos de paz, não se viajaria àquela parte da Espanha sem se impressionar com a miséria esquálida peculiar das aldeias aragonesas. Elas são construídas como fortalezas, uma massa de casinhas humildes de barro e pedra amontoadas ao redor da igreja, e não se vê uma flor em parte alguma, mesmo na primavera. As casas não tinham jardins, apenas quintais onde galinhas raquíticas ciscavam em canteiros de estrume de mula. O clima estava horrível, alternando entre neblina e chuva. As estreitas estradas de terra haviam se transformado em um mar de lama, que, em alguns lugares, chegava a ter meio metro de profundidade, pelo qual os caminhões lutavam com rodas girando em falso e os camponeses conduziam suas carroças desajeitadas, puxadas por várias mulas, às vezes até seis em uma corda, sempre em linha. O constante vaivém das tropas reduziu a aldeia a um estado de imundície indescritível. A cidade não tinha e nunca tivera algo como um lavatório ou duto de qualquer tipo, e não havia um metro quadrado em que fosse possível pisar sem prestar atenção no chão. A igreja havia muito era usada como latrina; o mesmo aconteceu com todos os campos a uns duzentos metros ao redor. Nunca penso em meus primeiros dois meses de guerra sem me lembrar dos campos invernais de restolho, com as bordas repletas de excremento.

Dois dias se passaram e nenhum fuzil foi entregue a nós. Depois de visitar o Comitê de Guerra e ter reparado nas paredes, visto fileiras de buracos — buracos feitos por rajadas de fuzil, indício de que vários fascistas foram executados ali —, todos os pontos turísticos de Alcubierre já teriam sido vistos. Na linha de frente, as coisas estavam obviamente calmas. Poucos feridos chegavam. A principal animação era com a vinda de desertores fascistas, trazidos sob a vigilância da linha de frente. Muitos dos soldados que estavam do lado oposto do front não eram fascistas, apenas recrutas miseráveis que cumpriam o serviço militar na época em que a guerra estourou e estavam ansiosos para escapar. De vez em quando, pequenos grupos se arriscavam a se esgueirar para nossas linhas. Sem dúvida, mais soldados teriam feito isso se seus familiares não estivessem ainda em território fascista. Esses desertores foram os primeiros fascistas "de verdade" que eu conheci. Ocorreu-me que eles não se diferenciavam de nós, exceto pelo fato de vestirem um macacão cáqui. Estavam sempre com uma fome voraz quando chegavam — algo bastante natural depois de um ou dois dias perambulando pela terra de ninguém, mas isso era sempre noticiado triunfantemente como uma prova de que os soldados fascistas estavam passando fome. Vi um deles sendo alimentado na casa de um camponês. De certa forma, foi uma visão um tanto lamentável. Um garoto alto de vinte anos, com a pele machucada pelo vento frio, as roupas em farrapos, agachado na frente do fogo, enfiando colheradas de ensopado para dentro a uma velocidade desesperada; e, durante o tempo todo, seus olhos percorriam nervosamente o círculo de milicianos que o observavam de pé. Acho que ele meio que acreditava que éramos "vermelhos" sedentos de sangue e íamos atirar nele assim que terminasse a refeição. O homem armado que cuidava dele continuava passando a mão em seu ombro e emitindo sons tranquilizadores. Em um dia inesquecível, quinze desertores chegaram de uma única vez. Eles foram conduzidos pela aldeia de maneira triunfal com um homem à frente deles em um cavalo branco. Consegui tirar uma foto um tanto borrada, que foi roubada de mim mais tarde.

Na nossa terceira manhã em Alcubierre, os fuzis chegaram. Um sargento de rosto rude amarelo-escuro os distribuiu no estábulo de mulas. Tive um choque de descrença quando vi o que me deram. Era um Mauser alemão datado de 1896 — de mais de quarenta anos! Estava enferrujado, com o ferrolho emperrado, o guarda-mato de madeira rachado.[8] Bastou uma olhada para a boca do cano para ver que estava corroído e imprestável. A maioria dos fuzis era tão ruim quanto, alguns eram ainda piores que o meu. Nenhuma tentativa foi feita para dar as melhores armas aos que sabiam como usá-las. O melhor fuzil do lote, de apenas dez anos, foi entregue a um bestinha estúpido de quinze anos, conhecido por todos como o *maricón*. O sargento nos deu uma "instrução" de cinco minutos, que consistiu em explicar como carregar um fuzil e desmontar o ferrolho. Muitos dos milicianos nunca tinham tido uma arma de fogo nas mãos antes, e pouquíssimos, imagino, sabiam para que serviam as miras. Cartuchos foram entregues, cinquenta para cada homem. Depois, as fileiras foram formadas, amarramos nossos equipamentos nas costas e partimos para a linha de frente, a cerca de cinco quilômetros de distância.

A centúria, composta de oitenta homens e vários cães, serpenteou de forma desengonçada pela estrada. Cada coluna da milícia tinha pelo menos um cachorro de mascote. O desafortunado cão que nos acompanhava fora marcado a ferro com a sigla do Poum em letras enormes e se esgueirava como se soubesse que havia algo errado com sua aparência. À frente da coluna, ao lado da bandeira vermelha, Georges Kopp, o robusto comandante belga, cavalgava um cavalo preto; um pouco mais à frente, um jovem da milícia de cavalaria, que mais parecia um grupo de bandoleiros, saracoteava de um lado para o outro, galopando cada pedaço de terreno elevado e posando em atitudes pitorescas nos lugares mais altos. Os esplêndidos exemplares da cavalaria espanhola foram capturados em grande número durante a revolução e entregues à milícia que, é claro, se ocupou em cavalgá-los até a morte.

A estrada seguia sinuosa entre campos inférteis amarelos, intocados desde a colheita do ano passado. À nossa frente, ficava a serra baixa entre Alcubierre e Saragoça. Estávamos chegando perto do front agora, perto das bombas, das metralhadoras e da lama. Secretamente eu tinha medo. Sabia que a linha estava quieta no momento, mas, ao contrário da maioria dos homens ao meu redor, eu tinha idade suficiente para me lembrar da Grande Guerra,[9] embora não fosse velho o suficiente para ter lutado nela. A guerra, para mim, significava o estrondo de obuses e estilhaços de aço voando. Acima de tudo, significava lama, piolhos, fome e frio. É curioso, mas eu tinha mais pavor do frio do que do inimigo. Esse pensamento me assombrou o tempo todo em que estive em Barcelona. Eu até ficava acordado à noite pensando no frio nas trincheiras, nos alertas em madrugadas horríveis, nas longas horas de sentinela com um fuzil congelado, na lama gelada que respingaria nas minhas botas. Admito também que sentia uma espécie de horror ao olhar para as pessoas entre as quais marchava. Não é possível imaginar a corja que formávamos. Vagávamos com muito menos coesão do que um rebanho de ovelhas. Antes de percorrermos três quilômetros, a retaguarda da coluna estava fora de vista. E quase metade dos chamados homens eram crianças — quero dizer literalmente crianças, de dezesseis anos no máximo. Mesmo assim, todos estavam felizes e entusiasmados com a perspectiva de finalmente chegar à frente de batalha. Ao nos aproximarmos da linha, os meninos em volta da bandeira vermelha começaram a gritar "*Visca* Poum!", "Fascistas-*maricones*!", e assim por diante — gritos que deveriam ser belicosos e ameaçadores, mas que, vindos daquelas gargantas infantis, soavam tão patéticos quanto miados de gatinhos. Parecia terrível que os defensores da República fossem essa turba de crianças maltrapilhas carregando fuzis gastos que não sabiam como usar. Lembro-me de ficar imaginando o que aconteceria se um avião fascista passasse acima de nós, se o piloto se daria ao trabalho de dar um rasante e nos alvejar com sua metralhadora. Com certeza, mesmo do alto, ele veria que não éramos soldados de verdade.

Quando a estrada culminou na serra, desviamos para a direita e subimos uma estreita trilha de mulas que contornava a encosta da montanha. Os montes naquela parte da Espanha têm uma formação estranha, em forma de ferradura, com topos achatados e encostas muito íngremes que desciam em desfiladeiros imensos. Nas encostas mais altas nada cresce, exceto urzes e arbustos raquíticos, com os afloramentos brancos de calcário aparecendo por toda parte. O front aqui não era uma linha contínua de trincheiras, o que teria sido impossível em um país tão montanhoso. Era simplesmente uma cadeia de postos fortificados, conhecidos como "posições", empoleirada no topo de cada monte. À distância, podia-se ver nossa "posição" no topo da ferradura. Uma barricada irregular de sacos de areia, uma bandeira vermelha tremulando, a fumaça das fogueiras nos abrigos cavados. Um pouco mais perto, era possível sentir um fedor adocicado nauseante, que ficou em minhas narinas por semanas. Na fenda imediatamente atrás da posição, todos os resíduos de meses tinham sido despejados — uma vala profunda e purulenta com restos de pão, excrementos e latas enferrujadas.

A companhia que iríamos substituir estava arrumando as mochilas. Eles estavam havia três meses na linha de frente; seus uniformes cobertos de lama, suas botas caindo aos pedaços, o rosto deles quase todo barbado. O capitão que comandava a posição, cujo nome era Levinski, mas a quem todos chamavam de Benjamin, um judeu polonês que falava francês como língua nativa, se arrastou para fora de seu abrigo e nos cumprimentou. Ele era um jovem baixo, cerca de 25 anos, com cabelos negros e crespos e um rosto pálido e ansioso, que nesse período da guerra sempre estava muito sujo. Algumas balas perdidas estalavam no alto, por cima da nossa cabeça. A posição era um recinto semicircular com cerca de cinquenta metros de largura, com um parapeito composto em parte por sacos de areia, em parte por pedaços de calcário. Havia trinta ou quarenta abrigos cavados no chão como buracos de rato. Williams, eu e o cunhado espanhol de Williams demos um mergulho rápido em busca do abrigo desocupado mais próximo que parecesse habitável. Em algum lugar à frente, um fuzil disparou, fazendo estranhos ecos entre as colinas pedregosas. Tínhamos acabado de largar nossos equipamentos e estávamos nos arrastando para fora do abrigo quando ocorreu outro estrondo, e uma das crianças de nossa companhia voltou correndo do parapeito, com o rosto jorrando sangue. Ela tinha disparado seu fuzil e, de alguma forma, conseguiu detonar o ferrolho; o seu couro cabeludo foi rasgado em tiras pelos estilhaços da cápsula do cartucho arrebentada. Foi nossa primeira baixa e, de modo característico, causada por nós mesmos.

À tarde, montamos guarda pela primeira vez e Benjamin nos mostrou a posição. Em frente ao parapeito, havia um sistema de trincheiras estreitas escavadas na rocha, com aberturas extremamente primitivas feitas de pilhas de calcário. Havia uma dúzia de guaritas, dispostas em vários pontos da trincheira e atrás do parapeito interno. Na frente da trincheira havia uma cerca de arame farpado, e então a encosta descia para um precipício aparentemente sem fundo. Do lado oposto, havia montes sem vegetação e, em alguns lugares, meros penhascos de rocha, tudo cinza e invernal, sem vida em lugar algum, nem mesmo um pássaro. Espiei com cautela por uma abertura, tentando encontrar a trincheira fascista.

— Onde está o inimigo?

Benjamin acenou com a mão expansivamente.

— *Over zere*. [Ali]. (Benjamin falava inglês — um inglês terrível).

— Mas onde?

De acordo com meus conceitos sobre guerra de trincheiras, os fascistas estariam a cinquenta ou cem metros de distância. Não conseguia ver nada — aparentemente suas trincheiras estavam muito bem escondidas. Então, com um misto de espanto e consternação, olhei para onde Benjamin apontava. No topo da colina oposta, além do desfiladeiro, a setecentos metros de distância, no mínimo, dava para ver o minúsculo contorno de um parapeito e uma bandeira vermelha e amarela — a posição fascista. Fiquei indescritivelmente desapontado. Não estávamos nem um pouco perto deles! Àquela distância nossos fuzis eram completamente inúteis. Mas, naquele momento, ouvimos gritos excitados. Dois fascistas, silhuetas acinzentadas ao longe, subiam a colina oposta sem proteção. Benjamin agarrou o fuzil do homem mais próximo, mirou e puxou o gatilho. *Clique!* Um cartucho falho; achei aquilo um mau presságio.

As novas sentinelas mal chegaram à trincheira e iniciaram um terrível tiroteio contra nada em particular. Eu podia ver os fascistas, minúsculos como formigas, esquivando-se atrás do parapeito. Às vezes, um ponto preto, que era uma cabeça, parava por um momento, imprudentemente exposto. Era óbvio que não adiantava atirar. Mas logo a sentinela à minha esquerda, deixando seu posto no típico estilo espanhol, se aproximou de mim e começou a me pressionar para atirar. Tentei explicar que àquela distância e com aqueles fuzis não dava para acertar um homem, exceto por acaso. Mas ele era apenas uma criança e continuava apontando com seu fuzil em direção a um dos pontos, rosnando tão ávido quanto um cachorro que espera uma pedra ser jogada. Finalmente, ajustei minha mira em setecentos metros e atirei. O ponto desapareceu. Espero que tenha passado perto o suficiente para fazê-lo pular. Foi a primeira vez na minha vida que disparei contra um ser humano.

Depois de ter visto o front, fiquei profundamente revoltado. Eles chamavam isso de guerra! Mal estávamos em contato com o inimigo! Não fiz nenhuma tentativa de manter minha cabeça abaixo do nível da trincheira. Um pouco depois, no entanto, uma bala zuniu perto da minha orelha com um estalido violento e atingiu o monte de terra logo atrás. Ai de mim! Eu me esquivei. Durante toda a minha vida, jurei que não iria me abaixar na primeira vez que uma bala passasse por mim; mas o movimento parece ser instintivo e quase todo mundo faz isso ao menos uma vez.

III

Na guerra de trincheiras, cinco coisas são importantes: lenha, comida, tabaco, velas e o inimigo. No inverno do front de Saragoça, elas foram importantes nessa ordem, com o inimigo por último. Ninguém se importava com o inimigo, exceto à noite, quando um ataque-surpresa era sempre possível. Eles eram apenas insetos negros remotos que ocasionalmente eram vistos pulando de um lado para o outro. A verdadeira preocupação de ambos os exércitos era tentar se manter aquecido.

Devo dizer, de passagem, que, durante todo o tempo em que estive na Espanha, vi pouquíssimo combate. Estive na linha de frente de Aragão de janeiro a maio e, entre janeiro e o final de março, pouco ou nada aconteceu, exceto em Teruel. Em março, houve uma luta intensa nos arredores de Huesca, mas apenas desempenhei um papel menor. Mais tarde, em junho, houve o desastroso ataque a Huesca, em que vários milhares de homens foram mortos em um único dia, mas eu já estava ferido e incapacitado antes de isso acontecer. As coisas que as pessoas normalmente chamam de horrores da guerra raras vezes aconteceram comigo. Nenhum avião lançou uma bomba perto de mim, e não acho que nem mesmo uma granada tenha explodido a menos de cinquenta metros, e só estive em uma luta corpo a corpo uma vez (uma vez já é o bastante, devo dizer). É claro que muitas vezes estive sob fogo pesado de artilharia, mas geralmente a distâncias muito grandes. Mesmo em Huesca, geralmente estávamos seguros o suficiente, desde que tomando precauções razoáveis.

Aqui em cima, nos montes ao redor de Saragoça, o que havia era simplesmente a mistura de tédio e desconforto da guerra estacionária. Uma vida tão monótona como a de um funcionário público, e quase tão rotineira quanto. Montar sentinela, fazer patrulhas, cavar trincheiras; cavar trincheiras, fazer patrulhas, montar sentinela. No topo de cada colina, fascista ou legalista, havia um grupo de homens esfarrapados e sujos tremendo em torno de sua bandeira e tentando se aquecer. Durante o dia inteiro e à noite, balas errantes cruzavam os vales vazios e, apenas por algum motivo raro e improvável, encontravam morada em um corpo humano.

Muitas vezes, eu costumava contemplar a paisagem invernal e me assombrar com a futilidade de tudo aquilo. O despropósito de tal tipo de guerra! Antes, por volta de outubro, houve uma luta selvagem por todas aquelas colinas. Então, devido à falta de homens e de armas, especialmente de artilharia, ficou impossível qualquer operação em grande escala. Cada exército tinha se entrincheirado e se acomodado no topo das colinas que vencera. À nossa direita, havia um pequeno posto avançado, também do Poum, e no contraforte à nossa esquerda, atrás de nós, uma posição do PSUC ficava de frente para um contraforte mais alto, com vários pequenos postos fascistas pontilhados em seus picos. A chamada linha de frente ziguezagueava de um lado para outro, em um padrão que seria ininteligível se cada posição não tivesse desfraldado uma bandeira. As do Poum e do PSUC eram vermelhas, as dos anarquistas eram rubro-negras; os fascistas geralmente hasteavam a bandeira monarquista (vermelho-amarelo-vermelho), mas ocasionalmente erguiam a bandeira da República (vermelho-amarelo-roxo). O cenário era estupendo, caso se pudesse esquecer que cada topo de montanha estava ocupado por soldados e, portanto, cheio de latas vazias e coberto de bosta. À nossa direita, a serra curvava-se para sudeste e abria caminho para o vale amplo e cheio de veios que se estendia até Huesca. No meio da planície, alguns cubos minúsculos se espalhavam como em um lance de dados. Era a cidade de Robres, que estava sob controle dos legalistas. Frequentemente, de manhã, o vale ficava escondido sob mares de nuvens, de onde as colinas se erguiam lisas e azuis, dando à paisagem uma estranha semelhança com um negativo fotográfico. Para além de Huesca, havia mais colinas da mesma formação que a nossa, raiadas com um padrão de neve que se alterava a cada dia. À distância, os picos monstruosos dos Pireneus, onde a neve nunca derrete, pareciam flutuar sobre o nada. Mesmo embaixo, na planície, tudo parecia morto e vazio. As montanhas à nossa frente eram cinzentas e enrugadas como a pele de elefantes. Quase sempre o céu estava sem pássaros. Acho que nunca conheci um país com tão poucos pássaros. Os únicos que se viam em qualquer época eram uma espécie de pega-rabuda e pequenos bandos de perdizes que nos assustavam à noite com seus arrulhos repentinos. Muito raramente, águias passavam voando devagar, seguidas quase sempre por tiros de fuzil que elas nem se dignavam a notar.

 À noite e com neblina, patrulhas eram enviadas ao vale que nos separava dos fascistas. A tarefa não era popular, fazia muito frio e era fácil se perder, e logo descobri que poderia ter permissão para sair em patrulha quantas vezes quisesse. Não havia passagens nem trilhas de qualquer tipo nas enormes ribanceiras irregulares; só podíamos encontrar o caminho por lá fazendo viagens sucessivas e observando pontos de referência a cada vez. Enquanto as balas voavam, o posto fascista mais próximo estava a setecentos metros do nosso, mas a 2,5 quilômetros de distância pela única rota possível. Foi bastante divertido vagar pelos vales escuros com as balas perdidas voando alto como pássaros assobiando. Melhor do que a noite eram as brumas pesadas, que muitas vezes duravam o dia todo e que tinham o hábito de se agarrar ao topo das montanhas e deixar os vales limpos. Quando se estava perto das linhas fascistas, era preciso andar furtivamente e a passo de lesma. Era muito difícil se mover silenciosamente naquelas encostas, entre os arbustos e as pedras de calcário tilintando. Foi apenas na terceira ou quarta tentativa que consegui encontrar o caminho para as linhas fascistas. A névoa estava muito densa e me arrastei até o arame farpado para ouvir. Podia escutar os fascistas conversando e cantando lá dentro. Então, tomei um susto ao ouvir vários deles descendo a colina em minha direção. Eu me encolhi atrás de um arbusto que de repente pareceu muito pequeno e tentei engatilhar meu fuzil sem barulho. No entanto, eles se dividiram e não chegaram perto de mim. Atrás do arbusto em que me escondi, encontrei várias relíquias de lutas anteriores — um monte de cartuchos vazios, um quepe de couro com um buraco de bala e uma bandeira vermelha, obviamente uma das nossas. Eu a levei de volta para a nossa posição, onde foi rasgada sem sentimentalismos para virar pano de limpeza.

Eu me tornei cabo assim que chegamos à linha de frente, e passei a comandar um destacamento de doze homens. Não foi uma sinecura, especialmente no início. A centúria era uma turba não treinada composta principalmente de meninos adolescentes. Aqui e ali, na milícia, era possível se deparar com crianças de onze ou doze anos, geralmente refugiadas de território fascista que foram alistadas como milicianas porque precisavam se sustentar. Via de regra, eram requisitadas para fazer trabalhos leves na retaguarda, mas às vezes conseguiam se embrenhar no front, onde eram uma ameaça pública. Lembro de um pestinha atirando uma granada de mão na fogueira "de brincadeira". Em Monte Pocero, não creio que houvesse alguém com menos de quinze anos, mas a idade média devia ser bem abaixo dos vinte. Garotos dessa idade nunca deveriam ser usados na linha de frente, porque não suportam a privação de sono, algo intrínseco à guerra de trincheiras. No início, era quase impossível manter nossa posição devidamente protegida à noite. As crianças miseráveis da minha seção só despertavam quando eram arrastadas para fora dos abrigos. Mas, assim que viravam as costas, elas deixavam seus postos e voltavam para se proteger, ou, então, apesar do frio terrível, se encostavam na parede da trincheira e logo caíam no sono. Felizmente, o inimigo era muito acomodado. Em algumas noites, parecia que nossa posição seria invadida por vinte escoteiros armados com pistolas de ar comprimido ou por vinte bandeirantes com raquetes.

    Nessa época, e até muito mais tarde, as milícias catalãs ainda estavam na mesma situação que no início da guerra. Nos primeiros dias da revolta de Franco, as milícias foram logo convocadas pelos vários sindicatos e partidos políticos; cada uma delas era essencialmente uma organização política que devia lealdade a seu partido tanto quanto ao governo central. Quando o Exército Popular, um exército "apolítico" organizado em linhas mais ou menos conhecidas, foi formado, no início de 1937, as milícias partidárias teoricamente deveriam ser incorporadas a ele. Mas, por muito tempo, as únicas mudanças que ocorreram foram no papel. As novas tropas do Exército Popular não chegaram ao front de Aragão antes de junho, e até então o sistema de milícias permaneceu o mesmo. O ponto essencial do sistema era a igualdade social entre oficiais e seus homens. Todos, do general ao soldado raso, recebiam o mesmo pagamento, comiam a mesma comida, vestiam as mesmas roupas e conviviam em condições de completa igualdade. Se você quisesse dar um tapinha nas costas do general que comandava a divisão e lhe pedir um cigarro, podia fazê-lo, e ninguém acharia nada de estranho. Em teoria, cada milícia era uma democracia, não uma hierarquia. Entendia-se que as ordens deviam ser obedecidas, mas também que uma ordem dada era de camarada para camarada e não de superior para subalterno. Havia oficiais e suboficiais, mas não existia patente militar no sentido comum; não havia títulos, emblemas, posição de sentido com batida de calcanhar ou saudações. Tentou-se reproduzir dentro das milícias uma espécie de modelo temporário da sociedade sem classes. Claro que não havia igualdade perfeita, mas uma tentativa de se aproximar a ela, algo que eu nunca tinha visto nem teria imaginado possível em tempos de guerra.

Mas admito que, à primeira vista, a situação no front me deixou horrorizado. Como diabos a guerra seria vencida por um exército desse tipo? Era o que todos diziam na época e, embora fosse verdade, também era insensato. Pois, naquelas circunstâncias, as milícias não teriam sido muito melhores. Um moderno exército mecanizado não brota do chão e, se o governo tivesse esperado até que as tropas à sua disposição estivessem treinadas, Franco nunca teria encontrado resistência. Mais tarde, virou moda condenar as milícias e, assim, fingir que as falhas que ocorreram pela falta de treinamento e de armas eram o resultado do sistema igualitário. De fato, uma milícia recém-formada era uma turba indisciplinada, não porque os oficiais chamavam o soldado raso de "camarada", mas porque as tropas novatas são sempre uma turba indisciplinada. Na prática, o tipo de disciplina democrática "revolucionária" é mais confiável do que se esperaria. Em um exército de trabalhadores, a disciplina é teoricamente voluntária, é baseada na lealdade de classe, ao passo que a disciplina de um exército de recrutas burguês se baseia, em última análise, no medo. (O Exército Popular, que substituiu as milícias, estava no meio do caminho entre esses dois tipos.) Nas milícias, a intimidação e o abuso que acontecem em um exército comum nunca seriam tolerados, nem por um instante. As punições militares normais existiam, mas só eram invocadas para infrações gravíssimas. Quando um homem se recusava a obedecer a uma ordem, ele não era punido imediatamente; primeiro era preciso apelar para ele em nome da camaradagem. Pessoas cínicas, sem experiência em lidar com homens, logo dirão que isso não "funciona", mas na verdade "funciona" no decorrer do tempo. A disciplina até mesmo dos piores recrutas da milícia melhorou visivelmente com o passar do tempo. Em janeiro, a tarefa de fazer com que uma dúzia de recrutas inexperientes atendesse aos requisitos desejados quase me deixou grisalho. Em maio, por um breve período, fui tenente interino no comando de cerca de trinta homens, ingleses e espanhóis. Todos estávamos sob o fogo cruzado havia meses e eu não tive a menor dificuldade em fazer com que uma ordem fosse obedecida ou em fazer com que homens se apresentassem como voluntários para um trabalho perigoso. A disciplina "revolucionária" depende da consciência política — da compreensão de por que as ordens devem ser obedecidas. Leva tempo para difundir isso, mas também leva tempo para treinar um homem na praça do quartel até ele se tornar um autômato. Os jornalistas que zombavam do sistema miliciano raramente se lembravam de que as milícias precisaram manter a linha enquanto o Exército Popular treinava na retaguarda. E é um tributo à força da disciplina "revolucionária" que as milícias tenham permanecido no campo de batalha. Pois, até cerca de junho de 1937, não havia nada para mantê-los lá, exceto a lealdade de classe. Desertores individuais podiam ser fuzilados — e eram, de vez em quando —, mas se mil homens decidissem abandonar o front juntos, não haveria força para detê-los. Um exército de recrutas nas mesmas circunstâncias — com sua polícia interna removida — teria desaparecido. Ainda assim, as milícias se mantiveram na linha de frente, embora Deus saiba quão poucas vitórias elas tiveram e, mesmo assim, as deserções individuais não foram comuns. Em quatro ou cinco meses na milícia do Poum, só ouvi falar de quatro homens desertando; e dois deles eram com certeza espiões alistados para obter informações. No início, o caos aparente, a falta geral de treinamento, o fato de que muitas vezes era preciso discutir por cinco minutos antes de conseguir que uma ordem fosse obedecida, me deixaram estarrecido e enfurecido. Eu tinha conceitos do Exército britânico e, é óbvio, as milícias espanholas eram muito diferentes do Exército britânico. Mas, considerando as circunstâncias, os milicianos eram soldados melhores do que qualquer um tinha o direito de esperar.

Enquanto isso, lenha — sempre lenha. Ao longo desse período, provavelmente não há nenhuma anotação em meu diário que não mencione lenha, ou melhor, a falta dela. Estávamos 690 metros acima do nível do mar. Estávamos no meio do inverno e o frio era indescritível. A temperatura não era excepcionalmente baixa, em muitas noites nem mesmo congelava, e o sol de inverno muitas vezes brilhava por uma hora no meio do dia; mas, mesmo que não estivesse realmente frio, garanto que assim parecia. Às vezes, ventos uivantes arrancavam nossos quepes e revolviam nossos cabelos em todas as direções. Às vezes, névoas se derramavam na trincheira como um líquido e pareciam penetrar em nossos ossos. Frequentemente chovia, e mesmo um quarto de hora de chuva era suficiente para tornar as condições intoleráveis. A fina camada de terra sobre o calcário transformava-se prontamente em uma gordura escorregadia e, como sempre estávamos em uma encosta, era impossível manter o equilíbrio. Em noites escuras, muitas vezes eu caía uma meia dúzia de vezes ao longo de vinte metros; e isso era perigoso, porque significava que a trava do fuzil ficava entupida de lama. Durante esses dias, roupas, botas, cobertores e fuzis ficavam cobertos de lama em menor ou maior medida. Eu tinha trazido todas as roupas grossas que podia carregar, mas muitos dos homens estavam terrivelmente malvestidos. Para toda a tropa, com cerca de cem homens, havia apenas doze sobretudos, que precisavam ser passados de sentinela a sentinela, e a maioria dos homens tinha apenas um cobertor. Em certa noite gelada, fiz uma lista em meu diário das roupas que estava vestindo. É interessante mostrar a quantidade de roupas que o corpo humano pode carregar. Vestia um colete e calças grossas, uma camisa de flanela, dois suéteres, uma jaqueta de lã, uma jaqueta de couro suíno, calça de veludo, grevas, meias grossas, botas, um casaco impermeável, um cachecol, luvas de couro forradas e um gorro de lã. Mesmo assim, tremia como uma gelatina. Admito que sou excepcionalmente sensível ao frio.

Lenha era a única coisa que realmente importava. O problema era que quase não havia lenha disponível. Nossa miserável montanha não tinha nada que pudesse ser considerado vegetação e, durante meses, fora percorrida por milicianos congelados, o que resultou em que tudo o que era mais espesso que um dedo tivesse sido queimado havia muito tempo. Quando não estávamos comendo, dormindo, de guarda ou fazendo faxina, estávamos no vale atrás da nossa posição procurando combustível. Em todas as minhas recordações dessa época, estou subindo e descendo as encostas quase perpendiculares, pisando no calcário irregular que despedaçava as botas, lançando-me com avidez sobre pequenos gravetos. Três pessoas procurando lenha por um par de horas coletariam combustível suficiente para manter o fogo aceso no abrigo por cerca de uma hora. A ânsia de nossa busca por lenha nos transformou a todos em botânicos. Classificamos, de acordo com as qualidades de combustão, cada planta que crescia no nosso lado da montanha. As várias gramíneas eram boas para iniciar o fogo, mas queimavam em poucos minutos; o alecrim-silvestre e os pequenos arbustos queimavam quando o fogo estava bem alto; um tipo de carvalho atrofiado, menor que um arbusto de groselha, era praticamente resistente ao fogo. Havia um tipo de junco seco muito bom para acender a fogueira, mas só crescia no topo da colina à esquerda da posição, e era preciso ir sob o fogo do inimigo para pegá-lo. Se os atiradores de metralhadoras fascistas avistassem um de nós, despejavam um tambor inteiro de munição. Geralmente, a mira deles era mais para o alto e as balas cantavam acima da nossa cabeça, como pássaros, mas às vezes elas estalavam e acertavam o calcário desconfortavelmente perto, e então era preciso se jogar de cara no chão. Tudo isso só para recolher juncos. Nada importava mais que a lenha.

 Comparados ao frio, os outros incômodos pareciam insignificantes. É claro que todos estávamos permanentemente sujos. Nossa água, assim como a comida, vinha de Alcubierre no lombo de mula, e a parte que cabia a cada homem era cerca de um litro por dia. Era uma água horrível, um pouco mais transparente que leite. Teoricamente, era só para beber, mas eu sempre roubava uma vasilha para me lavar pelas manhãs. Costumava me lavar em um dia e fazer a barba no outro. Nunca havia água suficiente para os dois. Nossa posição fedia de forma abominável e, fora do pequeno recinto da barricada, havia excrementos por toda parte. Alguns dos milicianos costumavam defecar na trincheira, uma coisa nojenta quando se tinha que andar por lá na escuridão. Mas a sujeira nunca me preocupou. As pessoas fazem muito estardalhaço por causa disso. É impressionante a rapidez com que nos acostumamos a ficar sem usar um lenço e a comer na mesma vasilha usada para se lavar. Tampouco era difícil dormir de roupa depois de um ou dois dias. Claro que era impossível tirá-las, principalmente as botas, à noite; precisávamos estar prontos para sair instantaneamente em caso de ataque. Em oitenta noites, tirei a roupa apenas três vezes, embora às vezes tenha conseguido tirá-la durante o dia. Fazia muito frio para piolhos, mas ratos e camundongos eram abundantes. Costuma-se dizer que não é possível encontrar ratos e camundongos no mesmo lugar, mas isso pode acontecer quando há comida suficiente para eles.

Em outros aspectos, não estávamos tão mal. A comida era boa o suficiente e havia muito vinho. Os cigarros ainda eram enviados ao ritmo de um maço por dia, os fósforos a cada dois dias e havia até mesmo velas. Eram velas muito finas, como as de um bolo de Natal e, supostamente, tinham sido roubadas de igrejas. Cada abrigo recebia por dia uns dez centímetros de vela, que queimavam por cerca de vinte minutos. Naquela época, ainda era possível comprar velas, e eu tinha trazido comigo vários quilos. Depois, a escassez de fósforos e velas tornou a vida um tormento. Não se tem ideia da importância dessas coisas até faltar. Em uma emergência durante a noite, por exemplo, quando todos no abrigo estão lutando para pegar seu fuzil e pisando no rosto uns dos outros, ser capaz de acender uma luz pode fazer a diferença entre a vida e a morte. Cada miliciano possuía um isqueiro e vários metros de pavio amarelo. Depois do fuzil, era o bem mais importante. Os isqueiros tinham a grande vantagem de poderem ser usados com vento, mas só ardiam sem chama, de modo que não serviam para acender uma fogueira. Quando a escassez de fósforos piorou, nossa única maneira de produzir uma chama era puxando a bala de um cartucho e encostando o isqueiro na cordite.

Era uma vida extraordinária a que estávamos levando — uma maneira extraordinária de estar em uma guerra, se é que se pode chamar de guerra. A milícia inteira se irritava com a inação e clamava constantemente para saber por que não tínhamos permissão para atacar. Mas era óbvio que não haveria batalha nenhuma por um longo período, a menos que o inimigo tomasse a iniciativa. Georges Kopp, em suas rondas periódicas de inspeção, era bastante franco conosco. "Isto não é uma guerra", costumava dizer, "é uma ópera-bufa com uma morte ocasional". Na verdade, a estagnação na frente de Aragão tinha causas políticas das quais eu nada sabia na época; mas as dificuldades puramente militares — além da falta de soldados — eram óbvias para qualquer um.

Para começar, havia as características naturais do terreno. A linha de frente, tanto a nossa como a dos fascistas, estava em posições de imensa força natural, que, como regra, só poderiam ser abordadas por um lado. Como algumas trincheiras tinham sido cavadas, tais lugares não seriam tomados por uma infantaria, a não ser com um número enorme de soldados. Da nossa posição, assim como na maioria das que nos cercam, uma dúzia de homens com duas metralhadoras poderiam manter um batalhão a distância. Instalados no topo das montanhas como estávamos, deveríamos constituir alvos fáceis para a artilharia; que não existia. Às vezes, eu costumava olhar em volta da paisagem e desejava — oh, com que paixão! — alguns pares de canhões. As posições inimigas seriam destruídas uma após a outra com a mesma facilidade com que um martelo esmaga nozes. Mas, do nosso lado, os canhões simplesmente não existiam. Os fascistas ocasionalmente conseguiam trazer um ou dois de Saragoça e disparavam alguns poucos projéteis, mas eram tão poucos que nunca acertavam o alcance e os projéteis caíam inofensivamente nos precipícios. Contra metralhadoras e sem artilharia, há apenas três coisas a fazer: cavar um abrigo a uma distância segura — digamos, quatrocentos metros —, avançar pelo campo aberto e ser massacrado ou fazer ataques noturnos em pequena escala, o que não altera a situação geral. Na prática, as alternativas são a estagnação ou o suicídio.

E, além disso, havia a falta generalizada de equipamentos militares. É necessário um esforço para perceber quão pobremente armadas as milícias estavam naquele momento. Qualquer escola preparatória militar na Inglaterra é muito mais parecida com um exército moderno do que nós naquela altura. A má situação de nossas armas era tão surpreendente que vale a pena registrar em detalhes.

Para esse setor do front, toda a artilharia consistia em quatro morteiros de trincheira com quinze petardos cada. Eram obviamente preciosos demais para ser disparados, e eram mantidos em Alcubierre.

Havia metralhadoras na proporção aproximada de uma para cada cinquenta homens; velhas, mas com uma boa mira entre trezentos a quatrocentos metros. Além disso, tínhamos apenas fuzis, e a maioria só servia para ferro-velho. Havia três tipos em uso. O primeiro era o Mauser longo. Era raro que tivessem menos de vinte anos, suas miras eram tão úteis quanto um velocímetro quebrado e, na maioria dos casos, estavam irremediavelmente corroídos; no entanto, cerca de um em cada dez não era ruim. Havia o Mauser curto, ou *mousqueton*, na verdade uma arma de cavalaria. Eram mais populares que os outros por serem mais leves para carregar e causarem menos transtornos em uma trincheira, além de serem comparativamente novos e parecerem eficientes. Na verdade, porém, eles eram quase inúteis. Eram feitos de peças reaproveitadas, nenhum ferrolho era original do fuzil e três quartos deles travavam após cinco tiros. Havia também alguns fuzis Winchester. Era bom atirar com eles, embora fossem totalmente imprecisos e, como seus cartuchos não tinham pentes, só era possível um disparo por vez. A munição era tão escassa que cada homem que entrava na linha de frente recebia apenas cinquenta cartuchos, e a maioria era extremamente ruim. Os cartuchos de fabricação espanhola eram todos reaproveitados e emperravam até os melhores fuzis. Os mexicanos eram melhores e, portanto, reservados para as metralhadoras. O melhor de tudo era a munição de fabricação alemã, mas como essa chegava apenas por meio de prisioneiros e desertores, não havia em grande quantidade. Sempre mantive um pente de munição alemã ou mexicana no bolso para usar em uma emergência. Mas, na prática, quando chegava a emergência, eu raramente disparava meu fuzil. Temia que aquele troço imprestável emperrasse, e estava ansioso por guardar uma carga que funcionasse.

Não tínhamos capacetes de metal, nem baionetas, quase nenhum revólver ou pistola, e não mais do que uma granada de mão para cinco ou dez homens. A bomba em uso nessa época era um objeto medonho produzido pelos anarquistas nos primeiros dias da guerra, conhecido como "bomba FAI", Federação Anarquista Ibérica. Seguia o princípio de uma bomba Mills, mas a alavanca era mantida abaixada não por um pino, mas por um pedaço de fita. Ao partir a fita, era preciso se livrar da bomba com a maior velocidade possível. Dizia-se que essas bombas eram "imparciais": elas podiam matar as pessos nas quais eram lançadas e o homem que as lançou. Havia vários outros tipos, ainda mais primitivos, mas provavelmente um pouco menos perigosos — para o lançador, quero dizer. Foi só no final de março que vi uma bomba que valia a pena jogar.

E, além das armas, faltavam todas as necessidades menores da guerra. Não tínhamos mapas nem cartas topográficas, por exemplo. Nunca se tinha feito um levantamento topográfico da Espanha, e os únicos mapas detalhados da área eram os velhos militares, que estavam quase todos nas mãos dos fascistas. Não tínhamos telêmetros, telescópios, periscópios nem binóculos, exceto aqueles raros trazidos pelos próprios combatentes, nenhum sinalizador, nenhum alicate para cortar arame, nem ferramentas para consertar as armas, quase nenhum material de limpeza. Os espanhóis pareciam nunca ter ouvido falar de um cordão de limpeza e olharam espantados quando construí um. Para limpar o fuzil, era preciso levá-lo ao sargento, que possuía uma longa vareta de latão que sempre estava torta e, portanto, arranhava o cano. Não havia nem óleo para as armas. Lubrificava-se o fuzil com azeite de oliva, quando se encontrava um. Em momentos diferentes, untei o meu com vaselina, com creme para a pele e até com banha. Além do mais, não havia lanternas à bateria nem lanternas elétricas — naquele tempo, não havia, creio eu, uma coisa como uma lanterna elétrica em todo o nosso setor do front, e o lugar mais próximo para se conseguir uma era em Barcelona, mas mesmo por lá era difícil encontrar.

À medida que o tempo passava, e o disparo aleatório de fuzil continuou por entre as montanhas, comecei a me questionar com crescente ceticismo se algo aconteceria para trazer um pouco de vida, ou melhor, um pouco de morte, àquela guerra disparatada. Era contra a pneumonia que estávamos lutando, não contra o inimigo. Quando as trincheiras estão separadas por mais de quinhentos metros, ninguém é atingido, exceto por acaso. Houve baixas, mas a maioria foi autoinfligida. Se bem me lembro, os primeiros cinco homens que vi feridos na Espanha foram todos por nossas próprias armas — não quero dizer intencionalmente, mas por acidente ou descuido. Nossos fuzis gastos eram um perigo por si só. Alguns deles tinham o péssimo hábito de explodir se a coronha batesse no chão. Vi um homem dar um tiro na mão por causa disso. E, na escuridão, os recrutas inexperientes estavam sempre atirando uns nos outros. Uma noite, quando mal estava anoitecendo, uma sentinela disparou contra mim de uma distância de vinte metros, e errou o alvo por um metro — só Deus sabe quantas vezes o padrão espanhol de pontaria salvou minha vida. Em outra ocasião, saí em patrulha no meio da névoa e avisei cuidadosamente o comandante da guarda de antemão. Mas, ao voltar, tropecei em um arbusto. A assustada sentinela gritou que os fascistas estavam chegando e tive o prazer de ouvir o comandante da guarda ordenar a todos que abrissem fogo rápido na minha direção. Claro que me deitei e as balas passaram inofensivamente sobre mim. Nada pode convencer um espanhol, ao menos um jovem espanhol, de que armas de fogo são perigosas. Uma vez, pouco depois disso, eu fotografava alguns atiradores com suas metralhadoras, e uma delas estava apontada diretamente para mim.

— Não atire — eu disse meio brincando enquanto focalizava a câmera.

— Ah não, não vamos atirar.

No momento seguinte, houve um rugido terrível e uma torrente de balas passou tão perto do meu rosto que minha bochecha ficou salpicada de grãos de cordite. Não foi intencional, mas os atiradores acharam muita graça. No entanto, apenas alguns dias antes, eles tinham visto um condutor de mula ser baleado acidentalmente por um comissário político que brincava estupidamente com uma pistola automática, e acabou colocando cinco balas nos pulmões do condutor de mula.

As complicadas senhas que o exército adotou naquela época também eram uma fonte menor de perigo. Eram aquelas senhas duplas cansativas, em que uma palavra tem que ser respondida por outra. Normalmente eram de natureza elevada e revolucionária, como "cultura-progresso" ou "seremos-invencíveis", e quase sempre era impossível fazer sentinelas analfabetas se lembrarem dessas palavras pomposas. Uma noite, eu me lembro, a senha era "Catalunha-heroica", e um camponês de cara redonda chamado Jaime Domenech se aproximou de mim, muito intrigado, e me pediu uma explicação.

— Heroica... O que "heroica" significa?

Eu disse a ele que significava o mesmo que "valente". Um pouco mais tarde, ele estava retornando à trincheira na escuridão, e a sentinela o desafiou:

— Alto! Catalunha!

— Valente! — gritou Jaime, certo de que dizia a coisa certa.

Bam!

Mas a sentinela errou o alvo. Nessa guerra, todo mundo sempre errava o alvo quando isso era humanamente possível.

IV

Quando eu estava havia cerca de três semanas na linha de frente, um contingente de vinte ou trinta homens, enviado da Inglaterra pelo Partido Trabalhista Independente (ILP), chegou a Alcubierre e, para que os ingleses ficassem juntos no front, Williams e eu fomos enviados para lá. Nossa nova posição era em Monte Oscuro,[10] vários quilômetros a oeste e visível de Saragoça.

A posição estava encarapitada sobre uma espécie de crista de calcário, com abrigos cavados horizontalmente no penhasco, como ninhos de andorinhas. Entravam pelo solo por distâncias prodigiosas e, por dentro, eram escuros como breu e tão baixos que não dava nem para ajoelhar neles, muito menos ficar de pé. Nos picos à nossa esquerda, havia mais duas posições do Poum, uma delas fascinava todos os homens do front por ter três mulheres milicianas que cozinhavam.

Essas mulheres não eram exatamente bonitas, mas foi necessário colocar a posição além do alcance dos homens de outras companhias. Quinhentos metros à nossa direita, havia um posto do PSUC, na curva da estrada de Alcubierre. Era bem ali que a estrada mudava de mãos. À noite, podiam-se observar os faróis dos nossos caminhões de abastecimento saindo de Alcubierre e, simultaneamente, os dos fascistas vindos de Saragoça. Dava para ver a própria Saragoça, uma linha fina de luzes como as escotilhas iluminadas de um navio, vinte quilômetros a sudoeste. As tropas do governo vinham vigiando a cidade a essa distância desde agosto de 1936, e ainda o faziam.

Havia cerca de trinta de nós, incluindo um espanhol (Ramón, cunhado de Williams) e uma dúzia de atiradores de metralhadoras espanhóis. Além de um ou dois estorvos inevitáveis — pois, como todos sabem, a guerra atrai a ralé —, os ingleses eram uma turma excepcionalmente boa, tanto física como mentalmente. Talvez o melhor do grupo fosse Bob Smillie — o neto do famoso líder dos mineiros —, que depois teve uma morte perversa e sem sentido em Valência. Diz muito sobre o caráter espanhol que ingleses e espanhóis tenham sempre se dado bem, apesar da dificuldade na linguagem. Todos os espanhóis, descobrimos, conheciam duas expressões inglesas. Uma era "Ok, baby". A outra era uma palavra usada pelas prostitutas de Barcelona em suas negociações com marinheiros ingleses, e temo que os tipógrafos não a imprimiriam.

Mais uma vez, nada acontecia ao longo da linha de frente: apenas o estalo aleatório de balas e, muito raramente, o estrondo de um morteiro fascista, o que fazia todos correrem para a trincheira mais alta para ver em qual colina os projéteis estavam caindo. O inimigo estava um pouco mais próximo de nós aqui, talvez a trezentos ou quatrocentos metros de distância. A posição mais próxima deles ficava exatamente do lado oposto ao nosso, em um ninho de metralhadoras, cujas aberturas eram uma tentação constante para desperdiçar cartuchos. Os fascistas raramente se preocupavam com tiros de fuzil, mas disparavam rajadas precisas de metralhadora contra qualquer um que se expusesse. Mesmo assim, passaram-se dez dias ou mais antes que tivéssemos nossa primeira baixa. As tropas à nossa frente eram formadas por espanhóis, mas, de acordo com os desertores, havia alguns suboficiais alemães entre eles. Em algum momento do passado, mouros também estiveram por lá — pobres-diabos, como devem ter sentido o frio! —, pois, lá fora na terra de ninguém, havia um mouro morto, que era uma das atrações da localidade.[11] A um ou dois quilômetros à nossa esquerda, a linha deixava de ser contínua e havia um pedaço de terra, mais baixo e densamente arborizado, que não pertencia a nós, nem aos fascistas. Tanto nós como eles fazíamos patrulhas diurnas ali. Não deixava de ser divertido, à maneira dos escoteiros, embora eu nunca tenha visto uma patrulha fascista mais perto do que a algumas centenas de metros. Ao se arrastar por um longo percurso, era possível avançar parcialmente pelas linhas fascistas e avistar a casa de fazenda com a bandeira monarquista hasteada, que era o quartel-general local dos fascistas. De vez em quando, disparávamos uma rajada de fuzil e nos escondíamos antes que as metralhadoras nos achassem. Espero que tenhamos quebrado algumas janelas, mas a casa ficava a uns bons oitocentos metros e, com nossos fuzis, não se podia ter certeza de acertar nem mesmo uma casa àquela distância.

Em geral os dias eram claros e frios; às vezes ensolarados ao meio-dia, mas sempre frios. Aqui e ali, no solo das encostas, era possível encontrar brotos de açafrão ou íris. Evidentemente, a primavera chegava, mas muito devagar. As noites estavam mais frias do que nunca. Ao voltar do turno de guarda de madrugada, costumávamos juntar as brasas que sobravam do fogo da cozinha e ficar de pé sobre elas, ainda vermelhas. Era péssimo para as botas, mas ótimo para os pés. Havia manhãs em que a visão do alvorecer entre o cume das montanhas fazia quase valer a pena levantar da cama nessas horas malditas. Odeio montanhas, mesmo de uma perspectiva espetacular. Mas, às vezes, o amanhecer rompendo por detrás do topo das colinas na nossa retaguarda, os primeiros raios finos dourados, como espadas cortando a escuridão, e então a luz crescente e o mar de nuvens arroxeadas estendendo-se a perder de vista valiam a pena ser admirados, mesmo depois de ficar de pé a noite toda e as pernas estarem dormentes dos joelhos para baixo, e com pensamentos taciturnos de que não haveria a menor esperança de obter comida pelas próximas três horas. Vi o amanhecer com mais frequência durante essa campanha do que durante o resto da minha vida — ou durante a parte que está por vir, espero.

Estávamos com falta de homens, o que significava turnos mais longos e mais cansaço. Eu começava a sofrer um pouco com a falta de sono, o que é inevitável mesmo no tipo mais tranquilo de guerra. Além das obrigações de montar guarda e fazer as patrulhas, havia constantes alarmes noturnos e alertas e, de qualquer modo, não dá para dormir direito em um buraco horrível no chão com os pés doendo de frio. Em meus primeiros três ou quatro meses no front, não creio ter passado mais do que doze períodos de 24 horas sem dormir; por outro lado, certamente não tive uma dúzia de noites de sono completas. Vinte ou trinta horas de sono por semana era uma quantidade bastante normal. Os efeitos disso não eram tão ruins como se esperaria; ficamos muito estúpidos, e a tarefa de subir e descer as colinas tornava-se mais difícil em vez de mais fácil, mas nos sentíamos bem e constantemente com fome — céus, que fome! Qualquer comida parecia boa, até mesmo o eterno feijão-branco que todo mundo na Espanha por fim aprendeu a odiar só de ver. Nossa água, o pouco do que tinha, vinha de quilômetros de distância, no dorso das mulas ou de pequenos burros açoitados. Por alguma razão, os camponeses de Aragão tratavam bem suas mulas, mas de forma abominável seus burros. Se um burro empacava, era comum chutar-lhe os testículos. A distribuição de velas cessara, e os fósforos estavam acabando. Os espanhóis nos ensinaram a fazer lamparinas de azeite com uma lata de leite condensado, um pente de cartuchos e um pedaço de pano. Quando tínhamos azeite de oliva, o que não acontecia com frequência, essas coisas podiam queimar com um lampejo fumegante, com cerca de um quarto da potência de uma vela, apenas o suficiente para encontrar o fuzil.

Parecia não haver qualquer esperança de uma luta real. Quando saímos de Monte Pocero, contei meus cartuchos e descobri que, em quase três semanas, havia disparado apenas três tiros contra o inimigo. Dizem que são necessárias mil balas para matar um homem. Nesse ritmo, eu levaria vinte anos para matar meu primeiro fascista. Em Monte Trazo, as linhas eram mais próximas e atirava-se com mais frequência, mas tenho quase certeza de que nunca acertei ninguém. De fato, nesse front e nesse período da guerra, a verdadeira arma não era o fuzil, mas o megafone. Sendo incapaz de matar seu inimigo, gritava-se contra ele. Esse método de combate é tão extraordinário que merece uma explicação.

Nos lugares em que as linhas estavam próximas uma da outra, sempre havia muita gritaria de trincheira para trincheira. Nós gritávamos: "Fascistas, *maricones*!" Eles respondiam: "Viva a Espanha! Viva Franco!" — ou, quando souberam que havia ingleses do lado oposto: "Vai para casa, inglês! Não queremos estrangeiros aqui!" Tanto do lado do governo como do das milícias dos partidos, os gritos de propaganda para minar o moral do inimigo se tornaram uma técnica regular. Em todas as posições em que isso era possível, os homens, normalmente os atiradores de metralhadoras, eram orientados a gritar e recebiam megafones. Geralmente, gritavam uma peça ensaiada, cheia de sentimentos revolucionários, que explicava aos soldados fascistas que eles eram simplesmente mercenários do capitalismo internacional, que estavam lutando contra sua própria classe etc., e os chamavam para vir para o nosso lado. Isso foi repetido continuamente por homens que se revezavam na tarefa; às vezes, seguia por quase a noite toda. Havia pouquíssima dúvida quanto à sua eficácia. Todos concordavam que o fluxo de desertores fascistas foi parcialmente causado por isso. Se pensarmos bem, quando o pobre-diabo de uma sentinela — muito provavelmente um membro de um sindicato socialista ou anarquista recrutado contra sua vontade — está congelando em seu posto, o slogan "Não lute contra sua própria classe!", repetido várias vezes na escuridão, pode ter algum efeito sobre ele. Isso pode fazer a diferença entre desertar e não desertar. É claro que tal procedimento não se encaixa na concepção inglesa de guerra. Admito que fiquei admirado e escandalizado quando vi pela primeira vez. A ideia de tentar converter seu inimigo em vez de atirar nele! Agora penso que, de qualquer ponto de vista, foi uma manobra legítima. Na guerra de trincheiras comum, quando não há artilharia, é extremamente difícil infligir baixas ao inimigo sem sofrer um número igual de mortes. Se é possível imobilizar certo número de homens fazendo com que eles desertem, tanto melhor; desertores são, na verdade, mais úteis do que cadáveres porque podem dar informações. No início, isso desanimou a todos nós, porque deu a sensação de que os espanhóis não estavam levando essa guerra suficientemente a sério. O homem que gritava do posto do PSUC à nossa direita era um artista no trabalho. Às vezes, em vez de gritar palavras de ordem revolucionárias, ele simplesmente dizia aos fascistas como éramos mais bem alimentados do que eles. Sua descrição das rações de comida dadas pelo governo costumava ser um pouco imaginativa. "Torrada com manteiga!" — podia-se ouvir a voz dele ecoando pelo vale solitário. "Estamos rodeados de torradas com manteiga aqui! Lindas fatias de torrada com manteiga!" Não tenho dúvidas de que, como o resto de nós, ele não via manteiga havia semanas ou meses, mas, na noite gelada, a notícia de torradas com manteiga provavelmente deixou muitos fascistas com água na boca. Ele até me deixou salivando, embora eu soubesse que estava mentindo.

Um dia, em fevereiro, vimos um avião fascista se aproximar. Como sempre, uma metralhadora foi arrastada para o campo aberto e o seu cano foi apontado para cima, e todos se deitaram de costas para ter uma pontaria melhor. Nossas posições isoladas não valiam a pena ser bombardeadas e, como regra, os poucos aviões fascistas que passavam em nosso caminho desviavam ao redor para evitar o fogo das metralhadoras. Dessa vez, o avião veio direto, alto demais para valer a pena atirar nele, e dele não saíram bombas, mas coisas brancas brilhantes que giravam continuamente no ar. Algumas caíram na nossa posição. Eram cópias de um jornal fascista, o *Heraldo de Aragón*, anunciando a queda de Málaga.

Naquela noite, os fascistas fizeram uma espécie de ataque malogrado. Eu estava me aprontando para dormir, meio morto de sono, quando ouvi uma rajada de balas acima de nossa cabeça e alguém gritou para dentro do abrigo: "Eles estão atacando!" Peguei meu fuzil e me arrastei até meu posto, no topo da posição, ao lado da metralhadora. A escuridão era total e o ruído diabólico. Os disparos de umas cinco metralhadoras caíam sobre nós, e houve uma série de estrondos pesados, causados pelos fascistas jogando bombas por cima de seu próprio parapeito da maneira mais estúpida. Estava intensamente escuro. Lá embaixo, no vale à nossa esquerda, pude ver o clarão esverdeado dos fuzis, onde um pequeno grupo de fascistas, provavelmente uma patrulha, atacava. As balas voavam ao nosso redor na escuridão: *crack-zip-crack*. Alguns explosivos passavam assobiando, mas não caíam perto de nós e (como era normal nessa guerra) a maioria não explodia. Tive um momento ruim, quando outra metralhadora abriu fogo do topo de uma colina em nossa retaguarda — na verdade, essa arma tinha sido trazida para nos apoiar, mas naquele instante parecia que estávamos cercados. Logo, nossa própria metralhadora emperrou, como sempre acontecia com aqueles cartuchos horríveis, e a vareta para limpar o cano se perdeu na escuridão impenetrável. Pelo visto, não havia nada a fazer, a não ser ficar parado e tomar um tiro. Os atiradores de metralhadoras espanhóis não se preocuparam em se proteger, e acabaram se expondo deliberadamente, então precisei fazer o mesmo. Por mais trivial que isso pareça, toda a experiência foi muito interessante. Foi a primeira vez em que estive, de fato, sob fogo cruzado e, para minha humilhação, descobri que fiquei terrivelmente assustado. Uma pessoa sempre sente isso quando está sob forte ataque — não tanto pelo medo de ser atingido, mas por não saber onde. Fica o tempo todo se perguntando onde a bala vai ferir, e isso dá em seu corpo inteiro a mais desagradável das sensibilidades.

    Depois de uma ou duas horas, o tiroteio diminuiu e cessou. Nesse ínterim, tivemos apenas uma baixa. Os fascistas tinham avançado duas metralhadoras pela terra de ninguém, mas mantiveram uma distância segura e não fizeram nenhuma tentativa de invadir nosso parapeito. Na verdade, não estavam atacando, apenas desperdiçando cartuchos e fazendo um barulho animado para celebrar a queda de Málaga. O principal ensinamento desse episódio é que aprendi a ler as notícias da guerra nos jornais com um olhar mais cético. Um ou dois dias depois, os jornais e o rádio noticiaram um tremendo ataque com cavalaria e tanques (subindo uma encosta perpendicular!) que fora repelido pelos heroicos ingleses.

Quando os fascistas nos contaram que Málaga tinha caído, consideramos que fosse uma mentira, mas no dia seguinte ouvimos rumores mais convincentes, e deve ter sido depois de um ou dois dias que a queda foi oficialmente admitida.[12] Aos poucos, toda a história vergonhosa vazou — como a cidade foi evacuada sem disparar um único tiro, e como a fúria dos italianos caiu não sobre as tropas, que já tinham partido, mas sobre a desgraçada população civil. Algumas pessoas foram perseguidas e metralhadas por centenas de quilômetros. A notícia causou arrepios em todo o front, pois, qualquer que fosse a verdade, todos os homens da milícia acreditavam que a perda de Málaga se devia a uma traição. Foi a primeira vez que ouvi falar de traição ou objetivos divergentes. Isso criou em minha mente as primeiras vagas dúvidas sobre essa guerra na qual, até então, os erros e os acertos pareciam tão lindamente simples.

Em meados de fevereiro, saímos de Monte Trazo e fomos enviados, com todas as tropas do Poum desse setor, para fazer parte do exército que cercava Huesca. Foi uma viagem de caminhão de oitenta quilômetros pela planície invernal, onde as vinhas podadas ainda não tinham brotado e as folhas de cevada de inverno apenas cutucavam o solo irregular. Quando estávamos a quatro quilômetros de nossas novas trincheiras, Huesca brilhou pequena e clara como uma cidade de casas de bonecas. Meses antes, quando Siétamo foi tomada, o general que comandava as tropas do governo tinha dito alegremente: "Amanhã vamos tomar café em Huesca." Acontece que ele estava errado. Houve ataques sangrentos, mas a cidade não caiu, e o "Amanhã vamos tomar café em Huesca" se tornou uma piada comum no exército inteiro. Se algum dia eu voltar à Espanha, farei questão de tomar um café em Huesca.

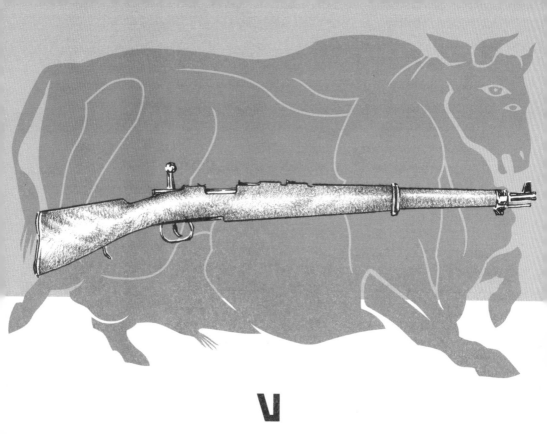

V

Até o final de março, no lado leste de Huesca, nada aconteceu — quase literalmente nada. Estávamos a 1.200 metros do inimigo. Quando os fascistas foram rechaçados para Huesca, as tropas do Exército Republicano que defendiam essa parte do front não tinham sido muito zelosas ao avançar, de modo que a linha de frente formou uma espécie de bolsão. Mais tarde, seria preciso avançar nesse lugar — um trabalho delicado sob fogo cruzado —, mas naquele momento era como se o inimigo não existisse; nossa única preocupação era nos manter aquecidos e ter o suficiente para comer.

Enquanto isso, a ronda diária — principalmente a noturna — era tarefa comum. Sentinelas, patrulhas, escavação, lama, chuva, ventos ululantes e neve ocasional. Foi só em abril que as noites ficaram visivelmente mais quentes. Lá em cima, no planalto, os dias de março eram mais parecidos com o que se via na Inglaterra, com céu azul brilhante e ventos perturbadores. A cevada de inverno tinha um palmo de altura, botões de cor púrpura se formavam nas cerejeiras (a linha de frente percorria pomares desertos e hortas), e, se procurássemos nas valas, encontraríamos violetas e uma espécie de jacinto-silvestre. Bem atrás da nossa posição, corria um riacho maravilhoso, verde e borbulhante, a primeira água transparente que vi desde que cheguei ao front. Um dia cerrei os dentes e mergulhei rio adentro para tomar meu primeiro banho em seis semanas. Foi o que se chamaria de um banho rápido, pois a água era principalmente de neve e não estava muito acima do ponto de congelamento.

Enquanto isso, não acontecia nada, nunca acontecia nada. Os ingleses adquiriram o hábito de dizer que não se tratava de uma guerra, mas de um embuste sangrento. Era raro ficarmos sob fogo direto dos fascistas. O único perigo eram as balas perdidas que, à medida que as linhas se curvavam para a frente de ambos os lados, vinham de várias direções. Todas as baixas nessa época foram de balas perdidas. Arthur Clinton recebeu uma bala misteriosa que acertou seu ombro esquerdo e o incapacitou de forma permanente, receio. Havia um pouco de fogo de artilharia, mas era extraordinariamente ineficaz. Os guinchos e estrondos dos projéteis eram vistos mais como uma pequena diversão. Os fascistas nunca acertavam seus explosivos em nosso parapeito. Algumas centenas de metros atrás de nós, havia uma casa de fazenda chamada La Granja, com grandes construções agrícolas, usadas como armazém, sede e cozinha para esse setor da linha. Era nela que os atiradores fascistas estavam tentando acertar, embora estivessem a cinco ou seis quilômetros de distância e nunca mirassem bem o suficiente para fazer mais do que quebrar janelas e lascar paredes. Só corria perigo quem estivesse subindo a estrada quando o tiroteio começava, com projéteis caindo em cada um dos lados. Aprendia-se quase imediatamente a misteriosa arte de saber, pelo som de um projétil, quão perto ele cairia. Os projéteis que os fascistas atiravam nesse período eram terrivelmente ruins. Embora fossem de 150 milímetros, eles apenas faziam uma cratera com cerca de 1,8 metro de largura por 1,2 metro de profundidade, e pelo menos um em cada quatro não explodia. Havia os contos românticos usuais falando de sabotagens nas fábricas fascistas e de projéteis não detonados nos quais, em vez da carga, encontrava-se um pedaço de papel escrito "Frente Vermelha", porém nunca vi nenhum. A verdade é que os projéteis eram terrivelmente velhos; alguém pegou um estojo de cartucho com a data carimbada, e era de 1917. Os canhões fascistas eram da mesma marca e calibre que os nossos, e os projéteis não detonados eram frequentemente recondicionados e atirados de volta. Dizia-se que havia um velho projétil, com um apelido próprio, que viajava diariamente para lá e para cá, que nunca explodia.

À noite, pequenas patrulhas costumavam ser enviadas à terra de ninguém para se estirar em valas perto das linhas fascistas e ouvir sons (toques de clarim, buzinas e assim por diante), que indicassem atividade em Huesca. Havia um constante vaivém de tropas fascistas, e os números podiam ser verificados até certo ponto a partir dos relatórios dos ouvintes. Sempre recebíamos ordens especiais para relatar o toque dos sinos das igrejas. Pelo visto, os fascistas sempre ouviam a missa antes de entrar em ação. Entre os campos e pomares, havia cabanas desertas com paredes de barro que podiam ser exploradas em segurança com um fósforo aceso, depois de fechadas as janelas. Às vezes, dava para encontrar despojos valiosos, como uma machadinha ou um cantil fascista (melhor que os nossos e muito procurados). Também era possível explorar durante o dia, mas apenas rastejando de quatro. Era estranho rastejar por aqueles campos vazios e férteis onde tudo tinha sido suspenso no momento da colheita. Os grãos do ano anterior nunca tinham sido tocados. As vinhas não podadas serpenteavam pelo chão, as espigas de milho endureceram como pedra, as beterrabas hipertrofiaram e se transformaram em enormes pedaços fibrosos. Como os camponeses devem ter amaldiçoado os dois exércitos! Às vezes, grupos de homens saíam para colher batatas na terra de ninguém. Cerca de um quilômetro à nossa direita, onde as linhas eram mais próximas, havia um canteiro de batatas que era frequentado tanto pelos fascistas como por nós. Íamos durante o dia, eles, à noite, já que o lugar ficava ao alcance das nossas metralhadoras. Uma noite, para nosso aborrecimento, eles compareceram em massa e limparam todo o terreno. Descobrimos outro canteiro mais adiante, onde praticamente não havia cobertura e era preciso puxar as batatas da terra deitado de bruços — um trabalho cansativo. Se os atiradores de metralhadoras deles nos avistassem, era preciso se achatar no chão como um rato quando se espreme no vão da porta, com as balas cortando o solo alguns metros atrás. Parecia valer a pena na época. As batatas estavam ficando muito escassas. Se alguém conseguisse um saco cheio, podia levá-lo até a cozinha e trocá-lo por uma garrafa cheia de café.

E ainda assim, nada acontecia, nada parecia estar acontecendo. "Quando vamos atacar? Por que não atacamos?", eram as perguntas que se escutavam noite e dia, de espanhóis e ingleses. Quando se pensa no significado de lutar, é estranho que os soldados queiram fazê-lo, mas, sem dúvida, é o que eles querem fazer. Na guerra estacionária, há três coisas que todo soldado deseja: uma batalha, mais cigarros e uma semana de licença. Estávamos um pouco mais armados agora do que antes. Cada homem tinha 150 cartuchos de munição, em vez de cinquenta, e, aos poucos, recebíamos baionetas, capacetes de aço e algumas bombas. Havia rumores constantes de batalhas iminentes, que desde então pensei serem deliberados para manter o ânimo das tropas. Não era necessário ter muito conhecimento militar para ver que não haveria nenhuma ação importante deste lado de Huesca, pelo menos por enquanto. O ponto estratégico era a estrada para Jaca, do outro lado. Mais tarde, quando os anarquistas atacaram a estrada de Jaca, nosso trabalho foi fazer "ataques de contenção" e forçar os fascistas a desviar as tropas do outro lado.

Durante todo esse tempo, cerca de seis semanas, houve apenas uma ação na nossa parte do front. Foi quando nossas Tropas de Choque atacaram o Manicômio, um sanatório de loucos abandonado que os fascistas tinham convertido em fortaleza. Havia várias centenas de refugiados alemães servindo no Poum. Eles foram organizados em um batalhão especial, o *Batallón de Choque* e, de um ponto de vista militar, estavam em um nível bem diferente do resto da milícia — na verdade, eram mais parecidos com soldados do que qualquer um que eu vira na Espanha, com exceção da Guarda de Assalto[13] e de alguns membros da Coluna Internacional.[14] O ataque falhou, como de costume. Quantas operações nessa guerra, do lado do governo, não foram um desastre, eu me pergunto? As Tropas de Choque tomaram o Manicômio de assalto, mas os homens, não me lembro de qual milícia, que deveriam dar apoio apoderando-se do morro vizinho que protegia o Manicômio, foram perversamente deixados na mão. O capitão que os comandava era um daqueles oficiais do Exército regular de lealdade duvidosa que o governo insistia em empregar. Por medo ou traição, ele alertou os fascistas jogando uma bomba quando estavam a duzentos metros de distância. Fico feliz em dizer que seus homens atiraram nele e o mataram na hora. Mas o ataque-surpresa não foi nenhuma surpresa, e os milicianos foram derrubados por artilharia pesada e expulsos do morro, e ao anoitecer as Tropas de Choque tiveram de abandonar o Manicômio. Durante a noite, as ambulâncias percorreram a abominável estrada para Siétamo, matando os feridos graves com seus solavancos.

Nessa época, todos estávamos infestados de piolhos. Embora fizesse frio, estava quente o suficiente para piolhos. Eu já tinha acumulado uma boa experiência com parasitas corporais de vários tipos, mas em termos de aborrecimento o piolho vence tudo o que já encontrei. Outros insetos, o pernilongo, por exemplo, causam um sofrimento maior, mas pelo menos não são vermes residentes. O piolho humano se assemelha um pouco a uma lagosta minúscula e vive principalmente nas calças. Além de queimar todas as suas roupas, não há maneira conhecida de se livrar dele. Entre as costuras das calças, ele põe seus ovos brancos brilhantes, pequenos como grãos de arroz, que eclodem e criam suas próprias famílias a uma velocidade espantosa. Acho que os pacifistas achariam útil ilustrar seus panfletos com fotografias ampliadas de piolhos. Glória da guerra, de fato! Na guerra, todos os soldados são piolhentos, ao menos quando está quente o suficiente. Os homens que lutaram em Verdun, em Waterloo, em Flodden, no Senlac e nas

Termópilas — cada um deles tinha piolhos rastejando em seus testículos. Conseguíamos controlar um pouco dessas feras queimando os ovos e tomando banho com a maior frequência possível. Nada além de piolhos me faria entrar naquele rio congelante.

Tudo estava acabando — botas, roupas, tabaco, sabão, velas, fósforos, azeite. Nossos uniformes caíam aos pedaços, e muitos dos homens não tinham botas, apenas sandálias com solado de corda. Dava para encontrar pilhas de botas gastas por toda parte. Certa vez, mantivemos uma fogueira acesa durante dois dias feita principalmente com botas, que não são um combustível ruim. Naquela época, minha esposa estava em Barcelona e costumava me mandar chá, chocolate e até charutos quando era possível, mas mesmo ali tudo estava acabando, especialmente o fumo. O chá foi uma dádiva de Deus, embora não tivéssemos leite e muito menos açúcar. Pacotes eram constantemente enviados da Inglaterra para os homens do contingente, mas nunca chegavam; comida, roupas, cigarros — tudo era recusado pelos correios ou apreendido na França. Curiosamente, a única empresa bem-sucedida em enviar pacotes de chá — e, em uma ocasião memorável, até mesmo uma lata de biscoitos — para minha esposa foi a Army and Navy Stores.[15] Pobre e velha Army and Navy! Cumpriram suas obrigações com dignidade, mas teriam ficado mais felizes se as coisas tivessem ido para o lado franquista da barricada. A escassez de tabaco era o pior de tudo. No início, recebíamos um maço por dia, depois diminuiu para oito cigarros e, então, para apenas cinco. Por fim, houve dez dias mortais em que nenhuma distribuição de tabaco foi feita. Pela primeira vez na Espanha, vi algo que se vê todos os dias em Londres — pessoas catando bitucas no chão.

No final de março, uma ferida infeccionou uma de minhas mãos, que teve de ser enfaixada e colocada em uma tipoia. Precisei ir ao hospital, mas não valia a pena me mandar para Siétamo por causa de um ferimento tão insignificante. Fui, então, ao chamado hospital de Monflorite, que era apenas um posto de triagem. Passei dez dias lá, parte desse tempo na cama. Os *practicantes* (assistentes de hospital) roubaram praticamente todos os meus objetos de valor, inclusive minha câmera e todas as fotografias. No front, todo mundo roubava, era o efeito inevitável da escassez, mas o pessoal dos hospitais era sempre pior. Mais tarde, no hospital de Barcelona, um americano que viera se juntar à Coluna Internacional e estava em um navio torpedeado por um submarino italiano, contou-me como fora carregado ferido para terra firme. No momento em que o colocaram na ambulância, os carregadores da maca roubaram seu relógio de pulso.

Com meu braço na tipoia, passei vários dias felizes vagando pelo campo. Monflorite era o amontoado comum de casas de barro e pedra, com vielas estreitas e tortuosas revolvidas por caminhões até ficarem parecidas com as crateras da Lua. A igreja fora seriamente atingida, mas era usada como depósito militar. Em todo o bairro, havia apenas duas casas rurais de bom tamanho, a Torre Lorenzo e a Torre Fabián,[16] e apenas dois prédios grandes de verdade, obviamente as casas dos proprietários que outrora dominavam o campo; era possível ver a riqueza deles refletida nas cabanas miseráveis dos camponeses. Logo atrás do rio, perto da linha de frente, havia um enorme moinho de farinha com uma casa de campo anexa. Foi vergonhoso ver aquela enorme e cara máquina enferrujando, inútil, e as calhas de madeira destruídas para servir de lenha. Mais tarde, para conseguir lenha para as tropas mais distantes, grupos de homens foram enviados em caminhões para desfazer sistematicamente o local. Eles costumavam quebrar as tábuas do chão de um cômodo explodindo uma granada de mão. Era possível que La Granja, nosso armazém e cozinha, tenha sido um convento. Possuía enormes pátios e casas externas, cobrindo uns 4 mil metros quadrados, com estábulos para trinta ou quarenta cavalos. As casas de campo nessa parte da Espanha não têm nenhum interesse arquitetônico, mas suas construções de fazenda, de pedra caiada e com arcos redondos e vigas magníficas nos telhados, são lugares nobres construídos com base em uma planta que provavelmente não se alterou por séculos. Às vezes, dava para sentir uma solidariedade disfarçada pelos ex-proprietários fascistas, ao ver a maneira como a milícia tratava os edifícios confiscados. Em La Granja, todos os cômodos que não estavam em uso foram transformados em latrinas — uma confusão assustadora de móveis quebrados e excrementos. A igrejinha que ficava ao lado, com as paredes perfuradas por projéteis, tinha o chão coberto por centímetros de bosta. No grande pátio, onde os cozinheiros distribuíam as rações, o lixo de latas enferrujadas, lama, esterco de mula e comida podre era revoltante. Dava sentido à velha canção do exército: "Há ratos, ratos/ Grandes como gatos/ Na intendência do quartel!"[17] Os de La Granja eram realmente grandes como gatos, ou quase; bichos inchados, que saracoteavam sobre os montes de sujeira, negligentes demais para fugir, a menos que se atirasse neles.

A primavera finalmente tinha chegado. O azul no céu estava mais suave, o ar ficara subitamente ameno. Os sapos acasalavam ruidosamente nas valas. Em volta do tanque que servia às mulas da aldeia, encontrei rãs verdes maravilhosas, do tamanho de uma moeda, tão brilhantes que até a grama nova parecia opaca ao lado delas. Jovens camponeses saíam com baldes à caça de caracóis, que eram assados vivos em folhas de latão. Assim que o tempo melhorou, os camponeses partiram para lavrar o campo para a primavera. É típico da total imprecisão em que se deu a revolução agrária espanhola que eu não pude nem sequer saber ao certo se a terra aqui tinha sido coletivizada ou se os camponeses apenas a dividiram entre si. Imagino que, em teoria, ela tivesse sido coletivizada, considerando se tratar de uma área anarquista e do Poum.[18] De qualquer forma, os proprietários da terra sumiram, os campos estavam sendo cultivados e as pessoas pareciam satisfeitas. A amizade dos camponeses para conosco nunca deixou de me surpreender. Para alguns dos mais velhos, a guerra deve ter parecido sem sentido, claramente produziu uma escassez de tudo e uma vida sombria e monótona para todos e, na melhor das hipóteses, os camponeses odeiam ter tropas aquarteladas em cima deles. No entanto, eles eram invariavelmente amigáveis — suponho que ao refletir sobre isso, por mais intoleráveis que pudéssemos ser em outros aspectos, nós nos colocamos entre eles e seus antigos proprietários. A guerra civil é uma coisa estranha. Huesca não ficava nem a oito quilômetros de distância, era a cidade do mercado dessa gente, todos tinham parentes ali, em todas as semanas de suas vidas, eles tinham ido lá vender suas aves e verduras. E agora, por oito meses, uma barreira impenetrável de arame farpado e metralhadoras erguia-se entre eles. Vez ou outra isso escapava de suas memórias. Uma vez, estava conversando com uma velha que carregava uma daquelas minúsculas lamparinas de ferro em que os espanhóis queimam azeite. "Onde posso comprar uma lamparina dessas?", eu perguntei. "Em Huesca", disse ela sem pensar. Então nós dois rimos. As garotas da aldeia eram criaturas esplêndidas e vívidas, com cabelos negros como carvão, um andar gingado e uma postura franca, de paridade com os homens, o que provavelmente foi um subproduto da revolução.

Homens com camisas azuis esfarrapadas e culotes pretos de veludo, usando chapéus de palha de abas largas, aravam os campos atrás de parelhas de mulas que batiam as orelhas ritmicamente. Seus arados eram umas coisas miseráveis, apenas remexiam o solo, sem cavar nada que se pudesse considerar como um sulco. Todos os implementos agrícolas eram lamentavelmente antiquados, tudo era governado pelo alto preço do metal. Uma relha de arado quebrada, por exemplo, era remendada e depois consertada de novo, até que se tornasse principalmente feita de remendos. Ancinhos e forcados eram feitos de madeira. Pás, entre um povo que mal possuía botas, era algo desconhecido; eles cavavam com uma enxada tosca, como as usadas na Índia. Havia uma espécie de grade que nos transportava direto para o final da Idade da Pedra. Era feita de tábuas unidas, quase do tamanho de uma mesa de cozinha. Nas tábuas, havia centenas de buracos, e em cada um foi enfiada uma pedra lascada manipulada exatamente como os homens faziam há 10 mil anos. Lembro-me de minha reação quase horrorizada quando me deparei com uma dessas coisas em uma cabana abandonada, na terra de ninguém. Tive que refletir sobre isso por um longo tempo antes de entender que era uma grade. Fiquei doente de pensar no trabalho necessário para a fabricação de tal objeto, e na pobreza que obrigava a usar uma pedra lascada no lugar do aço. Tenho me sentido mais gentil com a industrialização desde então. Mas, na aldeia, havia dois tratores agrícolas modernos, sem dúvida confiscados da propriedade de algum grande senhor de terras.

Uma ou duas vezes, vaguei até o pequeno cemitério murado que ficava a pouco mais de um quilômetro da aldeia. Os mortos da linha de frente normalmente eram enviados para Siétamo, enquanto este cemitério era para os mortos da aldeia. Era estranhamente diferente de um cemitério inglês. Nenhuma reverência aos mortos aqui! Tudo estava coberto de arbustos e grama alta, com ossos humanos espalhados por toda parte. Mas o que realmente me surpreendeu foi a quase completa falta de inscrições religiosas nas lápides, embora todas datassem de antes da revolução. Apenas uma vez, acho, vi o "Orai pela Alma de Fulano de Tal", que é comum nos túmulos católicos. A maioria das inscrições era puramente laica, com poemas risíveis sobre as virtudes do falecido. Talvez em um túmulo, a cada quatro ou cinco, houvesse uma pequena cruz ou uma referência superficial ao céu; que, em geral, estava riscada por algum ateu diligente com um cinzel.

Ocorreu-me que as pessoas nessa parte da Espanha deviam ser genuinamente desprovidas de sentimento religioso — sentimento religioso, quero dizer, no sentido ortodoxo. É curioso que, durante todo o tempo em que estive na Espanha, nunca vi uma pessoa fazer o sinal da cruz; ainda assim, seria possível pensar que tal movimento fosse instintivo, com ou sem revolução. É claro, a Igreja espanhola voltará (como diz o ditado, "a noite e os jesuítas sempre retornam"),[19] mas não há dúvida de que, com a eclosão da revolução, entrou em colapso e foi esmagada a um ponto que seria impensável até mesmo para a moribunda Igreja anglicana em circunstâncias semelhantes. Para os espanhóis, pelo menos na Catalunha e em Aragão, a Igreja não passava de uma embromação pura e simples. E é possível que a crença cristã tenha sido em parte substituída pelo anarquismo, cuja influência é amplamente difundida e que, sem dúvida, tem um tom religioso.

Foi no dia em que voltei do hospital que avançamos o front para sua posição apropriada, cerca de mil metros à frente, ao longo do pequeno riacho que ficava a algumas centenas de metros à frente da linha fascista. Essa operação deveria ter sido realizada meses antes. A razão de fazer isso agora é que os anarquistas estavam atacando na estrada de Jaca, e avançar por esse lado obrigava-os a desviar as tropas para nos enfrentar.

Ficamos sessenta ou setenta horas sem dormir, e minhas memórias se dissolveram em uma espécie de azul, ou melhor, numa série de imagens. O dever de escuta na terra de ninguém, a cem metros da Casa Francesa, uma casa de fazenda fortificada que fazia parte da linha fascista. Sete horas deitado em um brejo horrível, em uma água com cheiro de junco, na qual o corpo afundava cada vez mais. O cheiro do junco, o frio entorpecedor, as estrelas imóveis no céu negro, o coaxar áspero das rãs. Embora fosse abril, foi a noite mais fria de que me lembro na Espanha. A apenas cem metros atrás de nós, os grupos de trabalho davam duro, mas o silêncio era absoluto, exceto pelo coro dos sapos. Apenas uma vez durante a noite ouvi um som — o ruído familiar de um saco de areia sendo achatado com uma pá. É esquisito como, de vez em quando, os espanhóis conseguem realizar um feito brilhante de organização. Todo o movimento foi lindamente planejado. Em sete horas, seiscentos homens construíram 1,2 quilômetro de trincheira e parapeito, a distâncias de 150 a trezentos metros da linha inimiga, e tudo tão silenciosamente que os fascistas não ouviram nada. Durante a noite, houve apenas uma baixa. Houve mais no dia seguinte, é claro. Cada homem tinha o seu trabalho atribuído a ele, até mesmo os auxiliares da cozinha, que chegaram de repente com baldes de vinho misturados com conhaque quando o trabalho estava terminado.

Depois o amanhecer chegou e os fascistas descobriram subitamente que estávamos lá. O edifício quadrado branco da Casa Francesa, embora estivesse a duzentos metros de distância, parecia elevar-se sobre nós, e as metralhadoras em suas janelas superiores cobertas de sacos de areia pareciam apontar diretamente para a trincheira abaixo. Ficamos todos boquiabertos, imaginando por que os fascistas não nos viam. Em seguida, veio uma rajada violenta de balas, e todo mundo se jogou de joelhos e começou a cavar freneticamente, aprofundando a trincheira e escavando pequenos abrigos nas laterais. Com o braço ainda enfaixado eu não conseguia cavar e passei a maior parte do dia lendo uma história de detetive — *The Missing Moneylender* era seu título. Não me lembro do enredo, mas recordo com muita clareza a sensação de ficar sentado lendo, o barro úmido do chão da trincheira embaixo de mim, o deslocamento constante das minhas pernas para fora do caminho, enquanto os homens se apressavam para vedar a trincheira, o *crack-crack-crack* de balas dois palmos acima da cabeça. Thomas Parker levou uma bala no alto da coxa que, como ele disse, o deixou mais perto de ser condecorado por bravura do que ele gostaria. As baixas aconteciam ao longo do front, mas nada comparável ao que teria acontecido se tivessem nos apanhado em movimento durante a noite. Um desertor nos contou depois que cinco sentinelas fascistas foram fuziladas por negligência. Mesmo agora, eles teriam nos massacrado se tivessem tido a iniciativa de trazer alguns morteiros. Foi um trabalho complicado levar os feridos pela trincheira estreita e lotada. Vi um pobre-diabo, com as calças escuras de sangue, ser atirado ofegante de agonia para fora da maca. Era preciso carregar os feridos por uma longa distância, mais de um quilômetro, pois, mesmo quando havia uma estrada, as ambulâncias nunca se aproximavam da linha de frente. Se chegassem perto demais, os fascistas tinham o hábito de atirar granadas contra elas — justificável, pois na guerra moderna ninguém tem escrúpulos em usar uma ambulância para carregar munição.

E então, na noite seguinte, aguardamos na Torre Fabián por um ataque, que foi cancelado no último momento por rádio. No celeiro onde esperávamos, o chão era de uma fina camada de palha sobre camadas profundas de ossos humanos e de vaca misturados, e o lugar estava infestado de ratos.[20] Os bichos imundos se moviam pelo chão por todos os lados. Se tem uma coisa que eu odeio mais que qualquer outra é um rato passando por cima de mim na escuridão. Porém, tive a satisfação de acertar um deles com um bom soco que o mandou pelos ares.

A cinquenta ou sessenta metros do parapeito fascista, esperamos a ordem de ataque. Uma longa fila de homens agachados em uma vala de irrigação com suas baionetas espiavam por cima da borda, o branco de seus olhos brilhando na escuridão. Kopp e Benjamin estavam agachados atrás de nós junto a um homem com uma caixa do receptor do telégrafo sem fio amarrada aos ombros. No horizonte, a oeste, clarões rosados de armas de fogo eram seguidos, a intervalos de vários segundos, por enormes explosões. E então um barulho, *pip-pip-pip*, vindo do telégrafo, e a ordem, sussurrada, de que deveríamos sair enquanto dava. Fizemos isso, mas não com a rapidez necessária. Doze crianças azaradas da JCI (a Liga da Juventude do Poum, correspondente à JSU do PSUC), que tinham sido posicionadas a apenas quarenta metros do parapeito fascista, foram apanhadas na madrugada e não puderam escapar. Foram obrigadas a ficar ali o dia todo, com apenas tufos de capim como cobertura, os fascistas atirando nelas toda vez que se moviam. Ao cair da noite, sete estavam mortas e as outras cinco conseguiram rastejar para longe na escuridão.

E, assim, por muitas manhãs depois, o som dos ataques anarquistas do outro lado de Huesca. Sempre o mesmo som. De repente, em algum momento da madrugada, o estrondo de várias dezenas de bombas explodindo simultaneamente — mesmo a quilômetros de distância, um estrondo diabólico e dilacerante —, e então o rugido ininterrupto de fuzis e metralhadoras em massa, um som pesado, curiosamente semelhante ao rufar de tambores. Aos poucos, o tiroteio se espalhava por todas as linhas que circundavam Huesca, e tropeçávamos na trincheira para nos encostar sonolentos no parapeito enquanto tiros irregulares e sem sentido passavam sobre nossa cabeça.

Durante o dia, os canhões trovejavam de maneira intermitente. A Torre Fabián, agora nossa cozinha, tinha sido bombardeada e parcialmente destruída. É curioso que, ao observar o fogo de artilharia a uma distância segura, sempre se deseja que o atirador acerte o alvo, mesmo que no alvo esteja o seu jantar e alguns de seus camaradas. Os fascistas estavam atirando bem naquela manhã; talvez houvesse atiradores alemães em ação.[21] Enquadraram perfeitamente a Torre Fabián. Um projétil caiu um pouco além, outro um pouco antes, então um zunido e *BUM!*, bem no alvo. Caibros explodiram no ar e uma placa de uralita voou como uma carta de baralho. O projétil em seguida arrancou um canto de um edifício com a mesma precisão que um gigante cortaria com um golpe de faca. Mas os cozinheiros conseguiram servir o jantar na hora certa — um feito memorável.

Com o passar dos dias, cada um dos canhões que não eram visíveis, mas podiam ser ouvidos, começaram a ganhar uma personalidade distinta. Havia duas baterias russas de 75 milímetros que disparavam perto da nossa retaguarda e que, de alguma forma, evocavam a imagem de um homem gordo acertando uma bola de golfe. Essas foram as primeiras armas russas que vi — ou melhor, ouvi. Elas percorriam uma trajetória baixa muito rapidamente, de modo que se ouvia a explosão do cartucho, o zunido e a explosão do projétil quase ao mesmo tempo. Atrás de Monflorite, havia dois canhões muito pesados, que disparavam algumas vezes por dia, com um rugido profundo e abafado como o uivo de monstros acorrentados distantes. No Monte Aragão, a fortaleza medieval que as tropas do governo invadiram no ano passado (a primeira vez na história, dizia-se) que guardava uma das entradas de Huesca, havia um pesado canhão que devia datar de muito antes do século XIX. Seus grandes projéteis assobiavam de forma tão lenta que tínhamos certeza de que era possível acompanhá-los correndo ao seu lado. O som do projétil dessa arma parecia com o de um homem andando de bicicleta e assobiando. Os morteiros das trincheiras, embora fossem pequenos, emitiam o som mais maligno de todos. Seus projéteis eram, na verdade, uma espécie de torpedo alado, no formato dos dardos atirados em tabernas e do tamanho de uma garrafa de um litro. Explodem com um estrondo metálico diabólico, como o de um globo monstruoso de aço quebradiço sendo despedaçado em uma bigorna. Às vezes, nossos aviões sobrevoavam e soltavam os torpedos aéreos, cujo tremendo rugido ressoava e fazia a terra tremer, mesmo a três quilômetros de distância. Os disparos dos canhões antiaéreos fascistas pontilhavam o céu como nuvenzinhas em uma aquarela ruim, mas nunca os vi chegar a menos de mil metros de distância de um avião. Quando um avião desce e usa sua metralhadora, o som, de baixo, é parecido com um bater de asas.

Na nossa parte da linha não acontecia muita coisa. Duzentos metros à nossa direita, onde os fascistas estavam em um terreno mais alto, seus franco-atiradores mataram alguns de nossos camaradas. Duzentos metros à esquerda, na ponte sobre o riacho, uma espécie de duelo acontecia entre os morteiros fascistas e os homens que construíam uma barricada de concreto na ponte. Os pequenos projéteis malditos passavam zunindo, *zing-bum! zing-bum!*, fazendo um barulho duplamente diabólico quando caíam na estrada de asfalto. A cem metros de distância, era possível ficar em perfeita segurança e observar as colunas de terra e fumaça negra saltando no ar como árvores mágicas. Os pobres-diabos em volta da ponte passavam grande parte do dia encolhidos de medo nos pequenos abrigos que tinham cavado na lateral da trincheira. Mas houve menos baixas que era de se esperar, e a barricada subiu firmemente com uma parede de concreto com sessenta centímetros de espessura, e aberturas para duas metralhadoras e um pequeno canhão de campanha. O concreto estava sendo reforçado com armações antigas de camas que, pelo visto, eram o único ferro que podia ser encontrado para esse propósito.

VI

Uma tarde, Benjamin nos disse que precisava de quinze voluntários. O ataque ao reduto fascista, cancelado na ocasião anterior, seria realizado naquela noite. Lubrifiquei meus dez cartuchos mexicanos e sujei minha baioneta (essas coisas denunciam sua posição quando brilham demais). Embrulhei um pedaço de pão, uns sete centímetros de linguiça vermelha e um charuto, que minha esposa mandara de Barcelona e que vinha guardando havia muito tempo. Granadas foram distribuídas, três para cada homem. O governo espanhol finalmente conseguiu produzir uma granada decente. Era baseada no princípio de uma granada Mills, mas com dois pinos em vez de um. Depois de puxar os pinos, havia um intervalo de sete segundos até a bomba explodir. A principal desvantagem era que um pino era muito rígido e o outro, muito solto, de modo que tínhamos de escolher entre deixar os dois intocados e, num momento de emergência, não conseguir puxar o rígido, ou retirar o rígido antes e ficar em constante estado de preocupação de a coisa explodir no bolso. Mas era uma pequena bomba prática para se lançar.

Um pouco antes da meia-noite, Benjamin conduziu quinze de nós até a Torre Fabián. Desde o começo da noite, a chuva caía forte. As valas de irrigação transbordavam, e toda vez que se tropeçava em uma delas, a água chegava até a cintura. Na escuridão completa e sob a chuva torrencial, no pátio da fazenda, uma massa indistinta de homens aguardava. Kopp se dirigiu a nós, primeiro em espanhol, depois em inglês, e explicou o plano de ataque. A linha fascista fazia uma curva em L, e o parapeito que iríamos atacar ficava numa subida na dobra desse L. Cerca de trinta de nós, metade ingleses e metade espanhóis, sob a supervisão de Jorge Roca, nosso comandante de batalhão (um batalhão da milícia tinha cerca de quatrocentos homens), e de Benjamin, deviam se aproximar e cortar o arame fascista. Jorge lançaria a primeira bomba como sinal; depois, mandaríamos uma chuva de bombas, expulsaríamos os fascistas do parapeito e tomaríamos o local antes que eles pudessem se recompor. Ao mesmo tempo, setenta soldados das tropas de choque deveriam atacar a próxima "posição" fascista, que ficava cerca de duzentos metros à direita da outra, unida a ela por uma trincheira de comunicação. Para evitar que atirássemos uns nos outros no escuro, braçadeiras brancas seriam usadas. Nesse momento, um mensageiro chegou para dizer que não havia braçadeiras brancas. Da escuridão, uma voz lamentosa sugeriu: "Não podemos arranjar para que os fascistas usem braçadeiras brancas?"

Ainda era preciso esperar uma ou duas horas. O celeiro acima do estábulo das mulas havia sido tão destruído pelo fogo das granadas que não era possível andar por ali sem luz. Metade do chão fora arrancado por um projétil e um buraco de seis metros descia até as pedras abaixo. Alguém achou uma picareta e arrancou uma tábua quebrada do chão e, em poucos minutos, acendemos uma fogueira e nossas roupas encharcadas começaram a exalar vapor. Outro sacou um baralho de cartas. Um boato — um daqueles rumores misteriosos que são endêmicos na guerra — se espalhou, e dizia que café quente com conhaque estava prestes a ser servido. Descemos ansiosamente a escada quase em ruínas e vagamos pelo pátio escuro, perguntando onde estava o café. Que pena! Não havia. Em vez disso, eles nos reuniram, nos colocaram em uma fila única, e então Jorge e Benjamin logo partiram para a escuridão, seguidos pelo resto de nós.

Ainda chovia e estava muito escuro, mas o vento parara. A lama era indescritível. O caminho por entre os campos de beterraba era simplesmente uma sucessão de protuberâncias, tão escorregadias quanto um pau de sebo, com enormes poças por toda parte. Muito antes de chegarmos ao local onde deveríamos deixar nosso parapeito, já tínhamos caído várias vezes e nossos fuzis estavam cobertos de lama. No parapeito, um pequeno grupo de homens, nossos reservas, esperava, com o médico e uma fileira de macas. Atravessamos a brecha no parapeito e cruzamos outra vala de irrigação. *Splash-blurb!* Mais uma vez com água até a cintura, a lama imunda e viscosa escorrendo para dentro dos canos das botas. Na grama do lado de fora, Jorge esperou até atravessarmos. Então, com o corpo inclinado, ele começou a se rastejar lentamente para a frente. O parapeito fascista ficava a cerca de 150 metros de distância. Nossa única chance de chegar lá era nos movermos sem fazer barulho.

Fui à frente com Jorge e Benjamin. Curvados, mas com o rosto erguido, nos arrastamos na escuridão quase total, em um ritmo que ficava mais lento a cada passo. A chuva batia levemente em nosso rosto. Quando olhava para trás, podia ver os homens mais próximos, um monte de formas corcundas como enormes cogumelos pretos deslizando devagar para a frente. Mas, toda vez que erguia a cabeça, Benjamin, bem ao meu lado, sussurrava ferozmente em meu ouvido: *"To keep ze head down! To keep ze head down!"* [Mantenha *a* cabeça baixa! Mantenha *a* cabeça baixa!] Poderia ter dito a ele que não se preocupasse. Sabia, por experiência própria, que em uma noite escura nunca é possível ver um homem a vinte passos. Era muito mais importante seguir em silêncio. Se nos ouvissem uma única vez, estaríamos perdidos. Eles teriam apenas de pulverizar a escuridão com suas metralhadoras e não haveria mais nada a fazer, além de correr ou ser massacrado.

    Mas, no solo encharcado, era quase impossível se mover silenciosamente. Não importava o que fizéssemos, os pés grudavam na lama, e cada passo era *slop-slop, slop-slop*. E o diabo disso tudo é que o vento tinha parado e, apesar da chuva, estava uma noite muito tranquila. Os sons poderiam ser ouvidos de longe. Houve um momento terrível em que chutei uma lata e pensei que cada fascista em um raio de quilômetros de distância pudesse ter ouvido. Mas não, nenhum som, nenhum tiro em resposta, nenhum movimento nas linhas fascistas. Seguíamos furtivamente em frente, cada vez mais devagar. Não consigo transmitir o quanto desejava chegar lá. Só para ficar a uma distância para jogar uma bomba, antes que nos ouvissem! Numa hora como essa, não se sente medo, apenas um desejo tremendo e desesperado de superar o terreno intermediário. Senti exatamente a mesma coisa ao perseguir um animal selvagem; o mesmo desejo agonizante de entrar no raio de alcance, a mesma certeza irreal de que isso é impossível. E como a distância se estendeu! Eu conhecia bem o terreno, eram apenas 150 metros e, no entanto, parecia mais de um quilômetro. Quando se rasteja nesse ritmo, fica-se ciente, como uma formiga, das enormes variações no solo; o esplêndido trecho de grama lisa aqui, o trecho maldito de lama pegajosa ali, os juncos altos e farfalhantes que precisam ser evitados, o monte de pedras que quase nos faz perder as esperanças, porque parece impossível superá-lo sem fazer barulho.

    Avançávamos tão devagar que comecei a pensar que havíamos tomado o caminho errado. Então, na escuridão, finas linhas paralelas, de algo mais escuro, ficaram vagamente visíveis. Era o arame farpado externo (os fascistas tinham duas linhas de arame). Jorge se ajoelhou, remexeu no bolso. Estava com nosso único alicate para cortar arame. *Clique, clique.* O material foi levantado delicadamente para o lado. Esperamos que os soldados atrás se aproximassem. Pareciam fazer um barulho assustador. Deviam faltar cinquenta metros para o parapeito fascista agora. Ainda em frente, curvados. Um passo furtivo, abaixando o pé de forma tão suave quanto um gato ao se aproximar de um buraco de ratinho; depois, uma pausa para ouvir; então, outro passo. Uma vez ergui a cabeça; em silêncio, Benjamin pôs a mão atrás do meu pescoço e puxou-o para baixo com violência. O arame interno estava a menos de vinte metros do parapeito. Parecia-me inconcebível que trinta homens pudessem chegar lá sem serem ouvidos. Nossa respiração seria o suficiente para nos delatar. No entanto, de alguma forma, chegamos. O parapeito fascista estava visível agora, um monte escuro e tênue, bem acima de nós. Mais uma vez, Jorge se ajoelhou e remexeu no bolso. Clique, clique. Não havia como cortar o material em silêncio.

Portanto aquele era o arame interno. Rastejamos até ele de quatro com um pouco mais de velocidade. Se tivéssemos tempo para fazer a formação agora, tudo estaria bem. Jorge e Benjamin rastejaram para a direita. Mas os homens espalhados atrás precisaram formar uma fila única para passar pela estreita fenda no arame, e bem nesse momento houve um clarão e um estrondo vindo do parapeito fascista. A sentinela enfim nos ouviu. Jorge se apoiou em um joelho e balançou o braço como um jogador de boliche. *Crás!* A granada explodiu em algum lugar acima do parapeito. Imediatamente, com muito mais rapidez do que se imaginaria, um rugido de tiros, dez ou vinte fuzis dispararam do parapeito fascista. Estavam nos esperando, afinal. Por um instante, dava para ver cada saco de areia na luz sinistra. Soldados muito atrás jogavam suas granadas e algumas delas estavam caindo longe do parapeito. De cada abertura da trincheira parecia jorrar jatos de fogo. É sempre odioso ser alvo de tiros no escuro — todos os clarões de fuzil parecem apontar diretamente para você —, mas o pior mesmo eram as granadas. Não se pode conceber o horror dessas coisas até ver uma delas explodir bem perto, na escuridão; à luz do dia, há apenas o estrondo da explosão, na escuridão, há também o clarão vermelho e ofuscante. Eu me joguei ao chão na primeira rajada. Durante todo esse tempo eu estava deitado de lado na lama escorregadia, lutando ferozmente contra o pino de uma granada. O maldito não queria sair. Finalmente percebi que estava girando o pino no sentido errado. Eu o tirei, fiquei de joelhos, arremessei a granada e voltei a me jogar no chão. A bomba explodiu à direita, fora do parapeito; o medo arruinou minha pontaria. Nesse exato momento, outra granada explodiu bem na minha frente, tão perto que pude sentir o calor da explosão. Achatei-me e enterrei meu rosto na lama com tanta força que machuquei o pescoço e pensei que fora ferido. Em meio à algazarra, ouvi uma voz inglesa atrás de mim dizer baixinho: "Fui atingido." A granada tinha, de fato, ferido várias pessoas ao meu redor, sem me atingir. Fiquei de joelhos e lancei minha segunda granada. Esqueci para onde essa foi.

Os fascistas atiravam, nosso pessoal atrás atirava e eu tinha plena consciência de estar no meio deles todos. Senti a descarga de um tiro e percebi que um homem disparava logo atrás de mim. Eu me levantei e gritei com ele:

— Não atire em mim, seu idiota!

Nesse momento, vi que Benjamin, dez ou quinze metros à minha direita, fazia um gesto para mim com o braço. Corri até ele. O que significou que cruzei a linha de abertura de onde saíam os tiros, e, enquanto ia, espalmei a mão esquerda na bochecha; um gesto idiota — como se minha mão pudesse parar uma bala! — mas eu tinha horror de ser atingido no rosto. Benjamin estava ajoelhado com uma expressão satisfeita e diabólica no rosto, disparando cuidadosamente contra os flashes de fuzil, com sua pistola automática. Jorge tinha caído ferido na primeira rajada e estava em algum lugar, fora da vista. Ajoelhei-me ao lado de Benjamin, tirei o pino da minha terceira bomba e atirei-a. Ah! Nenhuma dúvida dessa vez. A bomba caiu dentro do parapeito, no canto, perto do ninho da metralhadora.

O fogo fascista parecia ter diminuído repentinamente. Benjamin pôs-se de pé de um salto e gritou: "Avante! Correr!" Corremos pela encosta íngreme onde ficava o parapeito. Eu disse "corremos", mas "rastejamos" talvez seja uma palavra melhor. O fato é que não é possível se mover rápido quando se está encharcado e enlameado da cabeça aos pés, carregando um fuzil pesado, uma baioneta e 150 cartuchos. Tinha como certo de que haveria um fascista esperando por mim no topo. Se ele disparasse àquela distância, não erraria, mas, por alguma razão, nunca achei que fosse disparar, apenas que tentaria me atingir com sua baioneta. Eu parecia sentir antecipadamente a sensação de nossas baionetas se cruzando e me perguntei se o braço dele seria mais forte do que o meu. Contudo, não havia nenhum fascista esperando. Com um sentimento vago de alívio, descobri que era um parapeito baixo, e que os sacos de areia proporcionavam um bom apoio para os pés. Como regra, eles são difíceis de transpor. Tudo lá dentro tinha sido despedaçado, vigas estavam espalhadas e havia grandes cacos de uralita dispersos por toda parte. Nossas bombas tinham destruído todas as cabanas e abrigos escavados. E ainda não havia uma alma à vista. Achei que eles estariam se escondendo em algum lugar no subsolo e gritei em inglês (não consegui pensar em nada em espanhol no momento): "Saiam de onde estiverem! Rendam-se!" Sem resposta. Então, um homem, uma figura sombria à meia-luz, pulou por cima do telhado de uma das cabanas em ruínas e saiu em disparada para a esquerda. Fui atrás dele, espetando minha baioneta inutilmente na escuridão. Ao dobrar a esquina da cabana, vi um soldado — não sei se era ou não o homem que eu avistara antes — fugindo pela trincheira de comunicação que levava a outra posição fascista. Devo ter ficado muito perto dele, pois conseguia vê-lo claramente. Ele estava com a cabeça descoberta e parecia não vestir nada, a não ser um cobertor que segurava nos ombros. Se eu tivesse atirado, poderia tê-lo feito em pedaços. Mas, pelo temor de atirarmos uns nos outros, recebemos ordens para usar apenas as baionetas enquanto estivéssemos dentro do parapeito e, de qualquer forma, nem sequer pensei em atirar. Em vez disso, minha mente retrocedeu vinte anos até o instrutor de boxe na escola me mostrando com uma mímica vívida como golpeara um turco com uma baioneta em Dardanelos. Segurei meu fuzil pela parte inferior da coronha e dei estocadas na direção das costas do homem. Ele estava fora do meu alcance. Outra estocada: ainda fora de alcance. E, por mais alguma distância, continuamos assim, ele correndo pela trincheira e eu atrás, no terreno acima, cutucando suas costas e nunca alcançando — uma memória cômica quando analiso em retrospecto, embora suponha que parecesse menos cômica para ele.

É claro, ele conhecia o terreno melhor do que eu, e logo se afastou de mim. Quando voltei, a posição estava cheia de homens gritando.

O barulho dos disparos tinha diminuído um pouco. Os fascistas ainda despejavam fogo pesado em nós de três lados, mas vinha de uma distância maior.

Por enquanto, nós os havíamos afastado. Lembro-me de dizer de maneira oracular: "Podemos manter este lugar por meia hora, não mais do que isso." Não sei por que escolhi meia hora. Olhando por cima do parapeito do lado direito, dava para ver inúmeros clarões esverdeados de fuzis cortando a escuridão; mas eles estavam muito longe, a cerca de cem ou duzentos metros. Nosso trabalho agora era vasculhar a posição e saquear qualquer coisa que valesse a pena. Benjamin e alguns outros já remexiam nas ruínas de uma grande cabana ou abrigo no meio da posição. Ele cambaleou animado pelo telhado em ruínas, puxando a alça de corda de uma caixa de munição.

— Camaradas! Munição! Muita munição aqui!

— Não queremos munição — disse uma voz. — Queremos fuzis.

Isso era verdade. Metade de nossos fuzis estava entupida de lama e inutilizável. Podiam ser limpos, mas é perigoso tirar o ferrolho de um fuzil no escuro; se deixados em algum lugar, perdem-se. Eu tinha uma minúscula lanterna elétrica que minha esposa conseguira comprar em Barcelona, fora isso não tínhamos nenhuma outra fonte de luz conosco. Alguns homens com fuzis de boa qualidade começaram a disparar contra os flashes à distância. Ninguém ousava atirar rápido demais; até mesmo o melhor dos fuzis poderia emperrar se esquentasse muito. Éramos cerca de dezesseis pessoas no parapeito, incluindo um ou dois feridos. Vários feridos, ingleses e espanhóis, jaziam do lado de fora. Patrick O'Hara, um irlandês de Belfast com algum treinamento em primeiros socorros, ia e voltava com pacotes de bandagens, fazendo curativos nos feridos e, é claro, levando tiros toda vez que voltava ao parapeito, apesar de seus gritos indignados de "Poum!"

Começamos a vasculhar a posição. Havia vários mortos caídos, mas não parei para examiná-los. O que eu procurava era a metralhadora. O tempo todo enquanto estávamos deitados do lado de fora, me perguntava vagamente por que essa arma não tinha disparado. Iluminei com minha tocha o ninho da metralhadora. Uma amarga decepção! A metralhadora não estava lá. Seu tripé estava, e várias caixas de munição e peças sobressalentes, mas a arma tinha sumido. Deviam tê-la desparafusado e levado ao primeiro sinal de alarme. Sem dúvida, eles agiam sob ordens, mas foi uma coisa estúpida e covarde de se fazer, porque se tivessem mantido a arma no lugar, poderiam ter nos massacrado. Ficamos furiosos. Tínhamos preparado nosso coração para capturar uma metralhadora.

Nós fuçamos aqui e ali, mas não encontramos nada de muito valor. Havia muitas granadas fascistas espalhadas — de um tipo bem inferior, que eram detonadas quando se puxava um cordão — e coloquei algumas no bolso como lembrança. Era impossível não se impressionar com a miséria dos abrigos fascistas. Não se encontravam os montes de roupas sobressalentes, livros, comida e pequenos pertences pessoais vistos em nossos próprios abrigos; esses pobres recrutas sem salário pareciam não possuir nada além de cobertores e alguns pedaços de pão mofado. No fundo, havia um pequeno esconderijo parcialmente acima do solo com uma janela minúscula. Passamos a tocha por ela e imediatamente comemoramos. Um objeto cilíndrico em um estojo de couro, com um metro de altura e quinze centímetros de diâmetro, estava encostado na parede. Obviamente, o cano da metralhadora. Demos a volta correndo e entramos pela porta, para descobrir que a coisa na caixa de couro não era uma metralhadora, mas algo que, em nosso exército carente de armas, era ainda mais preciosa. Um telescópio enorme, provavelmente com capacidade de ampliação de sessenta ou setenta vezes, com um tripé desmontável. Telescópios como aquele não existiam do nosso lado da linha e eram desesperadamente necessários. Nós o tiramos em triunfo e o encostamos no parapeito, para levá-lo depois.

Nesse momento, alguém gritou que os fascistas se aproximavam. Decerto o barulho dos tiros tinha ficado muito mais alto. Era óbvio, porém, que os fascistas não contra-atacariam pela direita, o que significava cruzar a terra de ninguém e atacar o próprio parapeito. Se tivessem algum bom senso, viriam até nós por dentro da linha. Fiz a volta pelo outro lado dos abrigos. A posição tinha mais ou menos a forma de uma ferradura, com os abrigos no meio, de forma que tínhamos outro parapeito nos dando cobertura à esquerda. Um fogo pesado vinha daquela direção, mas não importava muito. O ponto perigoso ficava bem à frente, onde não havia nenhuma proteção. Uma torrente de balas passava pouco acima de nossa cabeça. Deviam estar vindo da outra posição fascista mais acima na linha; ficou evidente que as tropas de choque não os capturaram, afinal. Mas dessa vez o barulho foi ensurdecedor. Era um rugido ininterrupto de fuzis em massa, semelhante ao de tambores, que eu me acostumara a ouvir à distância. Essa foi a primeira vez que estive no meio dele. E, agora, é claro, o tiroteio tinha se espalhado ao longo da linha por quilômetros ao redor. Douglas Thompson, com o braço ferido pendurado inútil ao lado do corpo, estava encostado no parapeito e atirando com apenas uma das mãos contra os clarões. Alguém cujo fuzil tinha emperrado carregava o dele.

 Éramos quatro ou cinco desse lado. Era óbvio o que deveríamos fazer: arrastar os sacos de areia do parapeito dianteiro e fazer uma barricada do lado desprotegido. E tínhamos que ser rápidos. O tiroteio estava alto no momento, mas eles poderiam diminuí-lo a qualquer momento; pelos clarões ao redor, deu para ver que havia cem ou duzentos homens contra nós. Começamos a mover os sacos de areia, carregando-os por vinte metros e jogando-os em uma pilha irregular. Foi um trabalho desgraçado. Eram grandes sacos, pesando cinquenta quilos cada um, e foi preciso cada ímpeto de nossa força para erguê-los e soltá-los no lugar; e depois o saco podre se partia e a terra úmida caía em cascata sobre nós, entrando pelo pescoço e pelas mangas. Eu me lembro de sentir um horror profundo por tudo: o caos, a escuridão, o alarido assustador, o deslizar de um lado para o outro na lama, as lutas contra os sacos de areia que estouravam — o tempo todo sendo atrapalhado pelo meu fuzil, que não ousei colocar no chão por medo de perdê-lo. Até gritei para alguém enquanto cambaleava com um saco entre nós:

 — Isto é guerra! Não é uma merda?

De repente, uma sucessão de figuras altas saltou sobre o parapeito da frente. À medida que se aproximavam, vimos que vestiam o uniforme das Tropas de Choque e comemoramos, pensando que eram reforços. No entanto, havia apenas quatro deles, três alemães e um espanhol.

Mais tarde, soubemos o que tinha acontecido com as tropas de choque. Eles não conheciam o terreno e, na escuridão, foram conduzidos ao lugar errado, onde foram apanhados pelo arame farpado fascista e vários deles, abatidos. Aqueles eram os quatro que se perderam, para a sorte deles próprios. Os alemães não falavam uma palavra de inglês, francês nem espanhol. Com dificuldade e muitos gestos, explicamos o que estávamos fazendo e pedimos que nos ajudassem na construção da barricada.

Os fascistas tinham trazido uma metralhadora agora. Era possível vê-la cuspindo como um rojão a cem ou duzentos metros de distância; as balas passavam por nós com um estalo constante e gelado. Em pouco tempo, havíamos empilhado sacos de areia suficientes para fazer um parapeito baixo, atrás do qual os poucos soldados desse lado poderiam deitar e atirar. Estava ajoelhado atrás deles. Um obus de morteiro passou zunindo e se espatifou em algum lugar na terra de ninguém. Esse era outro perigo, mas levariam alguns minutos para acertar o alcance. Agora que tínhamos terminado de lutar contra aqueles sacos de areia horríveis, não era, de certo modo, uma diversão ruim; o barulho, a escuridão, os flashes se aproximando, nossos próprios soldados revidando contra os flashes. Tem-se tempo até para pensar um pouco. Lembro de me perguntar se estava com medo, e de decidir que não. Lá fora, onde provavelmente correra menos perigo, estava meio doente de pavor. De repente, ouviu-se outro grito de que os fascistas estavam se aproximando. Dessa vez não havia dúvida, os disparos dos fuzis estavam muito mais próximos. Vi um clarão a menos de vinte metros de distância. Eles estavam subindo pela trincheira de comunicação. A vinte metros, eles estavam ao alcance das bombas; havia oito ou nove de nós agrupados e uma única granada bem lançada nos reduziria a pedaços. Bob Smillie, com o sangue escorrendo por um pequeno ferimento no rosto, ficou de joelhos e atirou uma granada. Nós nos encolhemos, esperando a explosão. O estopim brilhou avermelhado enquanto voava pelo ar, mas não explodiu. (Pelo menos um quarto dessas granadas era uma porcaria.) Não me restava mais nenhuma, exceto as fascistas, e não tinha certeza de como elas funcionavam. Gritei para os outros para saber se alguém tinha uma granada sobrando. Douglas Moyle procurou no bolso e me passou uma. Joguei-a e protegi meu rosto. Por um daqueles golpes de sorte que acontecem uma vez por ano, consegui lançar a bomba quase exatamente de onde o fuzil disparara. Houve o estrondo da explosão e então, no mesmo instante, um clamor diabólico de gritos e gemidos. Tínhamos acertado um deles; não sei se morreu, mas com certeza ficou gravemente ferido. Pobre desgraçado, pobre desgraçado! Senti uma vaga tristeza ao ouvi-lo gritar. Mas, logo em seguida, na luz fraca dos flashes do fuzil, eu vi ou pensei ter visto uma figura de pé perto do local de onde o fuzil tinha disparado. Ergui a minha arma e disparei. Outro grito, mas acho que ainda era o efeito da bomba. Várias outras granadas foram lançadas. Os próximos clarões de fuzil que vimos estavam muito longe, cem metros ou mais. Assim os expulsamos, pelo menos temporariamente.

Todo mundo começou a xingar e a perguntar por que diabos eles não nos mandavam alguns reforços. Com uma submetralhadora ou vinte homens com fuzis limpos, poderíamos manter esse lugar contra um batalhão. Foi quando Paddy Donovan, o segundo em comando de Benjamin, mandado de volta para receber ordens, saltou sobre o parapeito dianteiro.

— Ei! Vamos sair daqui! Todos os homens devem se retirar imediatamente!

— O quê?

— Retirada. Vamos sair daqui!

— Por quê?

— Ordens. De volta às nossas linhas o quanto antes.

Alguns já estavam saltando sobre o parapeito dianteiro. Vários arrastavam uma caixa de munição pesada. Minha mente voou para o telescópio que deixamos encostado no parapeito do outro lado da posição. Mas, nesse momento, vi os quatro soldados da Tropa de Choque, cumprindo, suponho, ordens misteriosas recebidas de antemão, começando a subir a trincheira de comunicação. Isso os levaria à outra posição fascista e — se chegassem lá — a morte seria certa. Eles estavam desaparecendo na escuridão. Corri atrás deles, tentando pensar na palavra em espanhol para "recuar". Finalmente gritei: "*Atras! Atras!*", que talvez tenha passado o significado correto. O espanhol entendeu e trouxe os outros de volta. Paddy esperava no parapeito.

— Vamos, depressa.

— Mas e o telescópio?

— Dane-se o telescópio! Benjamin está esperando lá fora.

Nós descemos. Paddy afastou o arame farpado para mim. Assim que saímos do abrigo do parapeito fascista, ficamos sob um fogo infernal que parecia vir de todas as direções. Parte dele, não tenho dúvidas, vinha do nosso próprio lado, pois todos estavam atirando. Para qualquer lado que virássemos, uma nova torrente de balas passava. Fomos levados para um lado e para outro na escuridão, como um rebanho de ovelhas. Tudo era ainda mais difícil porque arrastávamos conosco a caixa de munição — uma daquelas que contém 1.750 cartuchos e pesa cerca de cinquenta quilos — além de uma caixa de bombas e vários fuzis fascistas. Em poucos minutos, embora a distância de parapeito a parapeito não fosse maior que duzentos metros e a maioria de nós conhecesse o terreno, estávamos completamente perdidos. Nós nos vimos deslizando em um campo lamacento, sem saber nada, exceto que as balas vinham de ambos os lados. Não havia lua para nos guiar, mas o céu estava ficando um pouco mais claro. Nossas linhas ficavam a leste de Huesca; eu queria ficar onde estávamos até que o primeiro raiar do dia nos mostrasse onde era leste e onde era oeste, mas os outros foram contra. Seguimos em frente, mudando de direção várias vezes e nos revezando para puxar a caixa de munição. Por fim, vimos a linha baixa e plana de um parapeito surgindo à nossa frente. Podia ser o nosso ou o dos fascistas; ninguém tinha a menor ideia para que lado íamos. Benjamin rastejou de bruços por cima de um capim alto e esbranquiçado até ficar a cerca de vinte metros do parapeito e tentou a sorte. Recebeu de volta um grito de "Poum!" Ficamos de pé de um salto, encontramos nosso caminho ao longo do parapeito, escorregamos mais uma vez pela vala de irrigação — *splash-splah!* — e estávamos em segurança.

 Kopp esperava dentro do parapeito com alguns espanhóis. O médico e os maqueiros tinham partido. Parecia que todos os feridos haviam sido recolhidos; com exceção de Jorge e um de nossos próprios homens, chamado Hiddlestone, que estavam desaparecidos. Kopp andava de um lado para o outro, muito pálido. Até mesmo as dobras gordas de sua nuca estavam pálidas; ele não prestava atenção às balas vindas pelo parapeito baixo e que estalavam perto de sua cabeça. A maioria de nós estava agachada atrás do parapeito para se proteger. Kopp resmungava. "Jorge! *Coño*! Jorge!" E, depois, em inglês: "Se perdermos Jorge, é *terreeble*, *terreeble*!" Jorge era seu amigo e um de seus melhores oficiais. De repente, ele se virou para nós e pediu cinco voluntários, dois ingleses e três espanhóis, para irem procurar os desaparecidos. Moyle e eu nos voluntariamos com três espanhóis.

 Enquanto saíamos, os espanhóis murmuraram que estava ficando perigosamente claro. Era verdade; o céu estava com um azul tênue. Ouvia-se um barulho tremendo de vozes animadas, vindo do reduto fascista. Evidentemente, haviam reocupado o lugar com muito mais força do que antes. Estávamos a sessenta ou setenta metros do parapeito quando provavelmente nos viram ou ouviram, pois dispararam uma forte rajada de fogo que nos fez cair de bruços. Um deles jogou uma bomba por cima do parapeito — um sinal claro de pânico. Estávamos deitados na grama, esperando uma oportunidade de seguir em frente, quando ouvimos ou pensamos ter ouvido — não tenho dúvidas de que era pura imaginação, mas pareceu bastante real no momento — as vozes fascistas se aproximando. Eles tinham deixado o parapeito e estavam vindo atrás de nós.

 — Corra! — gritei para Moyle e fiquei de pé num pulo.

 E, céus, como corri! Eu pensara no início da noite que não é possível correr quando se está encharcado da cabeça aos pés, carregando um fuzil e cartuchos. Aprendi ali que isso sempre é possível quando se pensa que há cinquenta ou cem homens armados atrás de você. Mas, se eu podia correr rápido, outros podiam correr mais rápido ainda. Na minha fuga, algo que parecia ser uma chuva de meteoros passou por mim. Eram os três espanhóis, que estavam na minha frente. Só pararam ao chegar de volta ao nosso parapeito, e eu pude então alcançá-los. A verdade é que nossos nervos estavam em frangalhos. Sabia, no entanto, que à meia-luz um homem é invisível, enquanto cinco são claramente visíveis. Então, voltei sozinho. Consegui chegar ao arame farpado externo e vasculhei o chão o melhor que pude, o que não foi muito fácil, pois tinha de me arrastar de barriga. Não havia sinal de Jorge ou Hiddlestone, então me arrastei de volta. Soubemos depois que os dois tinham sido levados para o posto de socorro mais cedo. Jorge fora ferido levemente no ombro. Hiddlestone sofreu um ferimento terrível — uma bala que subiu pelo braço esquerdo, quebrando o osso em vários lugares; ele estava deitado indefeso no chão quando uma bomba explodiu por perto e arrebentou várias outras partes de seu corpo. Ele se recuperou, fico feliz em dizer. Mais tarde, me disse que se afastou um pouco, rastejando-se de costas, depois se agarrou a um espanhol ferido e os dois se ajudaram a sair dali.

Estava clareando agora. Por quilômetros ao longo do front continuavam tiroteios esporádicos e sem sentido, como a chuva que segue caindo depois de uma tempestade. Lembro da aparência desolada de tudo, os atoleiros de lama, os salgueiros, a água amarelada do fundo das trincheiras; e do rosto exausto dos homens, com a barba por fazer, manchados de lama e enegrecidos de fumaça até os olhos. Quando voltei ao meu abrigo, os três homens com quem eu compartilhava o local já estavam dormindo. Eles se atiraram ao chão com todo o equipamento e os fuzis enlameados agarrados a eles. Tudo estava encharcado, tanto dentro como fora do abrigo. Depois de uma longa procura, consegui reunir lascas de madeira seca suficientes para fazer uma pequena fogueira. Depois, fumei o charuto que eu guardara e que, surpreendentemente, não se partiu durante a noite.

Depois, ficamos sabendo que a ação foi um sucesso. Era apenas uma incursão para fazer os fascistas desviarem as tropas do outro lado de Huesca, onde os anarquistas atacavam novamente. Achei que os fascistas tinham lançado cem ou duzentos homens no contra-ataque, mas um desertor nos disse mais tarde que foram seiscentos. Ouso dizer que ele mentia. Desertores, por óbvias razões, muitas vezes fazem isso para obter favores. Uma pena sobre o telescópio. A ideia de perder aquele lindo objeto me incomoda até hoje.

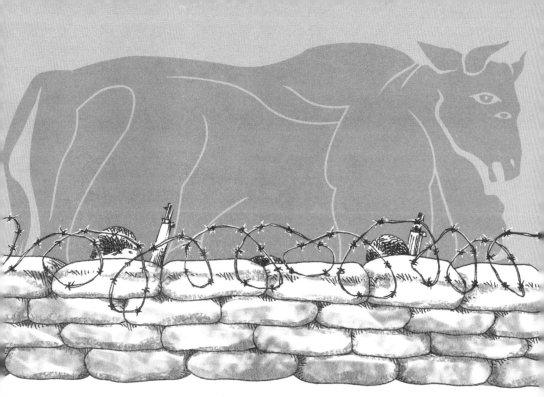

VII

Os dias ficaram mais quentes e as noites, suportavelmente cálidas. Em uma árvore lascada por balas em frente ao nosso parapeito, grossos cachos de cerejas começavam a se formar. Tomar banho no rio deixou de ser uma agonia e passou a ser quase um prazer. Rosas-silvestres com botões cor-de-rosa do tamanho de um pires espalhavam-se pelos buracos feitos pelas bombas em volta da Torre Fabián. Atrás da linha, camponeses usavam rosas-silvestres atrás das orelhas. À noite, eles costumavam sair com redes verdes para caçar codornas. Espalham a rede por cima do capim e depois deitam e imitam o canto da codorna fêmea. Então, qualquer codorna macho por perto vem correndo em sua direção e, quando ele entra embaixo da rede, jogam uma pedra para assustá-lo, o que o faz pular e ficar preso. Pelo visto, apenas codornas machos são capturadas, o que me pareceu injusto.

Havia uma seção de andaluzes próxima a nós na linha de frente agora. Não sei bem como chegaram ao nosso front. A explicação corriqueira é que tinham fugido de Málaga tão rápido que se esqueceram de parar em Valência. Mas isso, é claro, veio dos catalães, que menosprezavam os andaluzes e olhavam para eles como uma raça de semisselvagens. Decerto os andaluzes eram muito ignorantes. Poucos sabiam ler,[22] e eles nem pareciam sequer saber a única coisa que todo mundo sabe na Espanha — a que partido político pertenciam. Achavam que eram anarquistas, mas não tinham certeza; talvez fossem comunistas. Eram homens enrugados, de aparência rústica, pastores ou trabalhadores dos olivais, talvez, com o rosto profundamente manchado pelo sol inclemente do Sul. Eram muito úteis para nós, pois tinham uma destreza extraordinária para enrolar o fumo seco espanhol em cigarros. A distribuição de cigarros tinha cessado, mas de vez em quando em Monflorite era possível comprar pacotes do tipo mais barato de tabaco, com aparência e textura muito semelhante à palha picada. O sabor não era ruim, mas era tão seco que, mesmo quando se conseguia bolar um cigarro, o tabaco caía imediatamente e deixava o cilindro vazio. Os andaluzes, entretanto, eram capazes de enrolar cigarros admiravelmente e tinham uma técnica especial para enfiar as pontas para dentro.

Dois ingleses deram baixa por insolação. Minhas lembranças mais marcantes dessa época são o calor do sol do meio-dia e trabalhar seminu com sacos de areia maltratando os ombros já esfolados pelo calor; o estado lamentável das nossas roupas e botas, que literalmente caíam aos pedaços; as lutas com a mula que trazia as nossas rações, que mal se importava com os tiros de fuzil, mas saía em disparada quando estilhaços voavam pelo ar; os mosquitos (só começando a entrar em ação) e os ratos, que eram um incômodo geral e devoravam até cintos de couro e cartucheiras. Nada acontecia, exceto uma ocasional baixa por tiro de atiradores de elite, os esporádicos disparos de artilharia e os ataques aéreos a Huesca. Agora que as árvores estavam cobertas de folhas, tínhamos construído plataformas elevadas para atiradores nos salgueiros que margeavam a linha. Do outro lado de Huesca, os ataques diminuíam. Os anarquistas tiveram grandes perdas e não conseguiram cortar completamente a estrada de Jaca. Tinham se estabelecido perto o suficiente, de ambos os lados, para pôr a estrada sob o fogo de metralhadora e torná-la intransitável; mas o espaço tinha um quilômetro de largura e os fascistas construíram uma estrada rebaixada, como uma enorme trincheira, pela qual certo número de caminhões conseguia ir e vir. Desertores relataram que em Huesca havia abundância de munição e pouquíssima comida. Mas a cidade, evidentemente, não cairia. Provavelmente seria impossível tomá-la com os 15 mil homens pouco armados disponíveis. Mais tarde, em junho, o governo trouxe tropas da frente de Madri e concentrou 30 mil homens em Huesca, com uma enorme quantidade de aviões e, ainda assim, a cidade não caiu.

Quando saímos de licença, eu estava havia 115 dias no front e, na época, esse período me pareceu um dos mais inúteis de toda a minha vida. Ingressara na milícia para lutar contra o fascismo e, até então, quase não o havia feito. Tinha apenas existido como uma espécie de objeto passivo, sem fazer nada em troca das minhas rações de comida, exceto sofrer com o frio e a privação de sono. Talvez seja esse o destino da maioria dos soldados na maioria das guerras. Agora que consigo ver esse período em perspectiva, porém, não me arrependo de nada. Na verdade, gostaria de ter servido ao governo espanhol com um pouco mais de eficácia; mas, do ponto de vista pessoal — do ponto de vista do meu próprio desenvolvimento —, os primeiros três ou quatro meses que passei na linha de frente foram menos inúteis do que eu pensava então. Eles formaram uma espécie de interregno em minha vida, bem diferente de tudo o que aconteceu antes e talvez de tudo o que está por vir, e me ensinaram coisas que eu não teria aprendido de nenhuma outra maneira.

O ponto essencial é que, durante todo esse tempo, estive isolado — pois, no front, ficamos quase completamente isolados do mundo exterior; tínhamos apenas uma vaga ideia até mesmo do que acontecia em Barcelona — entre pessoas que podiam, grosso modo, ser descritas como revolucionárias. Esse foi o resultado do sistema de milícias que, no front de Aragão, não foi radicalmente alterado até cerca de junho de 1937. As milícias operárias, baseadas nos sindicatos e cada uma composta de pessoas com aproximadamente as mesmas opiniões políticas, tiveram o efeito de canalizar em um só lugar todos os sentimentos mais revolucionários do país. Eu tinha caído, mais ou menos por acaso, na única comunidade na Europa Ocidental onde era bem mais comum ter consciência política e não acreditar no capitalismo do que o contrário. Aqui em Aragão, podia-se estar entre dezenas de milhares de pessoas, principalmente originárias da classe trabalhadora, todas vivendo no mesmo nível e se misturando em termos de igualdade. Em teoria, era uma igualdade perfeita e, mesmo na prática, não estava longe disso. Em certo sentido, era correto dizer que se experimentava uma amostra de socialismo, com o qual quero dizer que a atmosfera mental predominante era a do socialismo. Muitos dos temas comuns da vida civilizada — esnobismo, avareza, medo do patrão etc. — simplesmente deixaram de existir. A costumeira divisão de classes da sociedade desapareceu numa escala que seria quase impensável no ar contaminado pelo dinheiro da Inglaterra; não havia mais ninguém lá, além de nós e dos camponeses, e ninguém era dono de ninguém. É claro que tal estado de coisas não duraria. Foi simplesmente uma fase temporária e pontual em um enorme jogo que está sendo disputado em toda a superfície da Terra. Mas durou o suficiente para ter efeito sobre qualquer um que o tenha experimentado. Por mais que essa pessoa tenha amaldiçoado essa situação na época, mais tarde percebeu que estivera em contato com algo estranho e valioso. Estivera em uma comunidade em que a esperança era mais frequente que a apatia ou o cinismo, em que a palavra "camarada" significava camaradagem e não, como na maioria dos países, fingimento. Podia-se respirar o ar de igualdade. Estou bem ciente de que agora é moda negar que o socialismo tenha algo a ver com igualdade. Em todos os países do mundo, um enorme grupo de burocratas de partidos e de pequenos professores bem-arrumados está ocupado em "provar" que o socialismo não significa mais do que um capitalismo de estado planificado, mantendo intacto o seu motivo principal. Mas, felizmente, também existe uma visão do socialismo bem diferente dessa. O que atrai os homens comuns ao socialismo e os torna dispostos a arriscar sua pele por isso, a "mística" do socialismo, é a ideia de igualdade; para a vasta maioria das pessoas, o socialismo significa uma sociedade sem classes, ou não significa nada. E foi por isso que aqueles poucos meses na milícia foram valiosos para mim. As milícias espanholas, enquanto duraram, foram uma espécie de microcosmo de uma sociedade sem classes. Podia-se ter uma previsão incipiente naquela comunidade onde ninguém buscava o interesse próprio, em que havia escassez de tudo, embora não houvesse privilégio nem bajulação, de como seriam os estágios iniciais do socialismo. E, afinal, em vez de ficar desiludido, isso me atraiu profundamente. O efeito foi tornar muito mais intenso meu desejo de ver o socialismo se estabelecer. Em parte, talvez, isso se devesse à boa sorte de estar entre os espanhóis, que, com sua decência inata e seu tom anarquista sempre presente, tornariam até mesmo os estágios iniciais do socialismo toleráveis se tivessem a chance.

É claro que na época eu mal tinha consciência das mudanças ocorrendo em minha mente. Como todos à minha volta, estava muito consciente do tédio, do calor, do frio, da sujeira, dos piolhos, da privação e do perigo ocasional. É bem diferente agora. Esse período que parecia bastante inútil e sem acontecimentos é agora de grande importância para mim. É tão diferente do resto da minha vida que já adquiriu uma qualidade mágica que, por via de regra, só pertence às memórias muito antigas. Foi horrível enquanto estava acontecendo, mas é um bom terreno para minha mente perambular. Gostaria de poder transmitir a atmosfera daquela época. Espero ter feito um pouco disso nos capítulos anteriores deste livro. Está tudo conectado em minha mente com o frio do inverno, os uniformes esfarrapados dos milicianos, os rostos ovais dos espanhóis, o barulho das metralhadoras parecido com código Morse, os cheiros de urina e de pão apodrecido, o gosto metálico de guisado de feijão devorado apressadamente em marmitas sujas.

Esse período inteiro permaneceu comigo com uma vivacidade curiosa. Na minha memória, recordo incidentes que podem parecer insignificantes demais para valer a pena a lembrança. Estou novamente no abrigo em Monte Pocero, na saliência de calcário que me serve de cama, e o jovem Ramón ronca com o nariz achatado nas minhas escápulas. Estou subindo aos trancos a trincheira suja, em meio à névoa que me envolve como uma corrente fria. Estou a meio caminho de uma fenda na encosta, penando para manter o equilíbrio e puxar uma raiz de alecrim-silvestre do chão. Lá no alto, algumas balas perdidas passam zunindo.

Estou deitado escondido entre pequenos abetos no terreno baixo a oeste de Monte Trazo, com Kopp, Bob Edwards e três espanhóis. No alto da colina cinzenta à nossa direita, uma fileira de fascistas escala como formigas. Bem na frente, um toque de clarim ecoa das linhas fascistas. Kopp me olha nos olhos e, com um gesto de colegial, tira sarro do som com a mão aberta e o polegar no nariz.

Estou no pátio sujo de La Granja, entre um aglomerado de homens que lutam com suas tigelas de lata em volta de um caldeirão de ensopado. O cozinheiro gordo e atormentado os serve com uma concha. Em uma mesa próxima, um homem barbudo com uma enorme pistola automática amarrada ao cinto corta pedaços de pão em cinco partes. Atrás de mim, uma voz de sotaque Cockney londrino (Bill Chambers, com quem briguei amargamente e que depois foi morto fora de Huesca) está cantando: "Há ratos, ratos/ Grandes como gatos/ Na..."

Um obus se aproxima apitando. Garotos de quinze anos se jogam de cara no chão. O cozinheiro se esquiva atrás do caldeirão. Todos se levantam com uma expressão envergonhada, enquanto a bomba mergulha e explode a cem metros de distância.

Ando de uma ponta à outra da linha das sentinelas, sob os galhos escuros dos chorões. Na vala inundada do lado de fora, os ratos molham as patas, fazendo tanto barulho quanto lontras. Quando a aurora amarela surge atrás de nós, a sentinela andaluz, agasalhada em seu capote, começa a cantar. Do outro lado da terra de ninguém, a cem ou duzentos metros de distância, também é possível ouvir a sentinela fascista cantando.

Em 25 de abril, depois das *mañanas* de costume, outra seção nos substituiu e entregamos nossos fuzis. Embalamos nossos equipamentos e marchamos de volta a Monflorite. Não lamentei deixar o front. Os piolhos se multiplicavam em minhas calças muito mais rápido do que conseguia dizimá-los, e fazia um mês que não tinha meias, e minhas botas estavam com pouquíssima sola, de modo que andava mais ou menos descalço. Queria um banho quente, roupas limpas e uma noite entre lençóis com mais ardor do que é possível querer qualquer coisa quando se vive uma vida civilizada normal. Dormimos por algumas horas num celeiro em Monflorite, pegamos carona num caminhão de madrugada, apanhamos o trem das cinco em Barbastro e — tendo a sorte de fazer uma baldeação para um trem rápido em Lérida — estávamos em Barcelona às três da tarde do dia 26. Depois disso, a confusão começou.

VIII

De Mandalai, na Birmânia,[23] pode-se viajar de trem para Maymyo, a principal estação de montanha da província, à margem do planalto de Shan. É uma experiência bastante curiosa. Começa na atmosfera típica de uma cidade oriental — o sol escaldante, as palmeiras empoeiradas, os cheiros de peixe, especiarias e alho, as polpudas frutas tropicais, o enxame de seres humanos de rosto escuro — e como já se está acostumado com isso, carrega-se essa atmosfera intacta, por assim dizer, no vagão de trem. Mentalmente ainda estamos em Mandalai quando o trem para em Maymyo, a 1.200 metros acima do nível do mar. Mas, ao sair do vagão, entra-se em um hemisfério diferente. De repente, respira-se um ar fresco e doce que poderia ser o da Inglaterra e, ao redor, há grama verde, samambaias, abetos e mulheres da montanha com bochechas rosadas vendendo cestas de morangos.

Voltar a Barcelona, depois de três meses e meio no front, fez-me lembrar disso. Havia a mesma mudança abrupta e surpreendente de atmosfera. No trem, durante todo o caminho até Barcelona, a atmosfera da linha de frente persistia; a sujeira, o barulho, o desconforto, as roupas esfarrapadas e o sentimento de privação, de camaradagem e de igualdade. O trem, já cheio de milicianos quando saiu de Barbastro, foi ocupado por cada vez mais camponeses em toda a estação da linha. Agricultores levavam maços de verduras, aves aterrorizadas carregadas de cabeça para baixo e sacos que pulavam e se contorciam pelo chão, que se descobriu estarem cheios de coelhos vivos — por fim, surgiu um rebanho de tamanho considerável de ovelhas que foram levadas para os compartimentos e presas em cada espaço vazio. Os milicianos gritavam canções revolucionárias que abafavam o barulho do trem e beijavam as mãos ou agitavam lenços vermelhos e pretos para todas as garotas bonitas ao longo da linha. Garrafas de vinho e de anis, o repugnante licor aragonês, passavam de mão em mão. Com os cantis de pele de bode espanhóis, dá para esguichar um jato de vinho até a outra ponta do vagão, direto na boca de um amigo, o que facilita bastante as coisas. Ao meu lado, um garoto de quinze anos de olhos negros contava histórias sensacionais e, não tenho dúvidas, completamente falsas de suas próprias façanhas no front a dois velhos camponeses de rosto marcado que ouviam boquiabertos. Logo os camponeses desfizeram suas trouxas e nos deram um vinho tinto escuro e pegajoso. Todos estavam profundamente felizes, mais felizes do que posso expressar. Mas, quando o trem passou por Sabadell e entrou em Barcelona, pisamos em uma atmosfera que não era menos estranha e hostil do que Paris ou Londres para nós e para a nossa espécie.

Todos os que visitaram Barcelona durante a guerra em diferentes ocasiões, com intervalos de meses, comentaram sobre as mudanças extraordinárias que ocorreram na cidade. E, curiosamente, quer tenham ido primeiro em agosto e depois em janeiro, ou, como eu, primeiro em dezembro e de novo em abril, o que diziam era sempre a mesma coisa:

que a atmosfera revolucionária tinha desvanecido. Ninguém que esteve lá em agosto, quando o sangue nas ruas ainda não secara e as milícias se aquartelavam nos hotéis chiques, duvidava de que Barcelona em dezembro parecia burguesa; para mim, recém-chegado da Inglaterra, se assemelhava mais a uma cidade operária do que qualquer outra coisa. Agora, a maré tinha recuado. Era, mais uma vez, uma cidade comum, um pouco atormentada e dilapidada pela guerra, mas sem nenhum sinal externo de predomínio da classe trabalhadora.

A mudança no aspecto das massas era surpreendente. O uniforme da milícia e os macacões azuis haviam praticamente desaparecido. Parecia que todos usavam os elegantes ternos de verão que são a especialidade dos alfaiates espanhóis. Homens gordos e prósperos, mulheres elegantes e carros lustrosos estavam por toda parte. (Acredito que não havia carros particulares ainda. No entanto, parecia que bastava "ser alguém" para ter um carro à disposição.) Os oficiais do novo Exército Popular, um tipo que mal existia quando deixei Barcelona, multiplicaram-se em números surpreendentes. O Exército Popular tinha um oficial para dez homens. Alguns deles haviam servido na milícia e foram trazidos do front para receber instrução técnica, mas a maioria era de jovens que frequentaram a escola de guerra em vez de se alistarem nas milícias. A relação que eles mantinham com seus comandados não era exatamente a mesma de um exército burguês, mas havia uma diferença social definida, expressa pela diferença de pagamento e de uniforme. Os recrutas vestiam uma espécie de macacão marrom grosso; os oficiais, um elegante uniforme cáqui de cintura justa, como o uniforme dos oficiais do Exército britânico, só que um pouco mais apertado. Não suponho que mais de um em cada vinte deles tenha estado na linha de frente, mas todos traziam pistolas automáticas amarradas aos cintos. Nós, no front, não conseguíamos pistolas por nada deste mundo. Enquanto subíamos a rua, percebi que as pessoas olhavam para nossa aparência suja. É claro que, como todos os homens que ficaram vários meses na linha, éramos uma visão medonha. Estava ciente de que parecia um espantalho. Minha jaqueta de couro estava em farrapos, meu gorro de lã perdera a forma e escorregava sobre um dos olhos, minhas botas estavam em pedaços. Estávamos todos mais ou menos na mesma situação e, além disso, estávamos sujos e com a barba por fazer, por isso não era de se estranhar que as pessoas nos encarassem. Mas isso me consternou um pouco e me fez pensar que algumas coisas estranhas tinham acontecido nos últimos três meses.

Nos dias seguintes, descobri inúmeros indícios de que minha primeira impressão não estava equivocada. Uma mudança profunda ocorrera na cidade. Dois fatos foram a tônica de tudo o mais. Um, que o povo — a população civil — tinha perdido muito do interesse na guerra. O outro, que a divisão comum da sociedade em ricos e pobres, classe alta e classe baixa, estava se refazendo.

A indiferença generalizada para com a guerra foi surpreendente e um tanto repugnante. Isso horrorizou as pessoas que chegaram a Barcelona vindas de Madri ou mesmo de Valência. Em parte, isso ocorreu devido ao afastamento de Barcelona da luta real. Notei a mesma coisa um mês depois em Tarragona, onde a vida normal de uma cidade litorânea sofisticada continuava quase imperturbada. Mas era significativo que em toda a Espanha o alistamento voluntário tivesse diminuído de janeiro em diante. Na Catalunha, em fevereiro, houve uma onda de entusiasmo com a primeira grande investida do Exército Popular, mas isso não levou a nenhum grande aumento no recrutamento. A guerra acontecia havia apenas cerca de seis meses quando o governo espanhol precisou recorrer ao alistamento obrigatório, algo que seria natural em um conflito com outros países, mas que parecia anômalo em uma guerra civil. Sem dúvida, isso estava ligado ao desapontamento com as esperanças revolucionárias que existiam no começo do conflito. Os sindicalistas que se organizaram em milícias e perseguiram os fascistas no caminho de volta a Saragoça nas primeiras semanas de guerra o fizeram em grande parte porque acreditavam estar lutando pelo controle da classe trabalhadora. Mas ficava cada vez mais óbvio que o controle da classe trabalhadora era uma causa perdida, e que as pessoas comuns, especialmente o proletariado urbano, que precisa preencher as fileiras em qualquer guerra, civil ou estrangeira, não poderia ser culpada por certa apatia. Ninguém queria perder a guerra, mas a maioria estava, sobretudo, ansiosa para que ela acabasse. Notava-se isso aonde quer que se fosse. Em toda parte, podia-se deparar com a mesma observação passageira: "Essa guerra, terrível, não? Quando é que isso vai acabar?" Pessoas politicamente conscientes estavam muito mais conscientes da disputa interna entre anarquistas e comunistas do que da luta contra Franco. Para a massa do povo, a falta de alimentos era o mais importante. O "front" passou a ser considerado um lugar distante e mítico para onde os homens jovens iam e não voltavam ou retornavam depois de três ou quatro meses com grandes somas de dinheiro nos bolsos. (Um miliciano geralmente recebia seu pagamento acumulado quando saía de licença.) Homens feridos, mesmo quando estavam pulando por aí de muletas, não recebiam nenhuma consideração especial. Ser da milícia não estava mais na moda. As lojas, sempre o melhor termômetro do gosto do público, mostravam isso com clareza. Quando cheguei a Barcelona pela primeira vez, as lojas, por mais pobres e miseráveis que fossem, tinham se especializado em equipamentos para milicianos. Quepes, jaquetas com zíper, cintos à Sam Browne, facas de caça, cantis e coldres de revólver estavam expostos em todas as vitrines. Agora, elas eram nitidamente mais elegantes, e a guerra ficara em segundo plano. Como descobri mais tarde, ao comprar meu equipamento antes de voltar para a linha de frente, certas coisas muito necessárias no front eram muito difíceis de encontrar.

Enquanto isso, era feita uma propaganda sistemática contra as milícias do partido e a favor do Exército Popular. A situação a esse respeito era bastante curiosa. Desde fevereiro, todas as forças armadas foram teoricamente incorporadas ao Exército Popular, e as milícias, no papel, foram reformuladas ao longo das linhas do Exército Popular, com pagamentos diferenciados, postos concursados etc. As divisões eram compostas de "brigadas mistas", que deveriam consistir em parte de tropas do Exército Popular e em parte de milícias. Mas as únicas mudanças que realmente ocorreram foram as de nomenclatura. As tropas do Poum, por exemplo, anteriormente chamadas de Divisão

Lênin, eram agora conhecidas como a 29ª Divisão. Até junho, pouquíssimas tropas do Exército Popular chegaram ao front de Aragão e, como consequência, as milícias puderam manter uma estrutura separada e seu caráter especial. Mas, em cada muro, os agentes do governo escreveram com spray: "Precisamos de um Exército Popular." No rádio e na imprensa comunista, zombava-se incessantemente, e às vezes de forma muito maligna, das milícias, que eram descritas como mal treinadas, indisciplinadas etc. O Exército Popular era sempre descrito como "heroico". A partir do que dizia essa propaganda, a impressão era de que era algo vergonhoso ter ido para a linha de frente voluntariamente e louvável esperar para ser convocado. Durante esse tempo, porém, as milícias estavam segurando a linha, enquanto o Exército Popular treinava na retaguarda, e esse fato era divulgado o mínimo possível. Membros das milícias que voltariam ao front não marchavam mais pelas ruas com o rufar dos tambores e as bandeiras tremulando. Eram levados às escondidas, de trem ou de caminhão, às cinco da manhã. Alguns poucos recrutas do Exército Popular começavam agora a partir para o front e, como antes, marchavam cerimoniosamente pelas ruas. Mas, mesmo eles, devido ao declínio geral do interesse pela guerra, eram recebidos comparativamente com pouco entusiasmo. O fato de que os soldados das milícias também eram, no papel, soldados do Exército Popular foi habilmente usado na propaganda da imprensa. Qualquer crédito de algo que estivesse acontecendo era automaticamente dado ao Exército Popular, enquanto toda a culpa era reservada às milícias. Às vezes, acontecia que as mesmas tropas eram elogiadas por uma capacidade e culpadas por alguma falha.

Mas, além de tudo isso, houve uma mudança surpreendente na atmosfera social — algo difícil de conceber, a menos que se tenha realmente experimentado isso. Quando cheguei a Barcelona pela primeira vez, pensei que era uma cidade onde as distinções de classe e as grandes diferenças de riqueza quase não existiam. Decerto era assim que parecia. Roupas "chiques" eram uma anormalidade, ninguém era subserviente nem pedia gorjeta, garçons, floristas e engraxates nos olhavam nos olhos e nos chamavam de "camarada". Eu não tinha percebido que isso era principalmente uma mistura de esperança e camuflagem. A classe trabalhadora acreditava em uma revolução que tinha começado, mas que nunca se consolidara, e a burguesia estava assustada e se disfarçou temporariamente de classe operária. Nos primeiros meses da revolução, deve ter havido muitos milhares de pessoas que, deliberadamente, vestiram macacões e gritaram slogans revolucionários para salvar a própria pele. Agora, as coisas estavam voltando ao normal. Os restaurantes e hotéis elegantes estavam abarrotados de pessoas ricas devorando refeições caras, enquanto, para a população da classe trabalhadora, os preços dos alimentos tinham subido enormemente, sem nenhum aumento correspondente do salário. Além dos preços elevados, havia escassez recorrente disso e daquilo, o que, é claro, sempre atinge os pobres e não os ricos. Os restaurantes e hotéis pareciam ter pouca dificuldade em conseguir o que queriam, mas, nos bairros da classe trabalhadora, as filas para pão, azeite e outras necessidades eram de centenas de metros. Anteriormente, em Barcelona, fiquei impressionado com a ausência de pedintes; agora, havia uma grande quantidade deles. Do lado de fora das delicatéssens no alto das Ramblas, bandos de crianças descalças estavam sempre esperando para cercar qualquer um que aparecesse para implorar por restos de comida. As formas "revolucionárias" de discurso caíam em desuso. Era raro estranhos se dirigirem a nós como "tu" e "camarada" hoje em dia; agora, o normal é *"señor"* e *"usted"*. *"Buenos días"* começava a substituir o *"Salud!"*. Os garçons voltaram a usar camisas engomadas e os lojistas a se mostrar servis como sempre. Minha esposa e eu entramos em uma loja nas Ramblas para comprar algumas meias. O vendedor curvou-se e esfregou as mãos, como já não é mais feito na Inglaterra, mas se fazia há vinte ou trinta anos. De uma forma indireta e furtiva, a prática de dar gorjetas estava voltando. As patrulhas de trabalhadores foram dissolvidas e as forças policiais do pré-guerra estavam de volta às ruas.[24] Um dos resultados disso foi os shows de cabaré e os bordéis da classe alta, muitos dos quais haviam sido fechados pelas patrulhas dos trabalhadores, reabrirem de imediato.[25] Um pequeno, mas significativo, exemplo de como tudo agora estava orientado a favor das classes mais ricas podia ser visto na escassez de tabaco. Para a massa do povo, a escassez de fumo era tão desesperadora que cigarros cheios de raiz de alcaçuz estavam sendo vendidos nas ruas. Experimentei alguns desses uma vez. (Muitas pessoas os provaram uma vez.) Franco tomou as Canárias, onde todo o tabaco espanhol é cultivado; consequentemente, os únicos estoques que restavam do lado do governo eram os que existiam antes da guerra. Restavam tão poucos que as tabacarias abriam apenas uma vez por semana. Depois de esperar algumas horas na fila, era possível, com sorte, conseguir um pacote de vinte gramas de tabaco. Teoricamente, o governo não permitiria que o fumo fosse comprado do exterior, porque isso significaria reduzir as reservas de ouro, que precisavam ser guardadas para armas e outras necessidades. Na verdade, havia um suprimento constante de cigarros estrangeiros contrabandeados dos tipos mais caros, Lucky Strike e similares, o que criou uma grande oportunidade para especular. Era possível comprar os cigarros contrabandeados abertamente nos hotéis finos e um pouco menos abertamente nas ruas, desde que se pagasse dez pesetas (o salário diário de um miliciano) por um maço. O contrabando beneficiava as pessoas ricas e, portanto, havia certa conivência. Com dinheiro suficiente, não havia nada que não pudesse ser obtido em qualquer quantidade, com a possível exceção de pão, racionado com bastante rigor. Esse contraste aberto de riqueza e pobreza teria sido impossível alguns meses antes, quando a classe trabalhadora ainda estava, ou parecia estar, no controle. Mas não seria justo atribuir isso apenas à mudança do poder político. Em parte, esse era o resultado da segurança da vida em Barcelona, onde havia pouco que lembrasse a guerra, exceto um ocasional ataque aéreo. Todos os que estiveram em Madri disseram que lá era completamente diferente. Em Madri, o perigo comum forçou pessoas de quase todos os tipos a algum senso de camaradagem. Um homem gordo comendo codornas enquanto crianças imploram por pão é uma visão repugnante, mas é menos provável de acontecer onde se escuta o barulho dos canhões.

Um ou dois dias depois das batalhas de rua, eu me lembro de passar por uma das ruas da moda e chegar a uma confeitaria com uma vitrine cheia de doces e bombons dos tipos mais finos, vendidos a preços exorbitantes. Era o tipo de loja que se encontra na Bond Street, em Londres, ou na rue de la Paix, em Paris. Lembro-me de ter sentido um vago horror e espanto de que ainda se pudesse desperdiçar dinheiro com essas coisas em um país faminto e assolado pela guerra. Mas Deus me livre de afetar qualquer superioridade pessoal. Depois de vários meses de desconforto, tive um desejo voraz de comida e vinho decentes, coquetéis, cigarros americanos e assim por diante, e admito ter chafurdado em todos os luxos que o meu dinheiro podia comprar. Naquela primeira semana, antes de começarem as batalhas de rua, tive várias preocupações que interagiam umas com as outras de maneira curiosa. Em primeiro lugar, como disse, estava ocupado tentando ficar o mais confortável possível. Em segundo lugar, devido ao excesso de comida e bebida, fiquei com a saúde fragilizada durante toda aquela semana. Sentia-me um pouco mal, ficava na cama metade do dia, levantava-me e comia outra refeição excessiva e depois me sentia mal de novo. Nesse meio-tempo, estive fazendo negociações secretas para comprar um revólver. Queria muito um — na luta de trincheiras era muito mais útil do que um fuzil — e eles eram muito difíceis de conseguir. O governo os forneceu a policiais e oficiais do Exército Popular, mas se recusou a entregá-los às milícias. Era preciso comprá-los ilegalmente nas lojas secretas dos anarquistas. Depois de muita confusão e incômodo, um amigo anarquista conseguiu adquirir para mim uma minúscula pistola automática 26 milímetros, uma arma miserável, inútil a mais de cinco metros, mas melhor do que nada. Além disso tudo, estava fazendo os preparativos preliminares para deixar a milícia do Poum e entrar em alguma outra unidade que me garantiria ser enviado para o front em Madri.

Havia muito tempo, eu vinha dizendo a todos que ia deixar o Poum. No que diz respeito às minhas preferências puramente pessoais, gostaria de me juntar aos anarquistas. Se me tornasse membro da Confederação Nacional do Trabalho (CNT), seria possível entrar na milícia FAI, mas me disseram que a FAI provavelmente me mandaria para Teruel em vez de Madri. Se eu quisesse ir a Madri, deveria entrar para a Coluna Internacional, o que significava receber a recomendação de um membro do Partido Comunista. Procurei um amigo comunista, ligado à assistência médica espanhola, e expliquei meu caso a ele. Ele parecia muito afoito em me recrutar e me pediu, se possível, para persuadir alguns dos outros ingleses do ILP a irem comigo. Se eu estivesse melhor de saúde, provavelmente teria concordado naquele momento. É difícil dizer agora que diferença isso teria feito. É possível que eu tivesse sido enviado para Albacete antes do início da luta em Barcelona. Nesse caso, não tendo visto as batalhas de perto, poderia ter aceitado a versão oficial delas como verdadeira. Por outro lado, se estivesse em Barcelona durante a luta, sob ordens comunistas, mas ainda com um sentimento de lealdade pessoal para com meus companheiros do Poum, minha posição teria sido insustentável. Eu ainda tinha direito a outra semana de licença, no entanto, e estava muito ansioso para recuperar minha saúde antes de voltar ao front. Além disso — o tipo de detalhe que sempre decide o destino de alguém —, tive que esperar enquanto os sapateiros faziam para mim um novo par de botas. (O exército espanhol inteiro não conseguiu produzir um par de botas grandes o suficiente para mim.)[26] Disse a meu amigo comunista que tomaria providências definitivas mais tarde. Enquanto isso, queria descansar. Cheguei até a imaginar que nós — minha esposa e eu — poderíamos ir à praia por dois ou três dias. Que ideia! A atmosfera política deveria ter me alertado de que isso não era o tipo de coisa que se podia fazer naquela época.

Pois, sob o aspecto superficial da cidade, sob o luxo e a pobreza crescente, sob a aparente alegria das ruas, com suas barracas de flores, suas bandeiras multicoloridas, seus cartazes de propaganda e sua população aglomerada, havia um inconfundível e horrendo sentimento de rivalidade e ódio político. Pessoas de todos os matizes de opinião diziam com pressentimento: "Em breve, teremos confusão." O perigo era bastante simples e compreensível. Era o antagonismo entre os que desejavam que a revolução avançasse e os que desejavam impedi-la ou controlá-la — em última análise, entre anarquistas e comunistas. Politicamente, agora não havia poder na Catalunha além do PSUC e de seus aliados liberais. Mas, em oposição a isso, havia a força incerta da CNT, menos bem armada e menos segura comparada a seus adversários, mas poderosa por causa de sua quantidade de membros e sua predominância em vários setores importantes. Dado esse alinhamento de forças, certamente haveria problemas. Do ponto de vista da Generalitat, controlada pelo PSUC, a primeira necessidade, para garantir sua posição, era tirar as armas das mãos dos trabalhadores da CNT. Como mencionei antes, o movimento para desmantelar as milícias do partido foi, no fundo, uma manobra nesse sentido. Ao mesmo tempo, as forças policiais armadas do pré-guerra, a Guarda Civil e outras, voltaram a ser usadas e estavam sendo fortemente reforçadas e armadas. Isso só podia significar uma coisa. Os guardas civis, em particular, eram uma força do tipo comum no continente, que por quase um século atuara como guarda-costas da classe de posses. Nesse ínterim, um decreto foi emitido determinando que todas as armas em poder de civis fossem entregues. Naturalmente, tal ordem não foi obedecida; estava claro que as armas dos anarquistas só seriam tiradas à força. Ao longo desse tempo, correram rumores, sempre vagos e contraditórios devido à censura dos jornais, de pequenos confrontos ocorrendo em toda a Catalunha. Em vários lugares, as forças policiais armadas tinham feito ataques aos redutos anarquistas. Em Puigcerdà, na fronteira com a França, um grupo de *carabineros* foi enviado para tomar a alfândega, anteriormente controlada por anarquistas, e Antonio Martín [*Escudero*],[27] um conhecido anarquista, foi morto. Incidentes semelhantes ocorreram em Figueras e, creio eu, em Tarragona. Em Barcelona, houve uma série de brigas nos subúrbios da classe trabalhadora. Membros da CNT e da União Geral dos Trabalhadores (UGT) já se matavam havia algum tempo. Em várias ocasiões, os assassinatos foram seguidos de grandes funerais provocativos, cuja intenção deliberada era incitar o ódio político. Pouco antes, um membro da CNT havia sido assassinado, e a CNT compareceu às centenas de milhares para acompanhar o cortejo. No final de abril, logo depois de minha chegada a Barcelona, Roldán [*Cortada*], um membro proeminente da UGT, foi assassinado, provavelmente por alguém da CNT. O governo ordenou que todas as lojas fechassem e encenou uma enorme procissão fúnebre, em grande parte com tropas do Exército Popular, que demoraram duas horas para passar determinado ponto. Da janela do hotel, observei sem entusiasmo. Era óbvio que o chamado funeral era apenas uma demonstração de força.

Um pouco mais desse tipo de demonstração e haveria derramamento de sangue. Na mesma noite, minha esposa e eu fomos acordados por um tiroteio na Praça de Catalunha, a cem ou duzentos metros de distância. Soubemos no dia seguinte que era um homem da CNT sendo assassinado, provavelmente por alguém da UGT. É claro que era bem possível que todos esses assassinatos estivessem sendo cometidos por agentes provocadores. Pode-se calcular a atitude da imprensa capitalista estrangeira em relação à rivalidade comunista-anarquista pelo fato de que o assassinato de Roldán recebeu ampla publicidade, enquanto o assassinato que ocorreu como resposta foi cuidadosamente não mencionado.

Aproximava-se o 1º de Maio, e falava-se numa grande manifestação, em que iriam participar tanto a CNT como a UGT. Os líderes da CNT, mais moderados do que muitos de seus seguidores, havia muito vinham trabalhando por uma reconciliação com a UGT. Na verdade, a tônica da política deles era tentar juntar os dois blocos de sindicatos em uma enorme coalizão. A ideia era a CNT e a UGT marcharem juntas, para mostrar solidariedade. Mas, no último momento, a manifestação foi cancelada. Estava perfeitamente claro que isso só levaria a tumultos. Então, nada aconteceu no 1º de Maio. Era uma situação esquisita. Barcelona, a chamada cidade revolucionária, foi provavelmente a única da Europa não fascista que não teve comemorações naquele dia. Mas admito que fiquei bastante aliviado. O contingente do ILP deveria marchar na seção do POUM da passeata, e todo mundo esperava que houvesse confusão. A última coisa que eu desejava era me envolver em alguma briga de rua sem sentido. Estar marchando rua acima atrás de bandeiras vermelhas com slogans exaltantes e depois ser assassinado por algum estranho com uma submetralhadora, escondido em uma janela alta — essa não era o que eu considerava uma maneira útil de morrer.

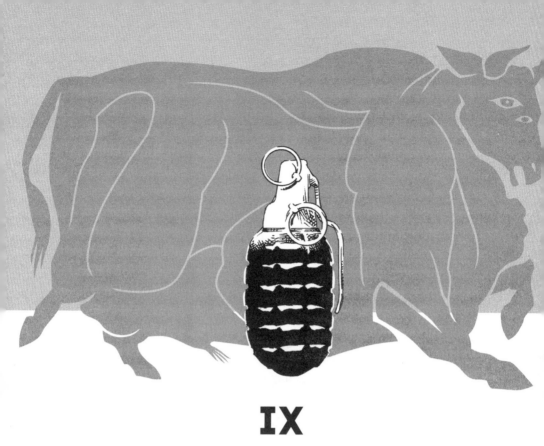

IX

Por volta do meio-dia de 3 de maio, um amigo com quem cruzei no saguão do hotel disse-me casualmente: "Ouvi dizer que teve algum tipo de problema na Central Telefônica." Por algum motivo, não prestei atenção na hora.

Naquela tarde, entre três e quatro horas, estava descendo as Ramblas quando ouvi vários disparos de fuzil atrás de mim. Virei-me e vi alguns jovens com fuzis nas mãos e lenços rubro-negros dos anarquistas no pescoço subindo pela rua lateral que saía das Ramblas na direção norte. Estavam decerto trocando tiros com alguém em uma torre octogonal — uma igreja, acho — que dava visão para uma rua lateral. Pensei na hora: "Começou!" Mas pensei nisso sem nenhum grande sentimento de surpresa — há dias todos esperavam que "isso" começasse a qualquer momento. Compreendi que precisava voltar de imediato ao hotel para verificar se minha esposa estava bem. Mas o grupo de anarquistas em torno da entrada da rua lateral acenava para as pessoas recuarem, gritando para não cruzarem a linha de fogo. Mais tiros foram disparados. As balas da torre voavam pela rua e uma multidão em pânico corria pelas Ramblas, para longe do tiroteio; na rua, acima e abaixo, podia-se ouvir o barulho dos lojistas fechando as portas de aço das vitrines. Vi dois oficiais do Exército Popular recuando com cautela, de árvore em árvore, revólveres em mãos. À minha frente, a multidão entrava na estação de metrô no meio das Ramblas para se proteger. Decidi imediatamente não os seguir. Isso poderia significar ficar preso no subsolo por horas.

Nesse momento, um médico americano que estava conosco no front correu até mim e me agarrou pelo braço. Estava muito agitado.

— Vamos, precisamos descer para o Hotel Falcón — (O Hotel Falcón era uma espécie de pensão mantida pelo Poum, usado principalmente por milicianos de licença.) — Os camaradas do Poum se reunirão lá. A confusão está começando. Devemos ficar juntos.

— Mas que diabos é tudo isso? — perguntei.

O médico me puxava pelo braço. Estava agitado demais para me dar uma declaração clara. Ao que parecia, ele estava na Praça de Catalunha quando vários caminhões carregados de guardas de assalto armados dirigiram-se à Central Telefônica,[28] operada principalmente por trabalhadores da CNT, e a atacaram de súbito. Depois, alguns anarquistas chegaram e houve um tumulto geral. Concluí que a "confusão", no início do dia, tinha sido uma exigência do governo para entregar a Central Telefônica, o que, é claro, foi recusado.

Enquanto descíamos a rua, um caminhão passou a toda por nós, vindo da direção oposta. Estava cheio de anarquistas com fuzis nas mãos. À frente, um jovem esfarrapado empilhava colchões, atrás de uma metralhadora. Quando chegamos ao Hotel Falcón, no final das Ramblas, uma multidão fervilhava no saguão de entrada. Havia uma grande confusão, ninguém parecia saber o que deveríamos fazer e ninguém estava armado, exceto um punhado de membros da Tropa de Choque, que cuidava da segurança do prédio. Fui até o Comitê

Local do Poum, quase em frente. No andar de cima, na sala onde os milicianos normalmente recebiam o pagamento, outra multidão fervilhava. Um homem alto, pálido e muito bonito, de cerca de trinta anos, em trajes civis, tentava restaurar a ordem e distribuía de uma pilha no canto cinturões e caixas de cartuchos. Parecia que ainda não havia fuzis. O médico tinha desaparecido — acredito que já houvesse vítimas e os médicos tivessem sido chamados —, mas outro inglês chegou. Em seguida, do escritório interno, o homem alto e alguns outros começaram a trazer fuzis e a distribuí-los. Como o outro inglês e eu, por sermos estrangeiros, estávamos ligeiramente sob suspeita, a princípio ninguém queria nos dar um fuzil. Então, um miliciano que eu conhecera no front chegou e me reconheceu; depois disso, recebemos fuzis e alguns pentes de cartuchos, com um pouco de relutância.

Ouvia-se um som de tiros a distância e as ruas estavam completamente vazias de gente. Todos diziam que era impossível subir as Ramblas. Os guardas de assalto tinham tomado edifícios em posições privilegiadas e atiravam em todos os que passavam. Eu teria me arriscado e voltado ao hotel, mas havia uma vaga ideia de que o Comitê Local provavelmente seria atacado a qualquer momento e era melhor ficarmos de prontidão. Por todo o prédio, nas escadas e na calçada do lado de fora, pequenos grupos de pessoas conversavam com grande excitação. Ninguém parecia ter uma ideia muito clara do que estava acontecendo. Tudo o que pude apurar é que a Guarda de Assalto tinha atacado a Central Telefônica e assumido vários pontos estratégicos, de onde tinham visão para outros edifícios que pertenciam aos trabalhadores. Havia uma impressão geral de que os guardas de assalto estavam "atrás" da CNT e da classe trabalhadora em geral. Era perceptível que, a essa altura, ninguém parecia pôr a culpa no governo. As classes mais pobres em Barcelona viam os guardas de assalto como algo bastante semelhante aos Black and Tans,[29] e pareciam ter certeza de que eles começaram o ataque por iniciativa própria. Depois que ouvi como as coisas estavam, fiquei com a mente mais tranquila. A questão estava bastante clara. De um lado a CNT, do outro a polícia. Não tenho nenhum amor particular pelo "trabalhador" idealizado, do jeito que ele aparece na mente do comunista burguês, mas, quando vejo um trabalhador real, de carne e osso, em conflito com seu inimigo natural, o policial, não preciso me perguntar de qual lado estou.

Muito tempo se passou e nada parecia acontecer do nosso lado da cidade. Não me ocorreu que poderia telefonar para o hotel e descobrir se minha esposa estava bem; presumi que a Central Telefônica tivesse parado de funcionar — embora, na verdade, ela só tenha ficado fora de ação por algumas horas. Parecia haver cerca de trezentas pessoas nos dois edifícios. Predominantemente eram pessoas da classe mais pobre, das ruelas próximas ao cais; várias mulheres entre elas, algumas carregando bebês, e uma multidão de meninos maltrapilhos. Imagino que muitos deles não tinham noção do que acontecia e simplesmente correram para os edifícios do Poum em busca de proteção. Havia também vários milicianos de licença e alguns estrangeiros. Até onde pude estimar, havia apenas cerca de sessenta fuzis para todos nós. O escritório no andar de cima era constantemente sitiado por uma multidão de pessoas que exigiam armas e ouviam que não sobrara nenhuma. Os garotos mais jovens da milícia, que pareciam considerar tudo uma espécie de piquenique, tentavam persuadir alguém a dar um fuzil ou roubar de quem os tivesse. Não demorou muito para que um deles conseguisse levar meu fuzil com uma manobra astuta e, imediatamente, sumisse. Então, eu estava desarmado de novo, exceto por minha minúscula pistola automática, para a qual tinha apenas um pente de balas.

Escureceu, comecei a sentir fome e parecia não haver comida no Falcón. Meu amigo e eu escapamos para o hotel dele, que não ficava longe, para jantar. As ruas estavam totalmente escuras e silenciosas, nenhuma alma se movia, as portas de aço corridas estavam fechadas sobre todas as vitrines das lojas, mas nenhuma barricada fora construída ainda. Houve uma grande confusão antes de nos deixarem entrar no hotel, que estava trancado e bloqueado. Quando voltamos, soube que a Central Telefônica funcionava e fui até o escritório do andar de cima ligar para minha esposa. Como era comum, não havia lista telefônica no prédio e eu não sabia o número do Hotel Continental; após uma busca de quarto em quarto por cerca de uma hora, encontrei um guia de viagens com o número. Não consegui entrar em contato com ela, mas consegui falar com John McNair, o representante do ILP em Barcelona.[30] Ele me disse que estava tudo bem, que ninguém fora atingido, e perguntou se estávamos bem no Comitê Local. Disse que ficaríamos bem se tivéssemos alguns cigarros. Eu só disse isso como uma piada. No entanto, meia hora depois, McNair apareceu com dois pacotes de Lucky Strike. Enfrentara as ruas no maior breu e fora abordado duas vezes por patrulhas anarquistas, com pistolas apontadas para ele, para examinar seus documentos. Nunca me esquecerei desse pequeno ato de heroísmo. Ficamos muito contentes com os cigarros.

Colocaram guardas armados na maioria das janelas e, na rua abaixo, um pequeno grupo da Tropa de Choque parava e interrogava os poucos transeuntes. Um carro de patrulha anarquista subiu a rua, com armas em riste. Ao lado do motorista, uma linda garota de cabelos escuros com cerca de dezoito anos levava uma submetralhadora no colo. Passei muito tempo vagando pelo prédio, um grande lugar labiríntico do qual era impossível aprender a geografia. Em todos os lugares havia o entulho habitual, móveis quebrados e papéis rasgados, os quais parecem ser os produtos inevitáveis da revolução. Em todo lugar havia pessoas dormindo. Em um sofá quebrado em um corredor, duas pobres mulheres, que vieram dos lados do cais, roncavam placidamente. O lugar tinha sido um teatro de cabaré antes de ser tomado pelo Poum. Havia palcos elevados em vários dos quartos. Um deles tinha um piano de cauda desolado. Finalmente, achei o que estava procurando — o arsenal. Não sabia como esse caso acabaria e queria muito uma arma. Tinha ouvido dizer várias vezes que todos os partidos rivais, PSUC, Poum e CNT-FAI, estavam acumulando armas em Barcelona, então eu não conseguia acreditar que dois dos principais edifícios do Poum contivessem apenas os cinquenta ou sessenta fuzis que eu tinha visto. A sala que funcionava como um depósito de armas estava desprotegida e tinha uma porta frágil. Eu e outro inglês não tivemos dificuldade em abri-la. Quando entramos, descobrimos que o que eles nos disseram era verdade — não havia mais armas. Tudo o que encontramos lá foram cerca de duas dúzias de fuzis obsoletos de pequeno calibre e algumas armas de fogo, sem cartuchos para nenhum deles. Fui ao escritório e perguntei se eles tinham alguma munição de pistola sobrando. Não tinham nada. Mas havia algumas caixas de granadas, que um dos carros da patrulha anarquista trouxera. Coloquei um par delas em uma das minhas caixas de cartucho. Era um tipo rudimentar de bomba, que detonava após esfregar uma espécie de fósforo na parte de cima, muito propensa a explodir por conta própria.

As pessoas dormiam espalhadas pelo chão. Em um quarto, um bebê chorava e chorava sem cessar. Embora fosse maio, a noite estava fria. Em um dos palcos do cabaré, ainda havia cortinas, então rasguei uma com minha faca, enrolei-me nela e dormi algumas horas. Meu sono foi perturbado, me lembro, com o pensamento de que aquelas granadas infames me mandariam pelos ares se eu rolasse sobre elas com muita força. Às três da manhã, o homem alto e bonito que parecia estar no comando me acordou, me deu um fuzil e me colocou de guarda em uma das janelas. Ele me disse que [*Rodrigue*] Salas, o chefe de polícia responsável pelo ataque à Central Telefônica, tinha sido detido. (Na verdade, como soubemos mais tarde, ele só fora afastado do cargo. A notícia, contudo, confirmou a impressão geral de que os guardas de assalto agiram sem receber ordens.) Assim que amanheceu, as pessoas do andar de baixo começaram a construir duas barricadas, uma diante do Comitê Local e outra no Hotel Falcón. As ruas de Barcelona são pavimentadas com paralelepípedos quadrados, que podem ser usados para construir uma muralha, e sob os paralelepípedos há uma espécie de cascalho, bom para encher sacos de areia. A construção dessas barricadas era uma visão estranha e maravilhosa, que gostaria de ter registrado em fotos. Com aquela energia apaixonada que os espanhóis exibem quando enfim decidem começar qualquer trabalho, longas filas de homens, mulheres e crianças muito pequenas cortavam os paralelepípedos, carregando-os em um carrinho de mão encontrado em algum lugar e cambaleando de um lado para o outro com pesados sacos de areia. Na porta do Comitê Local, uma garota judia-alemã, vestindo calças de miliciano cujos botões dos joelhos apenas chegavam aos tornozelos, observava tudo com um sorriso. Em algumas horas, as barricadas estavam à altura da cabeça, com atiradores postados nas aberturas e, atrás de uma delas, homens fritavam ovos em uma fogueira acesa.

Tinham levado meu fuzil novamente e parecia não haver nada de útil para se fazer. Junto a outro inglês, decidi voltar ao Hotel Continental. Ouviam-se muitos disparos a distância, mas aparentemente nenhum nas Ramblas. Na subida, olhamos para o mercado de alimentos. Poucas bancas abriram; elas estavam cercadas por uma multidão proveniente dos bairros da classe trabalhadora ao sul das Ramblas. Assim que chegamos lá, houve um forte estrondo de fuzis do lado de fora, algumas vidraças do telhado foram estilhaçadas e a multidão saiu em disparada para as saídas dos fundos. No entanto, algumas bancas permaneceram abertas; conseguimos uma xícara de café para cada um e compramos uma fatia de queijo de cabra, que guardei ao lado das granadas. Poucos dias depois, fiquei muito satisfeito de ter aquele queijo.

Na esquina onde vi os anarquistas começarem o tiroteio no dia anterior, uma barricada tinha sido erguida. O homem atrás dela (eu estava do outro lado da rua) gritou para ter cuidado. Os guardas de assalto na torre da igreja atiravam indiscriminadamente contra todos os que passavam. Parei por um momento e depois cruzei o espaço aberto correndo; dito e feito, uma bala passou por mim, desconfortavelmente perto. Quando me aproximei do Edifício Executivo do Poum, ainda do outro lado da via, ouvi novos gritos de advertência de alguns policiais da Tropa de Choque parados na porta — gritos que, naquele momento, eu não entendia. Havia árvores e uma banca de jornal entre mim e o prédio (ruas desse tipo na Espanha têm um largo passeio no meio), e eu não conseguia ver o que eles estavam apontando. Subi ao Continental, verifiquei se estava tudo bem, lavei o rosto e depois voltei ao Edifício Executivo do Poum (ficava a uns cem metros, descendo a rua) para receber ordens. A essa altura, o rugido de tiros de fuzis e metralhadoras vindos de várias direções era quase comparável ao barulho de uma batalha. Tinha acabado de encontrar Kopp e perguntado a ele o que deveríamos fazer, quando houve uma série de explosões terríveis lá embaixo. O barulho era tão alto que acreditei que alguém estava atirando em nós com um canhão. Na verdade, eram apenas granadas de mão, que fazem o dobro do barulho usual quando explodem entre edifícios de alvenaria.

 Kopp deu uma olhadela pela janela, segurando o seu bastão atrás das costas e disse: "Vamos investigar." Desceu as escadas com seu jeito despreocupado de sempre e eu o segui. Bem na entrada, um grupo da Tropa de Choque lançava granadas pela calçada, como se jogassem boliche. As granadas explodiam a vinte metros de distância, com um estrondo terrível e ensurdecedor, que se mesclava ao som dos fuzis. Do outro lado da rua, atrás da banca de jornal, uma cabeça — era a cabeça de um miliciano americano que eu conhecia bem — se erguia para o mundo todo, como um coco em uma banca de feira. Só depois disso entendi o que realmente estava acontecendo. Ao lado do prédio do Poum havia um café com um hotel acima dele, chamado Café Moka. No dia anterior, vinte ou trinta guardas de assalto armados tinham entrado no local. Quando a luta começou, eles subitamente se apoderaram do prédio e se entrincheiraram. Presumia-se que eles receberam ordens para confiscar o café como um passo preliminar para depois atacar os escritórios do Poum. No início da manhã, eles tentaram sair e tiros foram trocados. Um soldado da Tropa de Choque foi gravemente ferido e um guarda de assalto, morto. Os guardas de assalto se refugiaram de volta ao café, mas, quando o americano desceu a rua, abriram fogo contra ele, embora estivesse desarmado. O americano tinha se jogado atrás da banca para se proteger, e os membros das Tropas de Choque jogavam bombas contra os guardas de assalto para forçá-los a entrar no prédio novamente.

 Kopp captou a cena de relance, abriu caminho e puxou um soldado alemão ruivo da Tropa de Choque que tirava o pino de uma granada com os dentes. Ele gritou para que todos se afastassem da porta e nos disse, em várias línguas, que devíamos evitar o derramamento de sangue. Em seguida, foi para a calçada e, à vista dos guardas de assalto, ostensivamente tirou a pistola e a colocou no chão. Dois oficiais espanhóis da milícia fizeram o mesmo, e os três caminharam devagar até a porta onde os guardas de assalto estavam. Foi uma coisa que eu não teria feito nem por vinte libras. Eles caminhavam, desarmados, na direção de homens apavorados com armas nas mãos. Um guarda de assalto assustado, em mangas de camisa, saiu porta afora para negociar com Kopp. Ele apontava de forma agitada para duas bombas não detonadas caídas no chão. Kopp voltou e nos disse que era melhor que as detonássemos. Largadas ali, eram um perigo para qualquer um que passasse. Um membro da Tropa de Choque disparou com o fuzil contra uma delas e a estourou, depois, atirou na outra e errou. Pedi a ele para que me desse seu fuzil, ajoelhei e disparei na segunda bomba. Também errei, lamento informar.

Esse foi o único tiro que dei durante os distúrbios. A calçada estava coberta de vidros quebrados do letreiro do Café Moka, e dois carros estavam estacionados do lado de fora, um deles, o carro oficial de Kopp, crivado de balas, e seus vidros despedaçados pela explosão das bombas.

Kopp subiu comigo pelas escadas novamente e explicou a situação. Precisávamos defender os edifícios do Poum se eles fossem atacados, mas os líderes do Poum enviaram instruções para ficar na defensiva e não abrir fogo, se possível. Logo em frente, havia um cinema chamado Poliorama, com um museu acima dele, e, no topo, bem acima dos telhados, um pequeno observatório com cúpulas gêmeas. As abóbadas dominavam a rua, e alguns homens postados lá com fuzis impediriam qualquer ataque aos edifícios do Poum. Os zeladores do cinema eram membros da CNT e nos deixavam entrar e sair. Quanto aos guardas de assalto no Café Moka, não haveria problemas com eles. Eles não queriam lutar e ficariam muito satisfeitos em viver e deixar viver. Kopp repetiu que nossas ordens não eram para atirar, a menos que disparassem contra nós ou que nossos prédios fossem atacados. Concluí, embora ele não tenha dito isso, que os líderes do Poum estavam furiosos por serem arrastados para essa confusão, mas sentiram que tinham de apoiar a CNT.

Eles já tinham colocado guardas no observatório. Passei os próximos três dias e noites continuamente no telhado do Poliorama, exceto por breves intervalos, quando escapulia até o hotel para as refeições. Não corri perigo, não sofri nada além de fome e tédio, mas foi um dos períodos mais insuportáveis de toda a minha vida. Acho que poucas experiências seriam mais repugnantes, mais decepcionantes ou, por fim, mais angustiantes do que aqueles dias terríveis de guerra de rua.

Eu costumava ficar sentado no telhado pensando na loucura daquilo tudo. Das pequenas janelas no observatório, podia ver quilômetros ao redor — vista após vista de edifícios altos e esguios, cúpulas de vidro e fantásticos telhados curvos com telhas de cobre verde e brilhante. A leste, o mar azul-claro cintilante — o primeiro vislumbre do mar que tive desde que cheguei à Espanha. E a enorme cidade de um milhão de pessoas estava presa em uma espécie de inércia violenta, um pesadelo de barulho e imobilidade. As ruas iluminadas pelo sol estavam vazias. Nada acontecia, exceto as rajadas de balas vindas das barricadas e das janelas protegidas com sacos de areia. Nenhum veículo se movia nas ruas; aqui e ali, ao longo das Ramblas, os bondes permaneciam imóveis no mesmo lugar em que seus motoristas os deixaram e dali fugiram quando a luta começou. E, o tempo todo, o barulho diabólico, ecoando de milhares de edifícios de alvenaria, seguia e seguia, como uma tempestade tropical. *Crack-crack, tá-tá-tá,* rugidos — às vezes o som desvanecia após alguns tiros, às vezes se transformava em um tiroteio ensurdecedor, mas nunca parava enquanto durava a luz do dia e, pontualmente, começava de novo no amanhecer seguinte.

O que diabos estava acontecendo, quem lutava contra quem e quem estava ganhando era, a princípio, muito difícil de descobrir. O povo de Barcelona está tão acostumado com as brigas de rua e tão familiarizado com a geografia local que, como por instinto, sabe qual partido político domina quais ruas e quais edifícios. Um estrangeiro está em uma desvantagem desesperadora. Olhando para fora do observatório, pude perceber que as Ramblas, que é uma das principais ruas da cidade, formava uma linha divisória. À direita das Ramblas, os bairros da classe trabalhadora eram solidamente anarquistas.

À esquerda, uma disputa confusa acontecia entre as tortuosas ruelas, mas desse lado o PSUC e a Guarda de Assalto estavam mais ou menos no controle. Para cima das Ramblas, contornando a Praça de Catalunha, a posição era tão complicada que teria sido ininteligível se cada edifício não tivesse hasteado uma bandeira de partido. O marco principal aqui era o Hotel Colón, a sede do PSUC, dominando a Praça de Catalunha. Na janela perto do último "O", no enorme letreiro "Hotel Colón" que se estendia por toda a fachada, eles tinham uma metralhadora que varreria a praça com efeito mortal. Cem metros à nossa direita, nas Ramblas, a JSU, a liga juvenil do PSUC (correspondente à Liga dos Jovens Comunistas na Inglaterra), mantinha uma grande loja de departamentos cujas janelas laterais cobertas de sacos de areia davam para o nosso observatório. Haviam recolhido a bandeira vermelha e hasteado a catalã. Na Central Telefônica, ponto de partida de toda a confusão, a bandeira nacional catalã e a bandeira anarquista tremulavam lado a lado. Algum tipo de acordo temporário fora feito ali, as operações continuaram sendo feitas ininterruptamente e não havia disparos do prédio.

Nossa posição estava estranhamente pacífica. Os guardas de assalto do Café Moka tinham fechado as portas de aço e empilhado a mobília do café como uma barricada. Mais tarde, meia dúzia deles subiram ao telhado, em frente a nós, e construíram outra barricada de colchões, sobre a qual penduraram uma bandeira nacional catalã. Mas era óbvio que eles não desejavam começar uma briga. Kopp fizera um acordo definitivo com eles: se não atirassem em nós, não atiraríamos neles. Ele já estreitara a amizade com os guardas de assalto a essa altura e fora visitá-los várias vezes no Café Moka. Sem dúvidas, eles tinham saqueado tudo o que era potável no café e presentearam Kopp com quinze garrafas de cerveja. Em troca, Kopp deu a eles um de nossos fuzis para compensar o que eles tinham perdido no dia anterior. Mesmo assim, era uma sensação estranha ficar sentado naquele telhado. Às vezes eu ficava apenas entediado com tudo aquilo, não prestava atenção ao barulho infernal e passava horas lendo uma sucessão de livros da Penguin Library que, felizmente, eu tinha comprado alguns dias antes; às vezes, prestava bastante atenção nos homens armados me observando a cinquenta metros de distância. Era um pouco como estar de volta às trincheiras; várias vezes me peguei, por força do hábito, falando dos guardas de assalto como "os fascistas". Em geral, éramos cerca de seis lá em cima. Colocamos um homem de guarda em cada uma das torres do observatório, e o resto de nós sentou-se no telhado de chumbo abaixo, onde não havia cobertura exceto uma paliçada de pedra. Estava bem ciente de que, a qualquer momento, os guardas de assalto poderiam receber ordens pelo telefone para abrir fogo. Eles haviam concordado em nos avisar antes, mas não era uma certeza de que cumpririam o acordo. Apenas uma vez, entretanto, pareceu que uma confusão começava. Um dos guardas de assalto do lado oposto ajoelhou-se e começou a atirar pela barricada. Eu estava de guarda no observatório no momento. Apontei meu fuzil para ele e gritei:

— Ei! Não atire em nós!
— O quê?
— Não atire em nós ou vamos atirar de volta!
— Não, não! Eu não estava atirando em você. Olhe lá embaixo!

Ele acenou com seu fuzil em direção à rua lateral que passava pela parte inferior do nosso prédio. Dito e feito, um jovem de macacão azul, com um fuzil na mão, virava a esquina. Ficou evidente que ele acabara de atirar nos guardas de assalto no telhado.

— Estava atirando nele. Ele atirou primeiro. — (Acreditei que era verdade.) — Não queremos atirar em você. Somos só trabalhadores, como você.

Fez a saudação antifascista,[31] a qual retribuí. Gritei:
— Você ainda tem cerveja?
— Não, acabou tudo.

No mesmo dia, sem nenhum motivo aparente, um homem no prédio da JSU, mais adiante na rua, de repente ergueu seu fuzil e disparou contra mim enquanto eu estava debruçado para fora da janela. Talvez eu fosse um alvo tentador. Não atirei de volta. Embora ele estivesse a apenas cem metros de distância, a bala foi tão longe que nem mesmo atingiu o telhado do observatório. Como sempre, os padrões espanhóis de pontaria me salvaram. Daquele mesmo prédio, dispararam várias vezes contra mim.

A rajada diabólica de disparos continuava. Mas, pelo que pude ver e por tudo o que ouvi, a luta era defensiva de ambos os lados. As pessoas simplesmente permaneciam em seus prédios ou atrás de suas barricadas e disparavam contra as pessoas do lado oposto. A cerca de oitocentos metros de nós, havia uma rua onde alguns dos escritórios principais da CNT e da UGT ficavam quase exatamente de frente um para outro. Daquela direção, o ruído era incrivelmente alto. Passei por aquela rua um dia depois do fim da luta e as vitrines das lojas pareciam peneiras. (A maioria dos lojistas em Barcelona tinha suas vitrines entrecruzadas com faixas de papel, de modo que não se despedaçavam quando eram atingidas.) Às vezes, o barulho do fuzil e das metralhadoras era pontuado pelo estrondo de granadas de mão. E, em longos intervalos, talvez uma dúzia de vezes ao todo, ocorreram explosões tremendamente pesadas, que na época não soube explicar. Pareciam bombas aéreas, embora isso fosse impossível, pois não havia aviões por perto. Mais tarde me contaram — o que muito provavelmente era verdade — que agentes provocadores estavam detonando montes de explosivos para aumentar o barulho geral e o pânico. Não havia, entretanto, fogo de artilharia. Estava atento a isso, pois, se os canhões começassem a disparar, significaria que o caso estava se agravando (a artilharia é o fator determinante na guerra de rua). Posteriormente, surgiram histórias inusitadas nos jornais sobre baterias de canhões disparando nas ruas, mas ninguém foi capaz de apontar um prédio atingido por um obus. De todo modo, o som dos tiros é inconfundível, se se estiver acostumado a eles.

Quase desde o início, havia falta de comida. Com dificuldade e sob o manto da escuridão (pois os guardas de assalto estavam constantemente atirando nas Ramblas), a comida era trazida do Hotel Falcón para os quinze ou vinte milicianos do edifício executivo do Poum, embora mal houvesse o suficiente para dividir; a maioria de nós ia ao Hotel Continental para as refeições. O Continental tinha sido "coletivizado" pela Generalitat e não, como a maioria dos hotéis, pela CNT ou UGT, e era considerado território neutro. Mal a luta havia começado, o hotel se enchera até o tampo com uma coleção extraordinária de pessoas.[32] Havia jornalistas estrangeiros, suspeitos políticos de todos os matizes, um piloto americano a serviço do governo, vários agentes comunistas, inclusive um russo gordo e de aparência sinistra, que diziam ser um agente do Diretório Político Unificado do Estado (OGPU),[33] apelidado de Charlie Chan, que mantinha um revólver e uma bomba bem-feita presos à cintura, algumas famílias de espanhóis abastadas aparentemente simpatizantes do fascismo, dois ou três feridos da Coluna Internacional, um bando de caminhoneiros franceses que transportavam laranjas para a França e ficaram retidos por causa dos combates, e vários oficiais do Exército Popular. Este, como organização, permaneceu neutro durante a luta, embora alguns soldados escapassem do quartel para participar individualmente. Na manhã de terça-feira, vi alguns deles nas barricadas do Poum. No início, antes que a escassez de alimentos se agravasse e os jornais começassem a incitar o ódio, havia uma tendência a se considerar tudo aquilo uma piada. Era o tipo de coisa que acontecia todo ano em Barcelona, diziam as pessoas. George Tioli, um jornalista italiano, grande amigo nosso, entrou com as calças ensopadas de sangue. Tinha saído para ver o que estava acontecendo e parou para ajudar um homem ferido na calçada, quando alguém jogou de brincadeira uma granada de mão em cima dele, sem feri-lo com gravidade, felizmente. Lembro de sua observação de que os paralelepípedos de Barcelona deveriam ser numerados; isso pouparia muito trabalho na construção e demolição de barricadas. E me lembro de alguns homens da Coluna Internacional sentados em meu quarto no hotel quando entrei cansado, com fome e sujo depois de uma noite de guarda. A atitude deles foi completamente neutra. Se fossem bons partidários, suponho que teriam me instado a mudar de lado, ou mesmo me prendido e levado as bombas que enchiam meus bolsos. Em vez disso, apenas se compadeceram de mim por ter de passar minha licença como guarda em um telhado. A atitude geral era: "Isto é apenas um acerto de contas entre os anarquistas e a polícia — não significa nada." Apesar da extensão da luta e do número de baixas, acredito que isso estava mais próximo da verdade do que a versão oficial que representava o caso como um levante planejado.

Foi por volta da quarta-feira (5 de maio) que algo pareceu ter mudado. As ruas fechadas pareciam terríveis. Poucos pedestres, forçados a sair de casa por uma ou outra razão, arrastavam-se de um lado para outro, agitando lenços brancos. Em um ponto no meio das Ramblas, a salvo de balas, alguns homens vendiam jornais aos gritos para a rua vazia. Na terça-feira, o *Solidaridad Obrera*, o jornal anarquista, descreveu o ataque à Central Telefônica como uma "provocação monstruosa" (ou com palavras nesse sentido); mas, na quarta-feira, mudou de tom e começou a implorar para que todos voltassem ao trabalho. Os líderes anarquistas transmitiam a mesma mensagem pelo rádio. O escritório do *La Batalla*, o jornal do Poum, que não tinha proteção, acabou sendo invadido e apreendido pelos guardas de assalto mais ou menos na mesma hora que a Central Telefônica. Mas o jornal continuava a ser impresso a partir de outro endereço e algumas cópias eram distribuídas. O jornal pedia a todos que permanecessem nas barricadas. As pessoas tinham opiniões divididas e se perguntavam, inquietas, como diabos aquilo iria acabar. Duvido que alguém tenha deixado as barricadas naquele momento, mas todos estavam cansados da luta sem sentido, que obviamente não levaria a uma decisão efetiva, porque ninguém queria que isso se transformasse em uma guerra civil em grande escala, o que significaria a derrota na guerra contra Franco. Ouvi esse medo expresso por todos os lados. Pelo que se pôde deduzir do que as pessoas estavam dizendo na época, as bases da CNT queriam, desde o início, só duas coisas: a devolução da Central Telefônica e o desarmamento dos odiados guardas de assalto. Se a Generalitat tivesse prometido fazer essas duas coisas e também acabar com a especulação dos alimentos, as barricadas, sem dúvidas, seriam derrubadas em duas horas. Mas era óbvio que a Generalitat não iria ceder. Boatos desconfortáveis circulavam. Dizia-se que o governo de Valência estava enviando 6 mil homens para ocupar Barcelona,[34] e que 5 mil soldados anarquistas e do Poum tinham deixado o front de Aragão para se opor a eles. Apenas o primeiro desses rumores era verdadeiro. Da torre do observatório, vimos as formas baixas e cinzentas de navios de guerra se aproximando do porto. Douglas Moyle, que tinha sido marinheiro, disse que se pareciam com destróieres britânicos. De fato, eram destróieres britânicos, mas só ficamos sabendo disso depois.

Naquela noite, soubemos que, na Praça de Espanha, quatrocentos guardas de assalto se renderam e entregaram suas armas aos anarquistas. Também chegou a notícia vaga de que nos subúrbios (principalmente nos quarteirões da classe trabalhadora) a CNT assumira o controle. Parecia que estávamos vencendo. Mas, naquela noite, Kopp mandou me chamar e, com uma expressão séria, me disse que, segundo informações que acabara de receber, o governo estava prestes a proibir o Poum e a declarar contra ele um estado de guerra. A notícia me deixou chocado. Foi o primeiro vislumbre que tive da provável interpretação que seria dada a esse caso mais tarde. Vagamente previ que, quando a luta terminasse, toda a culpa recairia sobre o Poum, o elo mais fraco e, portanto, o bode expiatório mais adequado. Enquanto isso, nossa neutralidade local estava terminando. Se o governo declarasse guerra contra nós, não teríamos escolha a não ser nos defender, e aqui no prédio do executivo tínhamos certeza de que os guardas de assalto da porta ao lado receberiam ordens para nos atacar. Nossa única chance era atacá-los primeiro. Kopp esperava as ordens pelo telefone. Se soubéssemos definitivamente que o Poum tinha sido proscrito, deveríamos nos preparar de imediato para tomar o Café Moka.

Lembro da longa e atordoante noite que passamos fortificando o prédio. Trancamos as portas de aço na entrada da frente e erguemos uma barricada pelo lado de dentro com blocos de pedra deixados pelos operários que faziam algumas reformas. Conferimos nosso estoque de armas. Considerando os seis fuzis que estavam no telhado do Poliorama, tínhamos 21 deles, um com defeito, cerca de cinquenta cartuchos de munição para cada fuzil e algumas dúzias de bombas. Fora isso, nada além de algumas pistolas e revólveres. Cerca de uma dúzia de homens, a maioria alemães, tinha se apresentado como voluntários para o ataque ao Café Moka, se fosse deflagrado. Deveríamos atacar a partir do telhado, é claro, em alguma hora da madrugada, e pegá-los de surpresa. Eles estavam em maior número, mas nosso moral estava elevado e, sem dúvida, poderíamos invadir o local, embora pessoas pudessem morrer na ação. Não tínhamos comida no prédio, além de algumas barras de chocolate, e corria o boato de que "eles" iriam cortar o abastecimento de água. (Ninguém sabia quem "eles" eram. Podia ser o governo que controlava o sistema hidráulico, ou podia ser a CNT — ninguém sabia.) Passamos muito tempo enchendo as pias dos banheiros com todos os baldes que conseguimos achar e, por fim, até as quinze garrafas de cerveja, agora vazias, que os guardas de assalto tinham dado a Kopp.

Meu estado de espírito era medonho e eu estava cansado para cachorro depois de sessenta horas sem dormir quase nada. Já era tarde da noite. As pessoas dormiam por todo o chão, atrás da barricada, no andar de baixo. No andar de cima, havia uma salinha com um sofá, que pretendíamos usar para tratar os feridos, embora, nem é preciso dizer, descobrimos que não havia iodo nem curativos no prédio. Minha esposa tinha vindo do hotel para o caso de precisarmos de uma enfermeira. Deitei-me no sofá, sentindo que gostaria de descansar meia hora antes do ataque ao Moka, no qual eu provavelmente seria morto. Lembro-me do incômodo intolerável causado pela minha pistola, presa ao cinturão apertando a parte inferior das minhas costas. E a próxima coisa de que me lembro é de acordar com um sobressalto e encontrar minha esposa ao meu lado. Era dia claro, nada tinha acontecido, o governo não tinha declarado guerra ao Poum, a água não tinha sido cortada e, exceto pelos disparos esporádicos nas ruas, tudo estava normal. Minha esposa disse que não teve coragem de me acordar e dormiu em uma poltrona em um dos quartos da frente.

Naquela tarde, houve uma espécie de armistício. O tiroteio cessou e, com uma rapidez surpreendente, as ruas se encheram de gente. Algumas lojas voltaram a abrir as portas, e o mercado ficou lotado com uma enorme multidão clamando por comida, embora as bancas estivessem quase vazias. Foi perceptível, no entanto, que os bondes não tivessem voltado a circular. Os guardas de assalto ainda estavam atrás de suas barricadas no Moka; e nenhum dos lados dos edifícios fortificados fora evacuado. Todo mundo corria para tentar comprar comida. Por todos os lados, ouviam-se as mesmas perguntas ansiosas: "Você acha que isso acabou? Você acha que isso vai começar de novo?" "Isso" — as batalhas — agora eram consideradas uma espécie de calamidade natural, como um furacão ou um terremoto, que atingia a todos da mesma forma e que não tínhamos o poder de deter. E, com certeza, quase imediatamente — suponho que devem ter sido várias horas de trégua na verdade, embora tenha parecido mais minutos do que horas — um estrondo repentino de tiros de fuzil, como uma tromba d'água de verão, fez com que todos saíssem correndo. As portas de aço voltaram a se fechar, as ruas se esvaziaram como mágica, as barricadas foram povoadas e "isso" começou de novo.

Voltei ao meu posto no telhado com uma sensação de revolta e fúria concentradas. Ao participarmos de acontecimentos como esses, estamos, suponho, de certa forma fazendo história, e por direito deveríamos nos sentir como personagens históricos. Mas nunca é assim, porque nessas ocasiões os detalhes físicos sempre superam todo o resto. Ao longo das batalhas, nunca fiz a "análise" correta da situação, o que foi feito com tanto desembaraço por jornalistas a centenas de quilômetros de distância. O que eu mais pensava era não nos acertos e nos erros dessa luta interna miserável, mas simplesmente no desconforto e tédio intoleráveis de ficar sentado dia e noite naquele telhado, e a fome que ficava cada vez pior — porque nenhum de nós tinha tido uma refeição adequada desde segunda-feira. Pensava o tempo todo em voltar ao front assim que esse negócio acabasse. Foi exasperante. Eu fiquei 115 dias na linha de frente e voltei a Barcelona sedento por um pouco de descanso e conforto; em vez disso, tive de passar meu tempo sentado em um telhado de frente a guardas de assalto tão entediados quanto eu, que periodicamente acenavam para mim e me garantiam serem "trabalhadores" (o que significava que eles esperavam que eu não atirasse neles), mas que sem dúvidas abririam fogo se recebessem ordens para isso. Se isso era História, não parecia como tal. Parecia mais com um período ruim no front, quando havia poucos homens e tínhamos de cumprir horas anormais montando guarda. Em vez de sermos heroicos, ficávamos apenas a postos, entediados, caindo de sono e completamente desinteressados do porquê de tudo aquilo.

Dentro do hotel, em meio à multidão heterogênea que em grande parte não ousava pôr o nariz para fora, crescia uma horrível atmosfera de suspeita. Várias pessoas tinham sido contaminadas pela mania de espionagem e se esgueiravam sussurrando que todo mundo era espião dos comunistas,[35] ou dos trotskistas, ou dos anarquistas, e por aí vai. O gordo agente russo encurralava todos os refugiados estrangeiros e explicava, de forma plausível, que tudo não passava de uma conspiração anarquista. Observei-o com algum interesse, pois era a primeira vez que via uma pessoa cuja profissão era contar mentiras — a menos que se considerem os jornalistas.[36] Havia algo repulsivo na vida que se levava ali, uma paródia do cotidiano de um hotel chique, que se desenrolava por detrás de janelas fechadas e em meio ao barulho de tiros de fuzis. O salão de jantar da frente tinha sido abandonado depois de uma bala atravessar a janela, acertando um pilar. Os hóspedes foram amontoados em uma sala escura nos fundos, onde não havia mesas suficientes. Os garçons estavam em número reduzido — alguns deles eram membros da CNT e aderiram à greve geral — e tinham abandonado as camisas engomadas por ora. Mas as refeições continuavam a ser servidas com certa formalidade. No entanto, não havia praticamente nada para comer. Naquela quinta-feira à noite, o prato principal do jantar era uma sardinha para cada pessoa. O hotel estava sem pão havia dias, e até mesmo o vinho escasseava, tanto que bebíamos vinhos cada vez mais velhos a preços mais e mais elevados. Essa falta de comida se prolongou por vários dias depois que as batalhas acabaram. Por três dias seguidos, lembro-me, minha esposa e eu tomamos de café da manhã um pedacinho de queijo de cabra sem pão e sem nada para beber. A única coisa que havia em abundância eram as laranjas. Os motoristas de caminhão franceses trouxeram grandes quantidades de suas laranjas para o hotel. Eles eram um grupo de aparência durona; tinham com eles algumas garotas espanholas vulgares e um carregador enorme, que vestia uma blusa preta. Em qualquer outra época, o pequeno gerente esnobe do hotel teria feito o possível para deixá-los desconfortáveis ou, melhor, teria se recusado a admiti-los no local, mas, naquele momento, eles eram populares porque, ao contrário do resto de nós, tinham um estoque particular de pães cobiçado por todos.

    Passei aquela última noite no telhado e, no dia seguinte, a impressão era de que as batalhas tinham chegado ao fim de fato. Não creio que foram feitos muitos disparos naquele dia, sexta-feira. Ninguém parecia saber ao certo se as tropas de Valência estavam realmente próximas. Chegaram, de fato, naquela noite. O governo transmitia mensagens meio reconfortantes, meio ameaçadoras, pedindo a todos que fossem para casa e dizendo que depois de certa hora qualquer um portando armas poderia ser preso. Não se deu muita atenção às transmissões do governo, mas em todos os lugares o povo abandonava as barricadas. Não tenho dúvidas de que foi principalmente por causa da falta de alimentos. De todos os lados, ouvia-se a mesma observação: "Não temos mais comida, devemos voltar ao trabalho." Por outro lado, os guardas de assalto, que podiam contar com suas rações desde que houvesse comida na cidade, puderam permanecer em seus postos. À tarde, as ruas estavam quase normais, embora as barricadas desertas ainda estivessem de pé; as Ramblas apinharam-se de gente, quase todas as lojas abriram e — o mais reconfortante de tudo — os bondes que por tanto tempo ficaram congelados no mesmo lugar deram um solavanco e voltaram a circular. Os guardas de assalto ainda estavam no controle do Café Moka e não tinham desfeito suas barricadas, mas alguns deles trouxeram cadeiras e se sentaram na calçada com seus fuzis apoiados nos joelhos. Pisquei para um deles ao passar e recebi um sorriso que não era desencorajador; ele me reconheceu, é claro. Na Central Telefônica, a bandeira anarquista fora recolhida e apenas a catalã tremulava. Isso significava que os trabalhadores tinham sido definitivamente derrotados. Compreendi — embora, devido à minha ignorância política, não tão claramente como deveria — que, quando o governo se sentisse mais confiante, haveria represálias. Mas, na época, não estava interessado nesse tipo de coisa. Tudo o que senti foi um alívio profundo porque o barulho infernal dos disparos tinha cessado e porque podia comprar um pouco de comida e descansar brevemente antes de voltar para o front.

Deve ter sido tarde daquela noite que as tropas de Valência apareceram pela primeira vez nas ruas. Eram os guardas de assalto, outra formação semelhante à dos guardas de assalto locais, dos odiados guardas civis e dos *carabineros* (ou seja, uma formação destinada essencialmente ao trabalho policial), e eram as tropas de elite da República. Pareceram brotar de repente do chão; era possível vê-los por toda parte patrulhando as ruas em grupos de dez — homens altos em uniformes cinza ou azuis, com fuzis longos pendurados sobre os ombros e uma submetralhadora para cada grupo. Enquanto isso, havia um trabalho delicado a ser feito. Os seis fuzis que tínhamos usado para montar guarda nas torres do observatório ainda estavam lá e, por bem ou por mal, precisávamos levá-los de volta ao prédio do Poum. Era apenas uma questão de atravessar a rua com eles. Os fuzis faziam parte do arsenal do edifício, mas trazê-los na rua seria violar a ordem do governo e, caso fôssemos apanhados portando esses fuzis, certamente seríamos presos — pior, as armas seriam confiscadas. Com apenas 21 fuzis no prédio, não podíamos nos dar ao luxo de perder seis deles. Depois de muita discussão sobre o melhor método, um garoto espanhol ruivo e eu começamos a contrabandeá-los para fora. Foi fácil desviar das patrulhas da Guarda de Assalto. O perigo eram os guardas de assalto no Moka, que sabiam muito bem que tínhamos fuzis no observatório e podiam nos denunciar se nos vissem carregando-os para outro lado. Nós nos despimos parcialmente e penduramos um fuzil no ombro esquerdo, a coronha sob a axila, o cano na perna da calça. Era uma pena que fossem fuzis Mauser de cano longo. Mesmo um homem da minha altura não consegue levar uma Mauser dessas na calça sem sentir desconforto. Foi um trabalho insuportável descer as escadas em espiral do observatório com a perna esquerda completamente rígida. Uma vez na rua, descobrimos que a única maneira de nos mover era com extrema lentidão, devagar o bastante para não ser necessário dobrar os joelhos. Do lado de fora do cinema, vi um grupo de pessoas olhando para mim com grande interesse enquanto eu me arrastava em velocidade de tartaruga. Várias vezes eu me perguntei o que eles achavam que estava acontecendo comigo. Ferido de guerra, talvez. Ainda assim, todos os fuzis foram contrabandeados sem incidentes.

No dia seguinte, os guardas de assalto estavam em todos os lugares, andando pelas ruas como conquistadores. Não havia dúvida de que o governo estava simplesmente fazendo uma demonstração de força para intimidar uma população que, já se sabia, não era capaz de resistir. Se houvesse algum medo real de novas revoltas, os guardas de assalto vindos de Valência teriam sido mantidos nos quartéis, e não espalhados pelas ruas em pequenos bandos. Eram soldados esplêndidos, em grande parte os melhores que eu tinha visto na Espanha. Embora eu considerasse que eles fossem, em certo sentido, "o inimigo", não pude deixar de apreciar a aparência deles. Mas foi com uma espécie de espanto que os observei passeando de um lado para o outro. Estava acostumado com a milícia esfarrapada e pobremente armada no front em Aragão, e não sabia que a República possuía tropas como essas. Não era apenas o fato de que esses homens foram escolhidos pelo porte físico, mas suas armas também me surpreenderam. Todos estavam armados com fuzis novíssimos do tipo conhecido como "fuzil russo" (esses fuzis foram enviados para a Espanha pela URSS, mas fabricados, creio eu, nos Estados Unidos). Examinei um deles. Estava longe de ser um fuzil perfeito, mas era muito melhor do que os velhos bacamartes horríveis que tínhamos na linha de frente. Os guardas de assalto valencianos tinham uma submetralhadora a cada dez homens e uma pistola automática cada um; nós, no front, tínhamos aproximadamente uma metralhadora para cada cinquenta homens. Já pistolas e revólveres, só podíamos obtê-los ilegalmente. Na verdade, embora eu não tivesse percebido isso até então, acontecia o mesmo em todo lugar. Os guardas de assalto e os *carabineros*, que não iriam de forma alguma ao front, estavam melhor armados e vestidos do que nós. Suspeito que seja assim em todas as guerras — sempre o mesmo contraste entre a polícia elegante na retaguarda e os soldados maltrapilhos na linha de frente. No geral, os guardas de assalto se deram muito bem com a população depois de um ou dois dias. No primeiro dia, houve alguns problemas porque alguns guardas — agindo sob instruções, suponho — começaram a se comportar de forma provocativa. Bandos deles embarcaram nos bondes, revistaram passageiros que, caso tivessem carteiras de membros da CNT nos bolsos, tinham os documentos rasgados e pisados. Isso levou a brigas com anarquistas armados, e algumas pessoas foram mortas. Muito em breve, porém, os guardas de assalto abandonaram o ar conquistador e as relações tornaram-se mais amigáveis. Era perceptível que a maioria deles tinha arrumado uma garota depois de um ou dois dias.

Os combates em Barcelona deram ao governo de Valência a tão desejada desculpa para assumir o controle total da Catalunha. As milícias operárias deveriam ser desmembradas e redistribuídas pelo Exército Popular. A bandeira republicana espanhola foi hasteada por Barcelona inteira — a primeira vez que a vi, acho, sem ser numa trincheira fascista. Nos bairros da classe trabalhadora, as barricadas estavam sendo desfeitas, de maneira um tanto lenta, pois é muito mais fácil construir uma barricada do que colocar as pedras de volta no seu devido lugar. Do lado de fora dos prédios do PSUC, as barricadas puderam permanecer de pé e, de fato, muitas foram mantidas até junho. Os guardas de assalto ainda ocupavam pontos estratégicos. Enormes apreensões de armas estavam sendo feitas nos redutos da CNT, embora eu não tivesse dúvidas de que muitas escaparam de ser apreendidas. O *La Batalla* ainda saía, mas foi censurado até a primeira página ficar quase completamente em branco. Os jornais do PSUC não foram censurados e publicavam artigos inflamados, exigindo a supressão do Poum. Declararam que o partido era uma organização fascista disfarçada; circulava por toda a cidade um desenho que representava o Poum como uma figura retirando uma máscara marcada com a foice e o martelo, revelando um rosto horrendo e maníaco marcado com a suástica, distribuído pelos agentes do PSUC. Ficou evidente que a versão oficial das batalhas em Barcelona já estava resolvida: deveria ser representada como um levante da "quinta coluna" fascista,[37] arquitetado exclusivamente pelo Poum.

No hotel, a péssima atmosfera de suspeita e hostilidade piorou depois de acabadas as batalhas. Diante das acusações que se espalhavam, era impossível permanecer neutro. Os correios voltaram a funcionar, os jornais comunistas estrangeiros começavam a chegar e suas reportagens sobre a luta não eram apenas violentamente partidárias, mas, é claro, muito imprecisas quanto aos fatos. Acredito que alguns dos comunistas locais que viram o que de fato aconteceu ficaram consternados com a interpretação dada aos acontecimentos, mas naturalmente precisaram ficar do lado deles. Nosso amigo comunista se aproximou de mim mais uma vez e perguntou se eu não queria ser transferido para a Coluna Internacional.

Fiquei bastante surpreso.

— Seus jornais dizem que sou fascista — eu disse. — Eu deveria, é claro, ser considerado politicamente suspeito, vindo do Poum.

— Ah, isso não importa. Afinal, você estava apenas agindo sob ordens.

Precisei informá-lo de que, depois desse caso, não ingressaria em nenhuma unidade controlada pelos comunistas. Cedo ou tarde, isso poderia significar ser usado contra a classe trabalhadora espanhola. Não se sabe quando esse tipo de coisa voltaria a acontecer, e se eu precisasse voltar a usar meu fuzil, eu o usaria do lado da classe trabalhadora e não contra ela. Ele foi muito decente comigo. Mas, a partir de então, toda a atmosfera mudou. Não era possível, como antes, "concordar em discordar" e beber com um homem que, supostamente, era seu oponente político. Houve algumas discussões feias no saguão do hotel. Enquanto isso, as prisões já estavam lotadas e transbordando. Depois que a luta acabou, os anarquistas, é claro, libertaram seus prisioneiros, mas os guardas de assalto não tinham libertado os seus, e a maioria deles fora jogada na prisão e mantida lá sem julgamento, e, em muitos casos, por meses a fio. Como de costume, pessoas inocentes estavam sendo presas, devido aos equívocos da polícia. Mencionei antes que Douglas Thompson tinha sido ferido no início de abril. Depois, perdemos contato com ele, como em geral acontecia quando um homem era ferido, pois os feridos eram frequentemente transferidos de um hospital para outro. Na verdade, ele estava no hospital de Tarragona e foi enviado de volta a Barcelona na época em que as batalhas começaram. Na terça-feira de manhã, encontrei-o na rua, bastante perplexo com o tiroteio que acontecia ao redor. Ele fez a pergunta que todos estavam fazendo:

— Que diabos está acontecendo?

Eu expliquei o melhor que pude. Thompson disse de pronto:

— Vou ficar fora disso. Meu braço ainda está ruim. Vou voltar para o meu hotel e ficar lá.

Ele voltou para seu hotel, mas, infelizmente (como é importante na briga de rua entender a geografia local!), era um hotel em uma parte da cidade controlada pela Guarda de Assalto. O lugar foi invadido e Thompson preso, jogado na prisão e mantido por oito dias em uma cela tão cheia que ninguém tinha espaço para se deitar. Houve muitos casos semelhantes. Inúmeros estrangeiros com histórico político duvidoso estavam foragidos, com a polícia em seu encalço e constantemente com medo de ser denunciados. Era pior para italianos e alemães, que não tinham passaporte e eram geralmente procurados pela polícia secreta de seus próprios países. Se fossem presos, seriam deportados para a França, o que poderia significar ser mandados de volta para a Itália ou a Alemanha, onde sabe Deus que horrores os aguardavam. Uma ou duas mulheres estrangeiras regularizaram rapidamente sua situação ao se "casar" com espanhóis. Uma garota alemã que não tinha nenhum documento se esquivou da polícia fingindo ser amante de um homem por vários dias. Lembro-me da expressão de vergonha e tristeza no rosto dela quando, sem querer, esbarrei nela ao sair do quarto do homem. Era claro que ela não era sua amante, mas sem dúvida ela pensava que eu achava isso. Durante todo o tempo, existia uma sensação odiosa de que alguém, até então seu amigo, iria denunciá-lo à polícia secreta. O longo pesadelo da luta, do barulho, da falta de comida e de sono, a mistura de tensão e tédio de ficar sentado no telhado e me perguntar se em um minuto eu levaria um tiro ou seria obrigado a atirar em alguém deixaram meus nervos à flor da pele. Tinha chegado ao ponto em que toda vez que uma porta batia, eu agarrava minha pistola. Na manhã de sábado, houve um ruído de tiros lá fora, e todos gritaram: "Está começando de novo!" Corri para a rua e descobri que eram apenas alguns guardas de assalto atirando em um cachorro louco. Ninguém que esteve em Barcelona então, ou meses depois, poderá esquecer a horrível atmosfera produzida por medo, suspeita, ódio, jornais censurados, prisões lotadas, enormes filas de comida e bandos de homens armados à espreita.

Tentei dar uma ideia de como era a sensação de estar no meio das batalhas em Barcelona. No entanto, não creio ter conseguido transmitir com sucesso a estranheza daquela época. Uma das coisas que ficaram na minha mente quando olho para trás são os contatos casuais que fiz na época, os repentinos vislumbres de pessoas não combatentes para quem tudo aquilo era apenas uma confusão sem sentido. Lembro-me da mulher que vi vestida com roupas da moda, com uma cesta de compras no braço e conduzindo um poodle branco, passeando pelas Ramblas enquanto os fuzis espocavam e rugiam a uma ou duas ruas de distância. É possível que ela fosse surda. E do homem que vi correndo pela Praça de Catalunha, completamente vazia, brandindo um lenço branco em cada mão. E do grande grupo de pessoas, todas vestidas de preto, tentando por cerca de uma hora atravessar a Praça de Catalunha, sem sucesso. Toda vez que emergiam da rua lateral da esquina, os atiradores de metralhadoras do psuc do Hotel Colón abriam fogo e as repeliam — não sei por que, pois estavam obviamente desarmadas. Desde então, penso que talvez fosse um cortejo fúnebre. E do homenzinho que era o zelador do museu acima do cinema Poliorama, e que parecia considerar tudo aquilo uma ocasião social. Ele ficava muito satisfeito com a visita dos ingleses — os ingleses são tão "simpáticos", dizia. Esperava que voltássemos para vê-lo quando a confusão acabasse; de fato, fui vê-lo depois. E do outro homenzinho, abrigado na soleira de uma porta, balançando a cabeça com gosto para o inferno do tiroteio na Praça de Catalunha e dizendo (como se comentasse que era uma bela manhã): "Então temos o 19 de julho de volta!"[38] E das pessoas na sapataria que faziam minhas botas para marchar. Fui lá antes das batalhas, depois de elas terem terminado e, por alguns minutos, durante o breve armistício de 5 de maio. Era uma loja cara, e os lojistas eram da UGT e talvez fossem membros do PSUC — de qualquer forma, estavam politicamente do outro lado e sabiam que eu servia no Poum. No entanto, a atitude deles era de todo indiferente. "É uma pena esse tipo de coisa, não? É tão ruim para os negócios. Que pena que isso não acaba! Como se já não bastasse esse tipo de coisa no front" etc. Deve ter havido uma grande quantidade de pessoas, talvez a maioria dos habitantes de Barcelona, que não teve um pingo de interesse por todo o caso, ou com tanto interesse quanto seria de esperar em um ataque aéreo.

Neste capítulo, descrevi apenas minhas experiências pessoais. No Apêndice 02, devo discutir o melhor que puder sobre as questões maiores — o que realmente aconteceu e quais os resultados, os erros e os acertos das batalhas e quem poderia ser considerado responsável. Muito do capital político foi angariado com a batalha de rua em Barcelona, e é importante tentar ter uma visão equilibrada do ocorrido. Uma grande quantidade de linhas sobre o assunto, suficiente para encher muitos livros, já foi escrita, e não creio exagerar se disser que nove décimos disso são falsos. Quase todas as reportagens de jornais publicadas na época foram produzidas por jornalistas a distância, e não eram apenas imprecisas em seus fatos, mas intencionalmente enganosas. Como de costume, apenas um lado da questão pôde chegar ao público em geral. Como todos os que estavam em Barcelona na época, vi apenas o que acontecia na minha vizinhança imediata, mas vi e ouvi o suficiente para ser capaz de contradizer muitas das mentiras que têm circulado.

X

Devem ter se passado três dias após o fim da luta em Barcelona quando voltamos ao front. Depois dos confrontos — mais particularmente depois da troca de insultos nos jornais —, era difícil pensar sobre essa guerra da mesma maneira ingênua e idealista de antes. Suponho que não haja ninguém que tenha passado mais do que algumas semanas na Espanha sem ficar desiludido em alguma medida. Minha mente voltou ao correspondente do jornal que conheci no meu primeiro dia em Barcelona, que me disse: "Esta guerra é um embuste como qualquer outra." A observação me chocou profundamente e, naquela época (em dezembro), não acreditei que fosse verdade; não era verdade nem mesmo agora, em maio; mas se tornava cada dia mais verdadeira. O fato é que toda guerra sofre uma espécie de degradação progressiva a cada mês que passa, porque coisas como a liberdade individual e uma imprensa honesta simplesmente não são compatíveis com a eficiência militar.

Nesse momento pode-se começar a fazer conjecturas sobre o que provavelmente aconteceria. Era fácil ver que o governo Caballero[39] cairia e seria substituído por um governo mais de direita com uma influência comunista mais forte (isso aconteceu uma ou duas semanas depois), que se proporia a quebrar o poder dos sindicatos de uma vez por todas. E, depois, quando Franco fosse derrotado — e deixando de lado os enormes problemas levantados pela reconstrução da Espanha —, a perspectiva não seria muito otimista. Quanto ao fato de os jornais dizerem que se tratava de uma "guerra pela democracia", isso não passava de uma enganação. Ninguém em seu juízo perfeito imaginaria que havia alguma esperança de democracia, até mesmo como a entendemos na Inglaterra ou na França, em um país tão dividido e exausto como a Espanha estaria ao final da guerra. Teria que ser uma ditadura, e estava claro que a chance de ser uma ditadura da classe trabalhadora tinha passado. Isso significava que o movimento geral iria em direção a algum tipo de fascismo. Esse fascismo receberia, sem dúvida, um nome mais polido e — porque se tratava da Espanha — seria mais humano e menos eficiente do que a vertente alemã ou italiana. As únicas alternativas eram uma ditadura infinitamente pior sob Franco, ou (sempre uma possibilidade) de que a guerra terminasse com a Espanha dividida, fosse por fronteiras reais, fosse por zonas econômicas.

Para qualquer lado que se olhasse, a perspectiva era deprimente. Mas isso não significava que não valia a pena lutar a favor do governo contra o fascismo mais explícito e desenvolvido de Franco e Hitler. Quaisquer que fossem as falhas do governo do pós-guerra, o regime de Franco certamente seria pior. Para os trabalhadores — o proletariado da cidade —, talvez no final fizesse pouca diferença quem ganhasse, mas a Espanha é principalmente um país agrícola, e os camponeses quase certamente se beneficiariam de uma vitória do governo. Pelo menos algumas das terras tomadas permaneceriam com eles e, nesse caso, também haveria uma redistribuição das terras no território antes controlado por Franco, e a servidão virtual que existia em algumas partes da Espanha provavelmente não seria restaurada. O governo no comando, ao fim da guerra, seria em todo caso anticlerical e antifeudal. Manteria a Igreja sob controle, pelo menos por um tempo, e modernizaria o país — construiria estradas, por exemplo, e promoveria a educação e a saúde públicas; algo nesse sentido já estava sendo feito, mesmo durante a guerra. Por outro lado, Franco, na medida em que não era apenas o fantoche da Itália e da Alemanha, estava comprometido com os grandes proprietários feudais e representava uma reação mofada do clero e dos militares. A Frente Popular podia ser uma fraude, mas Franco era um anacronismo. Apenas os milionários ou os românticos desejariam que ele vencesse.

Além disso, havia a questão do prestígio internacional do fascismo, que há um ou dois anos vinha me assombrando como um pesadelo. Desde 1930, os fascistas obtiveram todas as vitórias; estava na hora de eles levarem uma surra, não importava de quem. Se pudéssemos jogar Franco e seus mercenários estrangeiros ao mar, isso representaria uma melhoria imensa na situação mundial, mesmo que a Espanha emergisse com uma ditadura sufocante e todos os seus melhores homens estivessem na prisão. Só por isso valeria a pena vencer a guerra.

Era assim que eu via as coisas na época. Posso dizer que agora tenho muito mais consideração pelo governo Negrín do que quando ele assumiu. Ele manteve uma luta difícil com esplêndida coragem e mostrou mais tolerância política do que se esperava. Mas ainda acredito que — a menos que a Espanha se divida, com consequências imprevisíveis — a tendência do governo no pós-guerra está fadado a ser fascista. Mais uma vez, eu me atenho a essa opinião e deixo que o tempo me julgue como faz com a maioria dos profetas.

Tínhamos acabado de chegar ao front quando soubemos que Bob Smillie fora detido na fronteira quando voltava para a Inglaterra, levado para Valência e jogado na prisão. Smillie estava na Espanha desde outubro do ano anterior. Trabalhou por vários meses no escritório do Poum e depois se juntou à milícia quando os outros membros do ILP chegaram, sob a condição de que ficaria três meses no front antes de voltar à Inglaterra para participar de uma excursão de propaganda. Demorou algum tempo até que conseguíssemos descobrir por que ele fora preso. Ele estava sendo mantido incomunicável, para que nem mesmo um advogado pudesse vê-lo. Na Espanha, não existe — pelo menos na prática — o *habeas corpus*, e uma pessoa pode ser mantida na prisão por vários meses sem acusação nem mesmo julgamento. Por fim, soubemos por um prisioneiro libertado que Smillie tinha sido preso por "porte de armas". As "armas", por acaso, eu sabia, eram duas granadas de mão do modelo arcaico usado no início da guerra, que ele levava para casa a fim de exibir em suas palestras, junto com estilhaços de obus e outros suvenires. As cargas e os detonadores foram removidos — então não passavam de meros cilindros de aço, completamente inofensivos. Era óbvio que se tratava apenas de um pretexto e que ele tinha sido detido devido à sua conhecida ligação com o Poum. Os combates de Barcelona haviam acabado de terminar e as autoridades estavam, àquela altura, extremamente ansiosas para não deixar sair da Espanha quem pudesse contradizer a versão oficial. Como resultado, pessoas podiam ser presas na fronteira com pretextos mais ou menos frívolos. Muito provavelmente a intenção, no início, era apenas deter Smillie por alguns dias. Mas o problema é que, na Espanha, quando alguém vai para a prisão, geralmente fica por lá, com ou sem julgamento.

Ainda estávamos em Huesca, mas nos posicionaram um pouco mais à direita, em frente ao reduto fascista que capturamos temporariamente poucas semanas antes. Eu atuava agora como *teniente* — o que corresponde, suponho, a segundo-tenente do Exército britânico — comandando cerca de trinta soldados, ingleses e espanhóis. Meu nome foi enviado para uma patente regulamentar; mas era incerto se eu conseguiria obtê-la. Anteriormente, os oficiais da milícia se recusavam a aceitar patentes regulamentares, o que significava um soldo extra, pois entrava em conflito com as ideias igualitárias, mas agora eles eram obrigados a aceitá-las. Benjamin fora nomeado capitão e Kopp estava em vias de se tornar major. O governo não podia, é claro, prescindir dos oficiais da milícia, mas não confirmava ninguém em patentes superiores à de major, presumivelmente para deixar os comandos superiores para os oficiais do Exército regular e para os novos oficiais saídos da Escola de Guerra. Como resultado, em nossa divisão, e sem dúvida em muitas outras, vivia-se uma situação bizarra em que o comandante da divisão, os comandantes de brigada e os comandantes dos batalhões eram todos majores.

Não estava acontecendo muita coisa na linha de frente. Os combates em torno da estrada de Jaca tinham acabado e só recomeçariam em meados de junho. Em nossa posição, o principal problema eram os franco-atiradores. As trincheiras fascistas estavam a mais de 150 metros, mas ficavam em um terreno mais alto e dos dois lados, formando uma linha que se projetava numa saliência em ângulo reto. O canto dessa saliência era um local perigoso; sempre ocorreram muitas baixas por causa dos franco-atiradores dali. De vez em quando, os fascistas atiravam em nós com um fuzil lançador de granadas ou alguma arma semelhante. Isso provocava um estrondo medonho — estressante, porque não dava tempo de se esquivar —, mas não era algo realmente perigoso; o buraco que abria no chão não era maior do que uma tina. As noites eram agradavelmente mornas, os dias extremamente quentes, os mosquitos começaram a se tornar um incômodo e, apesar das roupas limpas que trouxemos de Barcelona, fomos quase de imediato infestados por piolhos. Lá fora, nos pomares desertos da terra de ninguém, as cerejas embranqueciam nas árvores. Durante dois dias, caíram chuvas torrenciais, os abrigos inundaram e o parapeito afundou trinta centímetros; depois disso, foram mais dias cavando o barro pegajoso com as miseráveis pás espanholas, que não têm cabo e entortam como colheres de latão.

Foi prometido a nós um morteiro de trincheira para a nossa companhia; estava ansioso por isso. À noite, fazíamos as patrulhas como de costume — agora mais perigosas do que costumavam ser, porque as trincheiras fascistas estavam mais bem guarnecidas e eles, mais alertas. Tinham espalhado latas do lado de fora da cerca de arame e costumavam abrir fogo com as metralhadoras assim que ouviam um tinido. Durante o dia, fazíamos disparos da terra de ninguém. Ao rastejar por cem metros, alcançávamos uma vala, escondida pelo capim alto, que dava para uma abertura no parapeito fascista. Montamos um apoio para fuzis ali. Depois de esperar um pouco, geralmente uma figura vestida de cáqui passava rápido pela brecha. Atirei várias vezes. Não sei se acertei alguém — seria muito improvável; sou péssimo de mira com um fuzil. Mas era muito divertido, os fascistas não sabiam de onde vinham os tiros, e eu tinha certeza de que acertaria um deles mais cedo ou mais tarde. Porém, o atingido fui eu — um franco-atirador fascista me pegou. Eu estava havia cerca de dez dias no front de batalha quando aconteceu. Toda a experiência de ser atingido por uma bala é muito interessante e acho que vale a pena descrevê-la em detalhes.

Foi no canto do parapeito, às cinco da manhã. Essa era sempre uma hora perigosa, porque tínhamos o amanhecer atrás de nós, e se você colocasse a cabeça acima do parapeito, ela ficava claramente delineada contra o céu. Estava conversando com as sentinelas, preparando a troca de guarda. De repente, bem no meio de uma frase, eu senti — é muito difícil descrever o que senti, apesar de lembrar com muita nitidez.

Grosso modo, a sensação era de estar no centro de uma explosão. Minha impressão foi a de um estrondo alto e um clarão de luz ofuscante ao meu redor, depois senti um impacto tremendo — nenhuma dor, apenas um choque violento, como uma descarga elétrica; e, ao mesmo tempo, uma sensação de fraqueza absoluta, de ter sido golpeado e reduzido a nada. Os sacos de areia que estavam à minha frente recuaram para muito longe. Imagino que sentiria o mesmo se fosse atingido por um raio. Soube imediatamente que fora alvejado, mas, por causa do estrondo e do flash aparente, pensei que um fuzil próximo tivesse disparado acidentalmente e me acertado. Tudo isso aconteceu em um espaço de tempo bem inferior a um segundo. No momento seguinte, meus joelhos dobraram e eu estava caindo, minha cabeça batendo no chão com um barulho violento e que, para meu alívio, não doeu. Tive uma sensação de entorpecimento, de atordoamento, a consciência de ter sido gravemente ferido, mas nenhuma dor no sentido usual.

A sentinela americana com quem eu estivera conversando se aproximou.

— Meu Deus! Você foi atingido?

Os outros me rodearam. Houve o alarido de sempre:

— Levante-o! Onde ele foi atingido? Abram a camisa dele!

O americano pediu uma faca para abrir minha camisa. Sabia que tinha uma no meu bolso e tentei alcançá-la, mas descobri que meu braço direito estava paralisado. Como não sentia dor, experimentei uma leve satisfação. Isso deve agradar à minha esposa, pensei; ela sempre quis que eu fosse ferido, o que me salvaria de ser morto quando a grande batalha chegasse. Só então fiquei curioso para saber onde fora atingido e com que gravidade. Não sentia nada, mas estava consciente de que a bala tinha me atingido em algum lugar na frente do corpo. Quando tentei falar, descobri estar sem voz, apenas com um chiado fraco, mas na segunda tentativa consegui perguntar onde fora atingido. "Na garganta", disseram. Harry Webb, nosso enfermeiro, trouxe ataduras e um dos frascos de álcool que nos foram dados para fazer curativos. Quando me levantaram, muito sangue jorrou de minha boca, e ouvi um espanhol atrás de mim dizer que a bala passara direto pelo meu pescoço. Senti o álcool, que em momentos normais arderia como o diabo, espirrar na ferida com um frescor agradável.

Eles me deitaram novamente, enquanto alguém buscava uma maca. Assim que soube que a bala tinha passado direto pelo meu pescoço, deduzi que estava condenado. Nunca ouvi falar de um homem ou animal recebendo uma bala no meio do pescoço e sobrevivendo. O sangue escorria pelo canto da minha boca. "A artéria se foi", pensei. Eu me perguntei quanto tempo dá para viver depois que a artéria carótida é cortada; não muitos minutos, provavelmente. Tudo ficou muito embaçado. Durante cerca de dois minutos achei que tinha morrido. E isso também foi interessante — quero dizer, é interessante saber o que a gente pensa em um momento como esse. Meu primeiro pensamento, bem convencional, foi para minha esposa. O segundo foi um ressentimento violento de ter que deixar este mundo que, no fim das contas, me cai tão bem. Tive tempo para sentir isso muito vividamente. Aquele revés estúpido me enfureceu. A falta de sentido disso! Ser abatido assim, nem sequer numa batalha, mas num canto banal das trincheiras, devido a um momento de descuido! Pensei também no homem que atirou em mim — me perguntei como era, se era espanhol ou estrangeiro, se sabia que me atingira, e assim por diante. Não conseguia sentir qualquer ressentimento contra ele. Refleti que, como ele era fascista, eu o teria matado se pudesse, mas que, se ele tivesse sido feito prisioneiro e trazido à minha presença neste momento, eu apenas o teria parabenizado pela boa pontaria. Pode ser também que, quando se está realmente agonizando, os pensamentos sejam bem diferentes.

Tinham acabado de me colocar na maca quando meu braço direito paralisado voltou à vida e começou a doer terrivelmente. Na época, imaginei que o tivesse quebrado ao cair; mas a dor me tranquilizou, pois sabia que as sensações não ficam mais aguçadas quando se está morrendo. Comecei a me sentir mais eu mesmo e a ter pena dos quatro pobres-diabos que suavam e escorregavam com a maca nos ombros. Eram mais de dois quilômetros até a ambulância, avançando por trilhas irregulares e escorregadias. Sabia quão difícil era aquilo, tendo ajudado a carregar um homem ferido um ou dois dias antes. As folhas dos choupos-brancos que, em alguns lugares, ladeavam as trincheiras, roçavam o meu rosto. Julguei que era bom estar vivo em um mundo onde crescem choupos-brancos. Mas o tempo todo a dor no meu braço era diabólica, fazendo-me xingar e depois tentando não xingar, porque toda vez que respirava com mais força o sangue borbulhava para fora da minha boca.

O médico refez o curativo, aplicou em mim uma injeção de morfina e me mandou para Siétamo. Os hospitais de Siétamo eram cabanas de madeira construídas às pressas onde os feridos, por via de regra, eram mantidos apenas por algumas horas antes de serem enviados a Barbastro ou Lérida. Estava atordoado por causa da morfina, mas ainda sentia muita dor, era quase incapaz de me mover e engolia sangue constantemente. Era típico dos métodos hospitalares espanhóis, enquanto eu estava nesse estado, a enfermeira não treinada tentar forçar a refeição normal do hospital — uma enorme refeição de sopa, ovos, ensopado gorduroso, e assim por diante — pela minha goela, e parecia surpresa quando eu recusava. Pedi um cigarro, mas estávamos em um dos períodos de escassez de fumo e não havia ali. Logo, dois camaradas que conseguiram permissão para deixar a linha de frente por algumas horas surgiram ao meu lado.

— Olá! Está vivo, então? Bom. Queremos seu relógio, e seu revólver, e sua lanterna elétrica. E sua faca, se tiver aí uma.

Eles partiram com todos os meus pertences portáteis. Isso sempre acontecia quando alguém se feria — tudo o que possuía era prontamente dividido; com razão, pois relógios, revólveres e outros objetos eram preciosos no front. Se ficassem na mochila de um ferido, certamente seriam roubados em algum momento.

À noite, chegaram aos poucos doentes e feridos o suficiente para encher algumas ambulâncias, e nos mandaram para Barbastro. Que jornada! Costumava-se dizer que, nessa guerra, quem era ferido nas extremidades ficava bem, mas quem era ferido no abdômen acabava morrendo. Agora entendia o motivo. Ninguém que sangrasse internamente sobreviveria àqueles quilômetros de solavancos nas estradas de terra destroçadas por caminhões pesados e nunca reparadas desde o início da guerra. *Bam, bum, upa!* Isso me levou de volta à minha infância e a uma coisa horrível chamada Wiggle-Woggle, no parque de diversões londrino White City. Mas eles tinham se esquecido de nos amarrar às macas. Eu tinha força suficiente no braço esquerdo para me segurar, mas um pobre desgraçado foi arremessado ao chão e sofreu sabe lá Deus quantas agonias. Outro, com problemas para andar e que estava sentado no canto da ambulância, vomitou por todo lado. O hospital de Barbastro estava muito lotado, as camas, tão juntas que quase se tocavam. Na manhã seguinte, embarcaram vários de nós em um trem-hospital e nos mandaram para Lérida.

Fiquei cinco ou seis dias em Lérida. Era um hospital grande, com doentes, feridos e pacientes civis comuns, mais ou menos misturados. Alguns dos homens da minha ala tinham ferimentos assustadores. Na cama ao meu lado, havia um jovem de cabelos pretos que sofria de alguma doença e estava recebendo um remédio que tornava sua urina tão verde quanto esmeralda. O urinol dele era uma das atrações da ala. Um comunista holandês que falava minha língua, ao saber que havia um inglês no hospital, fez amizade comigo e me trouxe jornais britânicos. Ele tinha sido terrivelmente ferido nos combates de outubro e, de alguma forma, conseguiu se estabelecer no hospital de Lérida e se casou com uma das enfermeiras. Devido ao ferimento, uma de suas pernas atrofiou e ficou quase tão fina quanto meu braço. Dois milicianos de licença, que conheci na primeira semana no front, vieram ver um amigo ferido e me reconheceram. Eles eram jovens com cerca de dezoito anos. Ficaram sem jeito ao lado da minha cama, tentando pensar em algo para me dizer e, então, como uma forma de demonstrar que lamentavam por eu ter sido ferido, de repente me deram todo o tabaco de seus bolsos e foram embora antes que eu pudesse devolver. Um ato tipicamente espanhol! Descobri depois que não se podia comprar fumo em lugar nenhum da cidade e o que me deram era equivalente ao fornecimento para uma semana.

    Depois de alguns dias, consegui me levantar e andar com o braço na tipoia. Por algum motivo, doía muito mais quando ficava solto. Também senti, por algum tempo, uma dose suficiente de dor interna, onde machucara ao cair, e minha voz desaparecera quase completamente, embora nunca tenha sentido um minuto de dor por causa do ferimento da bala. Parece que é normal isso acontecer. O choque tremendo de uma bala impede a sensação no local; uma lasca de projétil ou bomba, que tem um formato recortado e em geral atinge com menos força, provavelmente doesse como o diabo. Havia um jardim agradável no terreno do hospital e nele, um lago com peixes dourados e alguns peixinhos cinza-escuros — alburnetes, acho. Costumava ficar sentado ali os observando por horas. A maneira como as coisas eram feitas em Lérida me ajudou a entender um pouco sobre o sistema hospitalar na linha de frente de Aragão — se era como nas outras, eu não sei. Em alguns aspectos, os hospitais eram muito bons. Os médicos eram homens hábeis e parecia não haver falta de medicamentos e equipamentos. Mas havia duas falhas graves devido às quais, não tenho dúvidas, centenas ou milhares de homens morreram quando poderiam ter sido salvos.

Uma falha era o fato de todos os hospitais próximos à linha de frente serem usados mais ou menos como centros de triagem. O resultado é que não se recebia tratamento lá, a menos que se estivesse ferido demais para ser transferido. Em teoria, a maioria dos feridos seguia diretamente para Barcelona ou Tarragona, mas, devido à falta de meios de transporte, muitas vezes levava uma semana ou dez dias para chegar ao destino. Eles ficavam vagando por Siétamo, Barbastro, Monzón, Lérida e outros lugares e, enquanto isso, não recebiam nenhum tratamento, fora um curativo limpo ocasional; às vezes nem isso. Homens com ferimentos de projéteis horríveis, ossos esmagados e coisas do gênero eram imobilizados com uma espécie de tala feita de ataduras e gesso. Uma descrição do ferimento era anotada a lápis do lado de fora e, como regra, o invólucro não era removido até que o homem chegasse a Barcelona ou Tarragona, dez dias depois. Era quase impossível fazer com que examinassem o ferimento durante o percurso; os poucos médicos não davam conta de todo o trabalho e simplesmente passavam apressados pelas camas dizendo: "Sim, sim, eles vão atendê-lo em Barcelona." Sempre corriam rumores de que o trem-hospital partiria para Barcelona *mañana*. A outra falha era a inexistência de enfermeiras competentes. Pelo visto, não havia um número de enfermeiras treinadas na Espanha, talvez porque antes da guerra esse trabalho fosse feito principalmente por freiras. Não tenho nenhuma queixa contra as enfermeiras espanholas, sempre me trataram com a maior gentileza, mas não há dúvida de que eram terrivelmente ignorantes. Todas sabiam como medir a temperatura e algumas sabiam fazer curativos, mas isso era tudo. Como resultado, os homens que estavam doentes demais para cuidarem de si mesmos eram, com frequência, vergonhosamente negligenciados. As enfermeiras deixavam que um homem ficasse constipado por uma semana inteira, e raramente davam banho em quem estava fraco demais para se lavar. Lembro-me de um pobre-diabo com um braço esmagado me dizendo que passou três semanas sem ter o rosto lavado. Até as camas ficavam sem serem arrumadas por dias. A comida em todos os hospitais era muito boa — boa demais, de fato. Ainda mais na Espanha do que em outros lugares, parecia ser tradição entupir os doentes com comida pesada. Em Lérida, as refeições eram excelentes. O café da manhã, por volta das seis horas, consistia em sopa, omelete, guisado, pão, vinho branco e café, e o almoço era mais ostentoso ainda — isso em uma época em que a maioria da população civil estava gravemente desnutrida. Os espanhóis pareciam não saber o que era uma dieta leve. Dão a mesma comida para doentes e sadios — sempre os mesmos pratos fortes e gordurosos, com tudo embebido em azeite.

Certa manhã, foi anunciado que os pacientes de minha ala seriam enviados a Barcelona no mesmo dia. Consegui mandar um telegrama à minha esposa dizendo a ela que logo eu chegaria, e logo nos colocaram em alguns ônibus e nos levaram até a estação. Só quando o trem já estava para sair é que o enfermeiro do hospital que viajava conosco deixou escapar, casualmente, que não íamos para Barcelona, mas para Tarragona. Suponho que o condutor do trem tenha mudado de ideia. "Só na Espanha!", eu pensei. Mas também foi muito espanhol da parte deles aceitarem atrasar o trem enquanto eu mandava outro telegrama, e ainda mais espanhol foi o fato de que o telegrama nunca tenha chegado ao destino.

Eles nos acomodaram em vagões comuns de terceira classe, com assentos de madeira, e muitos dos homens estavam gravemente feridos e só tinham saído da cama pela primeira vez naquela manhã. Em pouco tempo, com o calor e os solavancos, metade deles entrou em colapso e vários vomitaram pelo chão. O enfermeiro do hospital abria caminho por entre as formas cadavéricas espalhadas por toda parte, carregando um grande cantil de pele de cabra cheio de água que esguichava em uma ou outra boca. Era uma água nojenta; não me esqueço do seu gosto. Entramos em Tarragona com o sol se pondo. A linha ferroviária segue ao longo da costa, a poucos passos do mar. Quando nosso trem chegou à estação, um trem de tropas cheio de homens da Coluna Internacional estava partindo e um grupo de pessoas acenava para eles da ponte. Era um trem muito longo, lotado a ponto de explodir com homens, canhões de campanha amarrados nos vagões abertos e mais soldados aglomerados ao redor. Lembro com peculiar nitidez do espetáculo daquele trem passando na luz amarela do entardecer; com as janelas cheias de rostos morenos e sorridentes, os longos canos das armas, os lenços vermelhos esvoaçando — tudo isso deslizando devagar com um mar de cor turquesa ao fundo.

— Estrangeiros — disse alguém. — Eles são italianos.

Era evidente que eram italianos. Nenhum outro povo teria se agrupado de forma tão pitoresca ou retribuído as saudações da multidão com tanta graça — uma graça não diminuída nem um pouco pelo fato de metade dos homens no trem estar entornando garrafas de vinho. Soubemos depois que essas foram algumas das tropas responsáveis pela grande vitória em Guadalajara, em março; eles estavam de licença e agora eram transferidos para a frente de Aragão. Temo que a maioria deles, infelizmente, foi morta em Huesca apenas algumas semanas depois. Os homens que estavam bem o suficiente para ficar de pé atravessaram o vagão para saudar os italianos enquanto passavam. Uma muleta foi agitada para fora da janela; antebraços enfaixados ergueram o punho fazendo a saudação vermelha. Era como uma imagem alegórica da guerra; o trem cheio de homens restabelecidos deslizando orgulhosamente a caminho do front, o trem com os homens estropiados parando aos poucos, e o tempo todo, os canhões nos vagões abertos fazendo o coração disparar, como os canhões sempre fazem, e revivendo aquele sentimento pernicioso, tão difícil de se livrar, de que a guerra é gloriosa, afinal.

O hospital de Tarragona era muito grande e estava cheio de feridos de todas as frentes. Que ferimentos podiam ser vistos ali! Eles tinham uma maneira de tratar certas feridas que, suponho, estava de acordo com a prática médica mais recente, mas que era particularmente horrível de se ver. Isso incluía deixar a ferida completamente aberta e sem ataduras, mas protegida das moscas por uma tela fina de seda, esticada por arames. Sob a tela, dava para ver a geleia avermelhada de um ferimento semicicatrizado. Havia um homem ferido no rosto e na garganta que tinha a cabeça dentro de uma espécie de capacete esférico de seda; sua boca fora vedada e ele respirava por um pequeno tubo entre os lábios. Pobre-diabo, ele parecia tão solitário, vagando de um lado para o outro, olhando para a gente através de sua gaiola de pano, incapaz de falar. Fiquei três ou quatro dias em Tarragona. Minha força começou a voltar e, um dia, bem devagar, consegui descer até a praia. Foi estranho ver a vida à beira-mar prosseguindo quase como de costume; os cafés elegantes ao longo do calçadão e a rechonchuda burguesia local tomando banho de sol nas espreguiçadeiras, como se uma guerra não estivesse ocorrendo num raio de mil quilômetros. No entanto, por acaso, vi um banhista se afogando, o que parecia impossível naquele mar raso e morno.

Finalmente, oito ou nove dias depois de deixar o front, tive o meu ferimento examinado. Na sala onde os casos recém-chegados eram tratados, médicos com enormes pares de tesouras cortavam as placas peitorais de gesso em que homens com costelas e clavículas quebradas tinham sido envoltos nos centros de triagem logo atrás da linha de frente. Pelo buraco do pescoço do enorme peitoral desajeitado, dava para ver um rosto ansioso projetando-se, sujo, enrugado com uma barba por fazer de uma semana. O médico, um homem vigoroso e bonito de cerca de trinta anos, sentou-me em uma cadeira, agarrou minha língua com um pedaço de gaze áspera, puxou-a o mais distante que conseguia, enfiou um espelho de dentista na minha garganta e me pediu para dizer: "Ah!" Depois de fazer isso até minha língua sangrar e meus olhos lacrimejarem, ele me disse que uma das cordas vocais estava paralisada.

— Quando terei minha voz de volta? — perguntei.

— Sua voz? Oh, você nunca terá sua voz de volta — disse ele animado.

No final das contas, porém, ele estava errado. Por cerca de dois meses, não pude falar muito além de um sussurro, mas depois disso minha voz se normalizou de repente, com a outra corda vocal "compensando" a perda. A dor em meu braço era devido à bala ter perfurado um monte de nervos na nuca. Era uma dor aguda como uma nevralgia e continuou doendo continuamente por cerca de um mês, em particular à noite, de modo que eu não dormia muito. Os dedos da minha mão direita também estavam semiparalisados. Mesmo agora, cinco meses depois, meu dedo indicador ainda está dormente — um efeito estranho para um ferimento no pescoço.

O meu ferimento despertou um pouco de curiosidade e vários médicos o examinaram, estalando as suas línguas e comentando: "*Que suerte! Que suerte!*" Um deles me disse, com ar de autoridade, que a bala não acertou a artéria por "cerca de um milímetro". Não sei como ele soube. Todos que conheci nessa época — médicos, enfermeiras, *practicantes* ou outros pacientes — fizeram questão de me dizer que alguém que recebe um tiro no pescoço e sobrevive é a criatura mais sortuda que existe. Não pude deixar de pensar que seria ainda mais sortudo se não tivesse sido atingido.

XI

Em Barcelona, durante todas aquelas semanas que passei lá, havia um sentimento sinistro único no ar — uma atmosfera de suspeita, medo, incerteza e ódio velado. Os combates de maio tinham deixado sequelas permanentes. Com a queda do governo de Caballero, os comunistas assumiram definitivamente o poder, a responsabilidade pela ordem interna fora entregue aos ministros comunistas, e ninguém duvidava de que eles esmagariam seus rivais políticos assim que tivessem a chance. Ainda nada acontecia, eu mesmo não tinha nenhuma clareza mental do que estava prestes a acontecer; e, no entanto, havia uma vaga sensação constante de perigo, uma consciência de que algo ruim era iminente. Por menos que se estivesse de fato conspirando, a atmosfera fazia com que todos nos sentíssemos conspiradores. A impressão é que se passava o tempo todo em conversas sussurradas nos cantos dos cafés, perguntando-se se aquela pessoa na mesa ao lado era um espião da polícia.

Boatos sinistros de todos os tipos circulavam, devido à censura da imprensa. Um dizia que o governo Negrín-Prieto estaria planejando um acordo para encerrar a guerra. Na época, estive inclinado a acreditar nisso, pois os fascistas estavam se aproximando de Bilbao e o governo abertamente nada fazia para salvar a cidade. Bandeiras bascas tremulavam por toda a cidade, garotas chacoalhavam caixas de coleta nos cafés, e as rádios faziam as transmissões usuais falando sobre os "defensores heroicos", mas os bascos não estavam recebendo nenhuma assistência efetiva. Era tentador pensar que o governo fazia um jogo duplo. Eventos posteriores provaram que eu estava muito errado nesse ponto, mas parece provável que Bilbao teria sido salva se um pouco mais de energia tivesse sido mobilizada. Uma ofensiva no front de Aragão, mesmo que malsucedida, teria forçado Franco a desviar parte de seu exército; no entanto, o governo não iniciou nenhuma ação ofensiva até que fosse tarde demais — na verdade, até mais ou menos a época em que Bilbao caiu.[40] A CNT distribuía largamente um folheto que dizia: "Fique atento!", e insinuando que "certo partido" (ou seja, os comunistas) estava tramando um golpe de Estado. Havia também um medo generalizado de que a Catalunha estava para ser invadida. Antes, ao voltar para o front, eu tinha visto as poderosas defesas sendo construídas dezenas de quilômetros atrás da linha de frente, e novos abrigos antibombas sendo cavados por toda Barcelona. Eram frequentes os sobressaltos por causa de ataques aéreos e marítimos; na maioria das vezes, eram alarmes falsos, mas, toda vez que as sirenes soavam, toda a cidade ficava apagada por horas e pessoas assustadas mergulhavam nos porões. Os espiões da polícia estavam por toda parte. As prisões ainda estavam abarrotadas de detentos deixados lá pelos confrontos de maio, e outros — sempre, é claro, anarquistas e seguidores do Poum — estavam desaparecendo nas cadeias, sozinhos ou em pares. Até onde se pôde descobrir, ninguém jamais foi julgado ou mesmo acusado — nem sequer acusado de algo tão definido como "trotskismo"; as pessoas simplesmente eram jogadas na prisão e mantidas lá, geralmente incomunicáveis. Bob Smillie permanecia preso em Valência. Nada pudemos descobrir, exceto que nem o representante local do ILP, nem o advogado que havia sido contratado tiveram permissão para visitá-lo. Estrangeiros da Coluna Internacional e de outras milícias eram presos em número cada vez maior. Normalmente eram detidos como desertores. Era típico da situação geral ninguém saber com certeza se um miliciano era um voluntário ou um soldado regular. Poucos meses antes, qualquer um que se alistasse na milícia receberia a informação de que era um voluntário e poderia, se quisesse, obter seus papéis de dispensa a qualquer momento. Agora, parecia que o governo tinha mudado de ideia, e todo miliciano passou a ser considerado um soldado regular e considerado um desertor caso tentasse voltar para casa. Mas, mesmo quanto a isso, ninguém parecia ter certeza. Em algumas partes do front, as autoridades ainda forneciam os documentos de baixa. Na fronteira, esses papéis às vezes eram reconhecidos, às vezes não. Se não, a pessoa era imediatamente jogada na prisão. Mais tarde, o número de "desertores" estrangeiros na prisão subiu para centenas, mas a maioria deles foi repatriada quando ocorriam reclamações em seus próprios países.[41]

Grupos de guardas de assalto valencianos armados vagavam por toda parte nas ruas, a Guarda de Assalto ainda mantinha cafés e outros prédios em pontos estratégicos e muitos dos prédios do PSUC permaneciam protegidos por sacos de areia e barricadas. Em vários pontos da cidade havia postos controlados por guardas de assalto locais ou *carabineros*, que abordavam os transeuntes, exigindo seus documentos. Todos me alertaram para não mostrar meu cartão de miliciano do Poum, apenas meu passaporte e o documento do hospital. Até mesmo revelar ter servido na milícia do Poum era vagamente perigoso. Os milicianos do Poum que estavam feridos ou em licença eram penalizados das maneiras mais mesquinhas — era difícil para receber o salário, por exemplo. O jornal *La Batalla* continuava saindo, mas sob censura e por pouco não acabou, o *Solidaridad* e os outros jornais anarquistas também estavam sob forte censura. Uma nova regra determinou que as partes censuradas não deveriam ser deixadas em branco, mas preenchidas com outro conteúdo; como resultado, muitas vezes era impossível saber quando algo fora cortado.

A escassez de alimentos, que oscilara durante a guerra, estava em um de seus piores períodos. O pão era raro e os tipos mais baratos estavam sendo adulterados com arroz; o pão que os soldados recebiam nos quartéis era horrível, parecido com betume. O leite e o açúcar eram muito raros e o fumo, quase inexistente, com exceção dos caros cigarros contrabandeados. Havia uma carência acentuada de azeite, que os espanhóis usam para meia dúzia de finalidades diferentes. As filas de mulheres esperando para comprar azeite eram controladas por guardas de assalto montados que, às vezes, se divertiam guiando seus cavalos para a fila e tentando fazê-los pisar nos pés das mulheres. Um pequeno aborrecimento da época era a falta de moedas de pequeno valor. A prata estava fora de circulação e ainda não havia sido feita uma nova cunhagem de moedas, de modo que não havia nada entre a moeda de dez centavos e a nota de duas pesetas e meia, e todas as notas abaixo de dez pesetas eram muito raras.[42] Para as pessoas mais pobres, isso significava um agravamento da falta de alimentos. Uma mulher com apenas uma nota de dez pesetas esperaria horas em uma fila do lado de fora de uma mercearia para depois não conseguir comprar nada porque o dono não tinha troco e ela não podia se dar ao luxo de gastar a nota inteira.

Não é fácil transmitir a atmosfera de pesadelo daquela época — o desconforto peculiar produzido por rumores que estavam sempre mudando, pelos jornais censurados e pela presença constante de homens armados. Não é fácil transmitir isso porque, enquanto escrevo, o ingrediente essencial para produzir tal atmosfera não existe na Inglaterra. A intolerância política não é um fato corriqueiro na Inglaterra. Existe perseguição política de uma forma insignificante; se eu trabalhasse numa mina de carvão, não me importaria em ser conhecido pelo patrão como comunista; mas o "bom militante do partido", o gângster-gramofone[43] da política continental, ainda é uma raridade, e a noção de "liquidar" ou "eliminar" todos os que por acaso não concordam conosco ainda não parece natural. Mas parecia muito natural em Barcelona. Os "stalinistas" estavam no comando e, portanto, era natural que cada "trotskista" estivesse em perigo. O que todos temiam era algo que, afinal, não aconteceu — uma nova eclosão dos conflitos de rua que, como antes, seria atribuída ao Poum e aos anarquistas. Em alguns momentos, pensei ter ouvido os primeiros tiros. Era como se uma enorme inteligência maligna pairasse sobre a cidade. Cada pessoa percebia e comentava a esse respeito. E foi estranho como todos expressavam isso quase com as mesmas palavras: "A atmosfera deste lugar — é horrível. É como estar em um hospício." Mas talvez eu não deva dizer que todos mencionavam isso. Alguns dos visitantes ingleses que passaram rapidamente pela Espanha, de hotel em hotel, parecem não ter notado que havia algo de errado com a atmosfera geral. Notei como a duquesa de Atholl escreve no *Sunday Express*, de 17 de outubro de 1937: "Estive em Valência, Madri e Barcelona... havia a mais perfeita ordem nas três cidades, sem nenhuma demonstração de força. Todos os hotéis em que me hospedei eram, além de 'normais' e 'decentes', extremamente confortáveis, apesar da falta de manteiga e café." É uma peculiaridade dos viajantes ingleses acreditarem realmente que não existe nada do lado de fora de hotéis elegantes. Espero que tenham encontrado manteiga para a duquesa de Atholl.

Eu estava no Sanatório Maurín, um dos administrados pelo Poum. Ficava nos subúrbios perto de Tibidabo, a montanha de formato estranho que se ergue de forma abrupta atrás de Barcelona e é tradicionalmente considerada a colina de onde Satanás mostrou a Jesus os países do mundo (daí seu nome). A casa tinha pertencido anteriormente a algum burguês rico e fora confiscada na época da revolução. A maioria dos homens de lá eram inválidos que não podiam voltar ao front ou feridos incapacitados para sempre — com membros amputados, e assim por diante. Lá havia vários ingleses: Williams, com uma perna avariada, Stafford Cottman, um menino de dezoito anos que retornara das trincheiras com suspeita de tuberculose, e Arthur Clinton, cujo braço esquerdo quebrado continuava amarrado a uma daquelas engenhocas enormes de arame, apelidadas de "aeroplanos", que os hospitais espanhóis estavam usando. Minha esposa ainda estava hospedada no Hotel Continental e eu geralmente ia a Barcelona durante o dia. De manhã, costumava ir ao Hospital Geral para receber um tratamento elétrico no meu braço. Era um negócio estranho — uma série de choques elétricos como picadas que faziam os vários feixes de músculos sacudirem para cima e para baixo — embora parecesse fazer algum bem; voltei a mexer os dedos e a dor diminuiu um pouco. Nós dois decidimos que a melhor coisa que poderíamos fazer era voltar para a Inglaterra o mais rápido possível. Eu estava muito fraco, minha voz sumida, pelo visto para sempre, e os médicos me disseram que, na melhor das hipóteses, levaria vários meses até eu voltar a ficar bem para lutar. Precisava começar a ganhar algum dinheiro cedo ou tarde, e não parecia fazer muito sentido ficar na Espanha comendo o alimento que outras pessoas necessitavam. Mas meus motivos eram principalmente egoístas. Sentia um desejo irresistível de abandonar tudo aquilo; de ficar longe daquela atmosfera horrível de desconfiança política e ódio, de ruas apinhadas de gente armada, de ataques aéreos, trincheiras, metralhadoras, bondes barulhentos, chá sem leite, comida oleosa e falta de cigarros — de quase tudo o que eu havia aprendido a associar à Espanha.

Os médicos do Hospital Geral me deram um certificado que me atestava inapto, mas, para obter a dispensa, eu teria que ser avaliado por uma junta médica em um dos hospitais perto da linha de frente e depois ir para Siétamo para obter meus papéis carimbados na sede da milícia do Poum. Kopp voltara havia pouco do front, cheio de júbilo. Ele tinha acabado de participar de um combate e disse que Huesca seria finalmente tomada. O governo trouxe tropas do front de Madri e estava concentrando 30 mil homens, além de aviões em grande número. Os italianos que eu vira em Tarragona a caminho da linha de frente entraram em combate na estrada de Jaca, mas sofreram muitas baixas e perderam dois tanques. Mesmo assim, a cidade estava fadada a cair, disse Kopp. (Infelizmente, não aconteceu. O ataque foi uma trapalhada terrível e resultou em nada, exceto por uma orgia de mentiras nos jornais.) Entretanto, Kopp tinha de ir a Valência para uma reunião no Ministério da Guerra. Ele levava uma carta do general [*Sebastián*] Pozas, agora no comando do Exército do Leste — era uma carta comum que descrevia Kopp como uma "pessoa de toda confiança", recomendando-o a um cargo especial no departamento de engenharia (Kopp era engenheiro na sua vida civil). Ele partiu para Valência no mesmo dia em que eu fui para Siétamo — 15 de junho.

Demorou cinco dias para eu regressar a Barcelona. O caminhão lotado em que viajamos chegou a Siétamo por volta da meia-noite e, assim que chegamos ao quartel-general do Poum, fomos colocados em fila e fuzis e cartuchos nos foram dados, antes mesmo de anotarem nossos nomes. Parecia que o ataque era iminente e reservas provavelmente seriam convocadas a qualquer momento. Trazia no bolso o documento do hospital, mas não podia me recusar a ir com os outros. Dormi no chão, tendo uma caixa de cartucho como travesseiro, em um estado de espírito de profundo desânimo. Ter sido ferido estragou meus nervos por algum tempo — acredito que isso geralmente acontece — e a perspectiva de entrar em combate me assustava terrivelmente. No entanto, teve um pouco de *mañana*, como de costume e, afinal, não fomos convocados. Na manhã seguinte apresentei o meu documento do hospital e fui em busca da minha dispensa. Isso implicou uma série de viagens confusas e cansativas. Como de costume, eles me mandavam de um lado para outro — Siétamo, Barbastro, Monzón, depois de volta para Siétamo para carimbar minha baixa, depois descendo a linha novamente via Barbastro e Lérida — e nessa época a concentração de tropas em Huesca tinha monopolizado todos os meios de transporte, desorganizando tudo. Lembro de ter dormido em lugares estranhos — uma vez em uma cama de hospital, em outra, numa vala, em outra num banco muito estreito do qual caí no meio da noite, e depois em uma espécie de albergue municipal em Barbastro. Ao se afastar da estrada de ferro, não havia como viajar, a não ser pedindo carona aos caminhoneiros. Era preciso esperar muito tempo à beira da estrada, às vezes três ou quatro horas, com grupos de camponeses desconsolados, com trouxas cheias de patos e coelhos, acenando para um caminhão atrás do outro. Quando finalmente parava um caminhão que não estava abarrotado de homens, de pães ou de caixas de munição, os solavancos nas estradas infames deixavam o corpo moído. Nenhum cavalo jamais me jogou tão alto quanto aqueles caminhões. A única maneira de viajar era ficarmos todos juntos e nos agarrarmos uns aos outros. Para minha humilhação, descobri que ainda estava fraco demais para subir em um caminhão sem ajuda.

Dormi uma noite no hospital de Monzón, onde seria avaliado pelo grupo de médicos. Na cama ao lado, havia um guarda de assalto, ferido no olho esquerdo. Ele foi amigável e me deu cigarros. Eu disse: "Em Barcelona, estaríamos trocando tiros", e rimos disso. Era estranho como o humor geral parecia mudar quando se chegava perto da linha de frente. Todo ou quase todo ódio vicioso dos partidos políticos evaporava. Durante todo o tempo em que estive no front, não tenho lembranças de um membro do PSUC sendo hostil comigo porque eu era do Poum. Isso acontecia em Barcelona ou em lugares ainda mais distantes da guerra. Havia muitos guardas de assalto em Siétamo. Eles foram enviados de Barcelona para participar do ataque a Huesca. A Guarda de Assalto não era uma corporação concebida originalmente para o front, e muitos deles nunca tinham entrado no fogo cruzado antes. Em Barcelona, eram os mestres da rua, mas aqui em cima eles eram *quintos* (recrutas) e se juntavam a garotos de quinze anos que estavam na linha de frente havia meses.

No hospital de Monzón, o médico fez o costumeiro puxão de língua com o espelho e me assegurou, da mesma forma animada que os outros fizeram, que minha voz nunca mais voltaria; e depois assinou meu atestado. Enquanto esperava para ser examinado, acontecia lá dentro uma cirurgia horrível sem anestesia — por que estavam fazendo sem anestesia, eu não sei. Aquilo continuou por muito tempo, com uma sucessão de gritos, e quando entrei havia cadeiras caídas e poças de sangue e urina no chão.

Os detalhes daquela viagem final se destacam em minha mente com estranha clareza. Estava com um humor diferente, mais observador do que nos meses anteriores. Tinha conseguido minha dispensa, carimbada com o selo da 29ª Divisão, e o atestado médico em que fui "declarado inapto". Estava livre para voltar para a Inglaterra; consequentemente, eu me sentia capaz, quase pela primeira vez, de olhar para a Espanha. Precisei aguardar um dia em Barbastro, pois só passava um trem diário. Antes, eu tinha visto essa cidade em breves vislumbres, e me pareceu apenas parte da guerra — um lugar cinzento, lamacento e frio, cheio de caminhões barulhentos e soldados maltrapilhos. Agora, parecia estranhamente diferente. Vagando por ali, percebi ruas tortuosas agradáveis, velhas pontes de pedra, lojas de vinho com grandes barris da altura de um homem e intrigantes lojas semissubterrâneas onde homens faziam rodas de carroças, adagas, colheres de madeira e cantis de couro de cabra. Observei um deles fazer um cantil e descobri, com grande interesse, algo que ignorava, que eles são feitos com os pelos voltados para dentro e, como não são removidos depois, quem bebe do cantil ingere uma infusão de pelo de cabra. Bebi nesses cantis por meses sem me dar conta disso. E, na parte de trás da cidade, corria um rio raso de cor verde como jade, com casas construídas em um penhasco perpendicular de rocha, de modo que da janela do quarto dava para cuspir direto na água trinta metros abaixo. Inúmeras pombas povoavam os buracos do rochedo. E, em Lérida, havia velhos edifícios em ruínas, em cujas cornijas milhares e milhares de andorinhas tinham construído seus ninhos, de forma que, a uma pequena distância, o padrão dos ninhos se parecia com as linhas rebuscadas do estilo rococó. Era estranho como, quase seis meses antes, não tive olhos para essas coisas. Com os papéis da dispensa no bolso, voltei a me sentir como um ser humano, e um pouco como um turista também. Quase pela primeira vez, senti que estava realmente na Espanha, um país que durante toda a minha vida quis visitar. Nas ruas tranquilas de Barbastro e Lérida,[44] tive a impressão de ter um vislumbre momentâneo, uma espécie de rumor distante, da Espanha que mora na imaginação de todos. Serras brancas, rebanhos de cabras, calabouços da Inquisição, palácios mouriscos, fileiras negras de mulas serpenteando as encostas, oliveiras cinzentas e bosques de limoeiros, moças com mantilhas negras, os vinhos de Málaga e Alicante, catedrais, cardeais, touradas, ciganos, serenatas — em suma, a Espanha. De toda a Europa, esse foi o país que mais prendeu minha imaginação. Parecia uma pena que, quando finalmente consegui visitá-lo, tenha visto apenas a região nordeste do país, no meio de uma guerra confusa e, na maior parte do tempo, durante o inverno.

Quando voltei para Barcelona, já era tarde e não havia mais táxis. Como não fazia sentido ir ao Sanatório Maurín, que ficava fora da cidade, fui ao Hotel Continental, parando para jantar no caminho. Lembro da conversa que tive com um garçom muito paternal sobre as jarras de carvalho, atadas com cobre, nas quais serviam o vinho. Disse que gostaria de comprar um conjunto delas para levar para a Inglaterra. O garçom foi simpático: "Sim, são muito bonitas, não? Mas é impossível comprá-las hoje em dia. Ninguém mais as faz. Ninguém fabrica mais nada. Esta guerra, que pena!" Concordamos que a guerra era uma lástima. Mais uma vez, eu me senti como um turista. O garçom me perguntou com gentileza se eu gostava da Espanha; voltaria para a Espanha? Ah, sim, eu voltaria para a Espanha. O tom pacífico dessa conversa ficou na minha memória, por causa do que aconteceu imediatamente depois.

Quando cheguei ao hotel, minha esposa estava sentada no saguão. Ela se levantou e veio em minha direção de uma maneira que me pareceu muito despreocupada; então, colocou um braço em volta do meu pescoço e, com um sorriso doce, para ser visto pelas outras pessoas na sala, sussurrou em meu ouvido:

— Vá embora!

— Como?

— Saia daqui imediatamente!

— O quê?

— Não fique aqui parado! Você deve sair logo!

— O quê? Por quê? O que você está querendo dizer?

Ela me segurava pelo braço e me conduzia para a escada. No meio do caminho, encontramos um francês — não vou dizer o nome dele porque, apesar de não ter ligação com o Poum, foi um bom amigo para nós durante os distúrbios. Ele me fitou com uma expressão preocupada.

— Ouça! Você não deve vir aqui. Saia logo e se esconda antes que liguem para a polícia.

E, pior, ao pé da escada, um dos funcionários do hotel, que era membro do Poum (sem que a gerência soubesse, imagino), saiu furtivamente do elevador e me disse em um inglês ruim para sair. Mesmo aí, não me dei conta do que tinha acontecido.

— O que diabos está acontecendo? — perguntei, assim que chegamos à calçada.

— Você não soube de nada?

— Não. Saber do quê? Não escutei nada.

— O Poum foi suprimido. Eles tomaram todos os edifícios. Praticamente todo mundo está na prisão. E dizem que começaram a executar as pessoas.

Então era isso. Precisávamos ter um lugar para conversar. Todos os grandes cafés nas Ramblas estavam apinhados de policiais, mas encontramos um tranquilo em uma rua lateral. Minha esposa me explicou o que aconteceu enquanto estive fora.

No dia 15 de junho, a polícia prendeu subitamente Andrés Nin[45] em seu escritório e, na mesma noite, fez uma batida no Hotel Falcón e prendeu todas as pessoas que ali estavam, a maioria era milicianos de licença. O lugar foi convertido imediatamente em uma prisão e, em pouco tempo, estava lotado até a borda com prisioneiros de todos os tipos. No dia seguinte, o Poum foi declarado uma organização ilegal e todos os seus escritórios, bancas de livros, hospitais e centros de assistência foram confiscados. Nesse ínterim, a polícia estava prendendo todas as pessoas em quem eles podiam colocar as mãos e que sabia terem alguma ligação com o Poum. Em um ou dois dias, todos ou quase todos os quarenta membros do Comitê Executivo foram presos. É possível que um ou outro tenha conseguido escapar e se esconder, mas a polícia estava adotando o truque (amplamente usado em ambos os lados dessa guerra) de pegar a esposa de um homem como refém caso ele desaparecesse. Não havia como saber quantas pessoas tinham sido presas. Minha esposa ouvira que foram quatrocentas só em Barcelona. Agora, penso que mesmo naquela época os números devem ter sido maiores. E as pessoas mais fantásticas foram presas. Em alguns casos, a polícia chegou ao ponto de arrastar milicianos feridos para fora dos hospitais.

Tudo foi profundamente desanimador. Que diabos era tudo aquilo? Eu até entendia que o Poum tinha sido suprimido, mas por que estavam prendendo as pessoas? Por nada, pelo que se podia compreender. Pelo visto, a supressão do Poum teve um efeito retroativo; o Poum agora era ilegal e, portanto, quem tinha pertencido a ele antes estava infringindo a lei. Como de costume, nenhum dos detidos fora acusado de nada. Entretanto, os jornais comunistas de Valência citavam a história de uma enorme "conspiração fascista" nesse ínterim, que incluía troca de mensagens por rádio com o inimigo, documentos assinados com tinta invisível etc. Vou tratar com mais detalhes dessa intriga no Apêndice 02. O mais significativo era que isso só aparecia nos jornais de Valência. Não creio estar enganado ao afirmar que não houve uma única palavra sobre isso ou sobre a supressão do Poum em nenhum jornal comunista, anarquista ou republicano de Barcelona. Nós soubemos pela primeira vez sobre a natureza exata das acusações contra os líderes do Poum não por meio de qualquer jornal espanhol, mas pelos jornais ingleses que chegaram a Barcelona um ou dois dias depois. O que não sabíamos naquele momento era que a responsabilidade pelas acusações de traição e espionagem não era do governo, e que membros governamentais mais tarde repudiariam o caso. Sabíamos apenas vagamente que os líderes do Poum, e todos nós, pelo visto, éramos acusados de estar na folha de pagamentos dos fascistas. E já corriam boatos de que pessoas estavam sendo executadas secretamente nas prisões. Havia muito exagero nisso, mas de fato aconteceu em alguns casos, e não há muita dúvida de que foi o que aconteceu com Nin. Após sua detenção, ele foi transferido para Valência e de lá para Madri, e já em 21 de junho chegou a Barcelona o rumor de que ele fora fuzilado.[46] Mais tarde, os boatos tomaram uma forma mais definitiva: Nin teria sido baleado na prisão pela polícia secreta e seu corpo, jogado na rua. A história veio de várias fontes, incluindo de Federico Montsenys, um ex-membro do governo. Desse dia em diante, nunca mais se falou de Nin estar vivo. Quando, mais tarde, o governo foi questionado por delegados de vários países, houve uma hesitação e depois foi dito apenas que Nin tinha desaparecido e que eles nada sabiam de seu paradeiro. Alguns jornais publicaram a história de que ele escapara para o território fascista. Nenhuma evidência foi fornecida em apoio a isso, e Irujo, o ministro da Justiça, declarou mais tarde que a agência de notícias *Espagne* tinha falsificado seu comunicado oficial.[47] Em qualquer caso, é muito improvável que um prisioneiro político da importância de Nin conseguiria escapar. A menos que, em algum momento futuro, ele apareça vivo, creio que devemos presumir que ele foi assassinado na prisão.

As histórias de prisões continuaram e se estenderam por meses, até que o número de prisioneiros políticos, sem contar os fascistas, bateu nos milhares. Uma coisa notável foi a autonomia das camadas mais baixas da polícia. Muitas das detenções foram reconhecidamente ilegais e várias pessoas cuja libertação fora ordenada pelo chefe da polícia foram detidas de novo na porta da prisão e levadas para "prisões secretas". Um caso típico foi o de Kurt Landau e sua esposa. Eles foram presos por volta de 17 de junho e Landau "desapareceu" em seguida. Cinco meses depois, sua esposa ainda estava na prisão, sem ter sido julgada e sem notícias do marido. Ela iniciou uma greve de fome, depois da qual o ministro da Justiça mandou avisar que seu marido estava morto. Pouco depois ela foi solta, para ser presa e jogada na prisão novamente quase em seguida. E era perceptível que a polícia, pelo menos a princípio, parecia de todo indiferente aos possíveis efeitos que suas ações pudessem ter no curso da guerra. Estavam a postos para prender oficiais militares em cargos importantes, sem nenhuma permissão prévia. No final de junho, José Rovira, o general comandante da 29ª Divisão, foi preso em algum lugar perto da linha de frente por um grupo de policiais vindos de Barcelona. Seus subordinados enviaram uma delegação para protestar no Ministério da Guerra. Verificou-se que nem o Ministério da Guerra, nem Ortega, o chefe da polícia, tinham sido informados sobre a prisão de Rovira. Em todo caso, o detalhe que mais ficou entalado na minha garganta, embora talvez não seja de grande importância, é que as notícias sobre o que estava acontecendo foram ocultadas dos soldados no front. Como se viu, nem eu nem ninguém na frente de batalha ouvira algo sobre a extinção do Poum. Todos os quartéis da milícia do Poum, os centros de assistência e os demais órgãos funcionavam normalmente, e até 20 de junho ninguém sabia o que estava acontecendo num ponto bem avançado na linha de frente de Lérida, a apenas 160 quilômetros de Barcelona. Não houve nenhuma menção nos jornais de Barcelona (os de Valência, que divulgavam as histórias de espionagem, não chegaram à frente de Aragão), e, sem dúvida, uma das razões para prender todos os milicianos do Poum de licença em Barcelona era evitar que eles voltassem ao front com notícias. O destacamento com o qual eu subira a linha em 15 de junho deve ter sido um dos últimos a partir. Ainda estou perplexo e insciente de como tudo foi mantido em segredo, pois os caminhões de abastecimento continuavam indo e vindo; mas não há dúvida desse sigilo, e, como fiquei sabendo por terceiros, os homens na linha de frente não ouviram nada até vários dias depois. O motivo de tudo isso é bastante claro. O ataque a Huesca estava começando, a milícia do Poum ainda era uma unidade separada e temia-se que, se os homens soubessem o que estava acontecendo, eles se recusariam a lutar. Na verdade, nada desse tipo aconteceu quando a notícia chegou. Nesse intervalo de dias, um grande número de homens provavelmente morreu sem jamais saber que os jornais os chamavam de fascistas na retaguarda. Esse tipo de coisa é um pouco difícil de perdoar. Sei que era a política corriqueira impedir que más notícias chegassem aos soldados e talvez como regra geral isso possa ser justificável. Mas é diferente mandar homens para a batalha sem nem sequer dizer a eles que, pelas costas, seu partido foi extinto, seus líderes estão sendo acusados de traição e seus amigos e parentes, jogados na prisão.

De início, minha esposa me contou o que acontecera com vários de nossos amigos. Alguns dos ingleses e outros estrangeiros cruzaram a fronteira. Williams e Stafford Cottman não tinham sido presos quando o Sanatório Maurín foi invadido, e estavam escondidos em algum lugar. Assim como John McNair, que estava na França e voltou para a Espanha depois de o Poum ter sido declarado ilegal — uma atitude precipitada, mas ele não pensou em ficar em segurança enquanto seus camaradas corriam perigo. Quanto aos outros, era simplesmente uma crônica de "Eles pegaram esse e esse" e "Pegaram aquele". Pareciam ter "pegado" quase todo mundo. Fiquei atônito ao saber que haviam "pegado" também George Kopp.

— O quê! Kopp? Achei que ele estivesse em Valência.

Pelo visto Kopp voltara para Barcelona; trazia uma carta do Ministério da Guerra para o coronel que comandava as operações de engenharia no front oriental. Ele sabia que o Poum fora cassado, é claro, mas provavelmente não lhe ocorreu que a polícia seria tão estúpida a ponto de prendê-lo a caminho do front em uma missão militar urgente. Passou no Hotel Continental para buscar sua bagagem; minha esposa não estava e os funcionários do hotel deram um jeito de segurá-lo com uma história mentirosa enquanto ligavam para a polícia. Admito que fiquei furioso quando soube da prisão de Kopp. Ele era meu amigo pessoal, eu tinha servido sob seu comando por meses, estivera sob fogo cruzado com ele e conhecia sua história. Era um homem que sacrificou tudo — família, nacionalidade, trabalho — simplesmente para vir à Espanha lutar contra o fascismo. Ao deixar a Bélgica sem permissão e se juntar a um exército estrangeiro enquanto era reserva do Exército belga e, antes disso, ao ajudar a fabricar munições ilegalmente para o governo espanhol, ele corria o risco de passar anos na prisão caso algum dia voltasse para seu próprio país. Esteve na linha de frente desde outubro de 1936, subindo na hierarquia de miliciano a major, em ação não sei quantas vezes, e foi ferido uma vez. Durante os confrontos de maio, como eu tinha visto por mim mesmo, ele ajudou a evitar lutas locais e provavelmente salvara dez ou vinte vidas. E tudo o que recebia em retribuição era ser jogado na prisão. É perda de tempo ficar com raiva, mas a maldade estúpida desse tipo de coisa é um teste para a paciência.

Enquanto isso, não tinham "pegado" minha esposa. Embora ela tivesse permanecido no Continental, a polícia não demonstrou qualquer intenção de prendê-la. Ficou bastante óbvio que a estavam usando como isca. Algumas noites antes, porém, de madrugada, seis policiais à paisana invadiram nosso quarto no hotel e o vasculharam. Confiscaram todo pedaço de papel que possuíamos, exceto, felizmente, nossos passaportes e o talão de cheques. Levaram meus diários, todos os nossos livros, todos os recortes de imprensa que vinham se acumulando nos meses anteriores (muitas vezes me perguntei qual a utilidade daqueles recortes de imprensa para eles), todos os meus suvenires de guerra e todas as nossas cartas. (A propósito, levaram várias cartas que recebi de leitores. Algumas delas não foram respondidas e, é claro, não tenho os endereços. Se alguém me escreveu sobre meu último livro e não obteve resposta, e por acaso lê estas linhas, pode, por favor, aceitar isso como desculpas?) Soube depois que a polícia também apreendeu vários pertences que eu deixei no Sanatório Maurín. Levaram até uma trouxa com meus lençóis sujos. Talvez pensassem que havia mensagens escritas com tinta invisível neles.

Era óbvio que seria mais seguro para minha esposa ficar no hotel, pelo menos por enquanto. Se tentasse desaparecer, iriam atrás dela na hora. Quanto a mim, deveria me esconder imediatamente. Essa perspectiva me revoltou. Apesar das inúmeras prisões, achava quase impossível acreditar que corria algum perigo. A coisa toda parecia muito sem sentido. Foi a mesma recusa em levar a sério essa arremetida sem sentido que levou Kopp para a prisão. Ficava repetindo para mim mesmo: mas por que alguém iria me querer preso? O que eu fiz? Nem era um membro formal do Poum. Está certo, carreguei armas durante as batalhas de maio, mas também (pelo meus cálculos) outras 40 mil ou 50 mil pessoas o fizeram. Além disso, precisava desesperadamente de uma boa noite de sono. Queria correr o risco e voltar para o hotel. Minha esposa não quis saber. Pacientemente, me explicou a situação. Não importava o que eu tivesse feito ou deixado de fazer. Não se tratava de capturar criminosos; era apenas um reinado de terror. Eu não era culpado de nenhum ato definido, mas era culpado de "trotskismo". O fato de eu ter servido na milícia do Poum era o bastante para ser levado preso. Não adiantava me agarrar à noção inglesa de que alguém está seguro desde que cumpra a lei. Na prática, a lei era o que a polícia decidia. A única coisa a se fazer era baixar a cabeça e esconder o fato de que eu tinha alguma relação com o Poum. Nós conferimos os papéis em meus bolsos. Minha esposa me fez rasgar meu cartão de miliciano, que tinha a palavra "Poum" escrita em letras garrafais, além de uma foto de um grupo de milicianos com uma bandeira do Poum ao fundo; esse era o tipo de coisa que levaria alguém à prisão. Precisei manter, no entanto, meu certificado de baixa. Mesmo que fosse perigoso, por trazer o selo da 29ª Divisão, e a polícia provavelmente saberia que a 29ª Divisão era o Poum, mas, sem ele, eu poderia ser preso como desertor.

A única coisa a qual tínhamos de pensar agora era sair da Espanha. Não fazia sentido ficar no país sabendo que a prisão aconteceria cedo ou tarde. Na verdade, nós dois gostaríamos muito de ficar, só para ver o que aconteceria. Mas previ que as prisões espanholas seriam lugares repugnantes (na verdade, eram muito piores do que imaginara), e, uma vez lá, nunca saberia quando sairia; eu estava com a saúde péssima, além da dor no braço. Combinamos de nos encontrar no dia seguinte no consulado britânico, para onde Cottman e McNair também iriam. Provavelmente seriam necessários alguns dias para pôr nossos passaportes em ordem. Antes de sair da Espanha, seria necessário carimbar o passaporte em três locais distintos — pelo chefe da polícia, pelo cônsul francês e pelas autoridades de imigração catalãs. O chefe de polícia era o perigo, é claro. Mas talvez o cônsul britânico pudesse acertar as coisas sem deixar que soubessem que tínhamos relação com o Poum. É claro, deveria existir uma lista de suspeitos "trotskistas" estrangeiros, e era muito provável que nosso nome estivesse nela, mas com sorte chegaríamos à fronteira antes da lista. Com certeza, haveria muita confusão e *mañana*. Tratava-se da Espanha, felizmente, não da Alemanha. A polícia secreta espanhola tinha um pouco do espírito da Gestapo, mas não muito de sua competência.

Então nos separamos. Minha esposa voltou para o hotel e eu saí vagando pela escuridão para encontrar um lugar para dormir. Lembro-me de me sentir emburrado e entediado. Queria tanto uma noite numa cama! Não havia nenhum lugar aonde pudesse ir, nenhuma casa na qual pudesse me refugiar. O Poum não contava com nenhuma organização clandestina. Sem dúvida, os líderes sempre souberam da probabilidade de o partido ser suprimido, mas nunca esperaram uma caça às bruxas em massa. Tanto não contavam com isso que, aliás, continuaram as reformas dos prédios do Poum (entre outras coisas, estavam construindo um cinema no Prédio Executivo, que antes tinha sido um banco) até o dia em que o Poum foi extinto. Por isso, não existiam locais de encontro e esconderijos, coisas que todo partido revolucionário deve ter. Só Deus sabe quantas pessoas — pessoas cujas casas foram invadidas pela polícia — dormiram nas ruas naquela noite. Eu tinha enfrentado cinco dias de viagens cansativas, dormindo em lugares impossíveis, meu braço doía terrivelmente, e agora aqueles idiotas me perseguiam de um lado para o outro, e eu era obrigado a voltar a dormir no chão. Isso foi o mais longe que meus pensamentos foram. Não fiz nenhuma das reflexões políticas corretas. Nunca consigo fazê-lo quando as coisas ainda estão acontecendo. Parece que esse é sempre o caso quando me envolvo em guerra ou em política — não tomo consciência de nada, exceto do desconforto físico e de um desejo profundo de que o maldito absurdo acabe. Depois, consigo entender o significado dos acontecimentos, mas, enquanto eles ocorrem, apenas quero estar fora deles — uma característica ignóbil, talvez.

 Percorri um longo caminho e acabei em algum lugar perto do Hospital Geral. Queria um lugar onde pudesse me deitar sem que nenhum policial farejador me encontrasse e exigisse meus documentos. Tentei um abrigo antiaéreo, mas o local tinha acabado de ser escavado e pingava umidade. Então me deparei com as ruínas de uma igreja, destruída e queimada na revolução. Era apenas uma casca oca, com quatro paredes sem teto cercando pilhas de entulho. Na penumbra, tateei e descobri uma espécie de buraco no qual poderia me deitar. Pedaços de argamassa partida não são bons para deitar, mas felizmente foi uma noite quente e consegui dormir por várias horas.

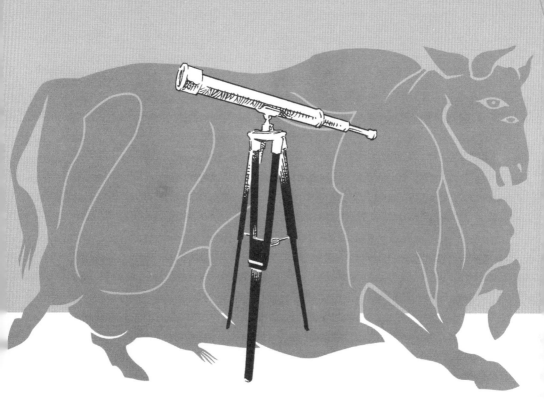

XII

A pior coisa de ser um procurado pela polícia em uma cidade como Barcelona é que tudo abre muito tarde. Quando se dorme ao ar livre, sempre se acorda ao amanhecer, e nenhum dos cafés de Barcelona abre muito antes das nove. Foram horas até que eu conseguisse tomar uma xícara de café ou fazer a barba. Parecia estranho, na barbearia, ver o cartaz anarquista ainda na parede, explicando que era proibido dar gorjetas. "A revolução rompeu nossas correntes", dizia o aviso. Tive vontade de dizer aos barbeiros que suas correntes logo estariam de volta, se não prestassem atenção.

Caminhei de volta ao centro da cidade. Nos edifícios do Poum, as bandeiras vermelhas tinham sido recolhidas, bandeiras republicanas tremulavam em seu lugar e grupos de guardas de assalto armados estavam recostados nas portas. No centro de assistência, na esquina da Praça de Catalunha, a polícia se divertira quebrando a maioria das janelas. As bancas de livros do Poum foram esvaziadas e, no quadro de avisos mais abaixo nas Ramblas, um desenho anti-Poum estava exposto — aquele que mostrava a máscara e o rosto fascista por baixo. Na parte de baixo das Ramblas, perto do cais, tive uma visão estranha; uma fileira de milicianos, ainda esfarrapados e enlameados por terem vindo da linha de frente, estava esparramada exausta nas cadeiras colocadas ali para os engraxates. Sabia quem eles eram — na verdade, reconheci um deles. Eram milicianos do Poum que, ao chegarem do front no dia anterior, descobriram que o partido fora suprimido e precisaram passar a noite nas ruas, porque a polícia tinha vasculhado suas casas. Qualquer miliciano do Poum que voltasse a Barcelona nessa época tinha a opção de se esconder ou ir direto para a prisão — uma recepção nada agradável depois de três ou quatro meses na linha de frente.

Uma situação estranha essa em que estávamos. À noite, éramos fugitivos perseguidos, mas durante o dia era possível levar uma vida quase normal. Todas as casas conhecidas por abrigar apoiadores do Poum estavam — ou pelo menos era provável que estivessem — sob observação, e era impossível ir a um hotel ou a uma pensão, porque fora decretado que, ao chegar um estranho, o responsável do hotel deveria informar a polícia imediatamente. Na prática, isso significava passar a noite ao ar livre. Durante o dia, por outro lado, em uma cidade do tamanho de Barcelona, era possível se sentir bastante seguro. As ruas estavam apinhadas de guardas de assalto, *carabineros* e policiais comuns, além de Deus sabe quantos espiões à paisana; ainda assim, não podiam parar todos os que passavam e, se parecêssemos normais, passaríamos despercebidos. O que se podia fazer era evitar rondar os prédios do Poum e ir a cafés e restaurantes onde os garçons não nos reconhecessem de vista. Passei muito tempo naquele dia e no seguinte tomando banho em um dos banheiros públicos. Isso me pareceu uma boa maneira de gastar tempo e me manter fora de vista. Infelizmente, a mesma ideia ocorreu a muitas pessoas, e alguns dias mais tarde — depois de eu ter deixado Barcelona —, a polícia deu uma batida em um dos banhos públicos e prendeu vários "trotskistas", no estado em que vieram ao mundo.

No meio das Ramblas, encontrei um dos feridos do Sanatório Maurín. Trocamos o tipo de piscadela invisível que as pessoas trocavam naquela época e conseguimos nos encontrar de forma discreta em um café mais adiante na rua. Ele tinha escapado de ser preso quando o Maurín foi invadido, mas, como os outros, teve que ir para a rua. Estava em mangas de camisa — precisou fugir sem casaco — e não tinha dinheiro. Ele me descreveu como um dos guardas de assalto arrancou da parede o grande retrato colorido de Maurín e o partiu em pedaços com chutes. Maurín (um dos fundadores do Poum) estava preso nas mãos dos fascistas e, na época, acreditava-se que tinha sido fuzilado por eles.

Encontrei minha esposa no consulado britânico às dez horas. McNair e Cottman apareceram pouco depois. A primeira coisa que me disseram foi que Bob Smillie estava morto. Morrera na prisão de Valência — do quê, ninguém sabia ao certo. Foi enterrado imediatamente, e o representante do ILP no local, David Murray, teve a permissão negada para ver seu corpo.

É claro que logo presumi que Smillie fora executado. Era o que todos acreditavam na época, mas desde então acho que posso ter me enganado. Mais tarde, a causa de sua morte foi divulgada como apendicite, e depois ouvimos de outro ex-prisioneiro que Smillie certamente esteve doente na prisão. Portanto, talvez a história da apendicite fosse verdadeira. A recusa em deixar Murray ver seu corpo podia ter sido por puro rancor. Devo dizer, no entanto, que Bob Smillie tinha apenas vinte e dois anos, e fisicamente era uma das pessoas mais fortes que conheci. Ele foi, creio eu, o único com quem convivi, inglês ou espanhol, que passou três meses nas trincheiras sem adoecer um dia sequer. Pessoas tão resistentes em geral não morrem de apendicite, quando devidamente cuidadas. Mas, depois de ver como eram as prisões espanholas — as cadeias improvisadas usadas para prisioneiros políticos —, dava para imaginar quanta chance teria um homem doente de receber a atenção adequada. As prisões eram lugares que só poderiam ser descritos como masmorras. Na Inglaterra, era preciso voltar ao século XVIII para encontrar algo parecido. As pessoas eram confinadas em pequenas salas onde mal havia espaço para deitar, e muitas vezes eram mantidas em porões e outros lugares escuros. Essa não foi uma medida temporária — houve casos de pessoas mantidas por quatro ou cinco meses quase sem ver a luz do dia. E elas eram alimentadas com uma dieta suja e insuficiente de dois pratos de sopa e dois pães por dia. (Alguns meses depois, porém, a comida parece ter melhorado um pouco.) Não estou exagerando; pergunte a qualquer suspeito político que foi preso na Espanha. Recebi relatos sobre as prisões espanholas de várias fontes distintas, e eles se assemelhavam demais para serem desacreditados; além disso, eu mesmo tive alguns vislumbres de uma prisão espanhola. Outro amigo inglês que foi preso escreveu mais tarde que suas experiências na prisão "tornaram o caso de Smillie mais fácil de entender". A morte de Smillie não é algo que eu possa perdoar facilmente. Ali estava aquele jovem valente e talentoso, que abandonara sua carreira na Universidade de Glasgow para vir e lutar contra o fascismo e que, como vi por mim mesmo, cumprira suas tarefas no front com coragem e disposição irrepreensíveis; e tudo o que fizeram com ele em troca foi jogá-lo na prisão para deixá-lo morrer como um animal abandonado. Sei que no meio de uma guerra enorme e sangrenta não adianta fazer muito barulho por causa de uma única morte. Uma bomba lançada por um avião em uma rua movimentada causa mais sofrimento do que um bocado de perseguição política. Mas o que me enfurece em uma morte como essa é sua total falta de sentido. Ser morto em batalha — sim, é o que se espera; mas ser preso, sem nenhuma razão, nem uma ofensa imaginária, simplesmente devido a um rancor cego e estúpido, e então ser deixado para morrer sozinho — isso é outra questão. Não consigo enxergar como esse tipo de coisa — e o caso de Smillie não era excepcional — pudesse nos deixar mais perto da vitória.

    Minha esposa e eu visitamos Kopp naquela tarde. Era possível visitar prisioneiros que não estavam incomunicáveis, embora não fosse seguro fazê-lo mais de uma ou duas vezes. A polícia vigiava quem entrava e saía. Se você visitasse as prisões com muita frequência, seria considerado amigo dos "trotskistas" e era provável que também acabasse ali. Isso já acontecera com várias pessoas.

Kopp não estava incomunicável e conseguimos autorização para vê-lo sem dificuldade. Enquanto nos conduziam através das portas de aço da prisão, um miliciano espanhol que eu conhecia do front era conduzido para fora entre dois guardas de assalto. Seu olhar encontrou o meu; de novo a piscadela invisível. E a primeira pessoa que vimos lá dentro foi um miliciano americano que partira para casa alguns dias antes; seus documentos estavam em ordem, mas, mesmo assim, o prenderam na fronteira, provavelmente porque ainda usava calça canelada de veludo e, portanto, era identificável como miliciano. Passamos um pelo outro como se fôssemos completos desconhecidos. Isso foi terrível. Convivi com ele por meses, dividimos o mesmo abrigo, ele ajudou a me carregar quando fui ferido, tirando-me da linha de frente; mas era a única coisa que se podia fazer. Os guardas vestidos de azul estavam bisbilhotando por toda parte. Seria fatal reconhecer muitas pessoas.

O que se chamava de cadeia era, na verdade, o andar térreo de uma loja. Em duas salas, cada uma com cerca de seis metros quadrados, mais ou menos cem pessoas estavam presas. O lugar mais parecia com uma prisão do século XVIII, com sua sujeira fedida, seu amontoado de corpos humanos, sua falta de móveis — apenas o chão de pedra, um banco e alguns cobertores esfarrapados — e sua luz sombria, porque as portas de aço das janelas estavam fechadas. Nas paredes encardidas, slogans revolucionários — "*Visca* Poum!", "Viva a revolução!", e assim por diante — tinham sido rabiscados. O lugar vinha sendo usado como depósito para prisioneiros políticos havia meses. Era o horário das visitas, e o lugar estava tão abarrotado de gente que era difícil se mover. Quase todos eram da classe trabalhadora mais pobre. Havia um barulho ensurdecedor de vozes. Vi mulheres abrindo embrulhos lamentáveis de comida que tinham levado para seus companheiros aprisionados. Vários dos feridos do Sanatório Maurín estavam entre os presos. Dois deles tinham pernas amputadas; um deles fora levado para a prisão sem sua muleta, e pulava numa perna só. Havia também um menino de não mais de doze anos; estavam prendendo até crianças, pelo visto. O lugar exalava um fedor atroz, que sempre aparece quando uma multidão de pessoas fica encarcerada sem instalações sanitárias apropriadas.

Kopp abriu caminho por entre a multidão para nos encontrar. Seu rosto estava rechonchudo e rosado como sempre, e, mesmo naquele lugar imundo, ele mantinha o uniforme arrumado e até a barba tinha feito. Havia outro oficial com uniforme do Exército Popular entre os presos. Ele e Kopp bateram continência enquanto se esforçavam para passar um pelo outro; o gesto de alguma forma foi patético. Kopp parecia estar com um astral excelente: "Bem, suponho que todos seremos fuzilados", ele disse alegremente. A palavra "fuzilado" me causou um arrepio. Uma bala havia perfurado meu corpo recentemente e a sensação ainda estava fresca em minha memória; não é bom pensar nisso acontecendo com alguém que se conhece bem. Naquela época, eu tinha como certo que todas as pessoas importantes do Poum, Kopp entre elas, seriam fuziladas. O primeiro boato sobre a morte de Nin começara a se espalhar e sabíamos que o partido estava sendo acusado de traição e espionagem. Tudo apontava para um enorme julgamento armado, seguido por um massacre dos principais "trotskistas". É uma coisa terrível ver seu amigo na prisão e saber ser impotente para ajudá-lo. Não havia nada a se fazer; era inútil até mesmo apelar para as autoridades belgas,[48] pois Kopp havia infringido a lei de seu próprio país ao vir para cá. Tive que deixar a maior parte da conversa para minha esposa; com minha voz esganiçada, não conseguia me fazer ouvir no meio daquele barulho. Kopp nos contou sobre os amigos que fez entre os outros presos. Falou sobre os guardas, alguns dos quais eram bons camaradas, mas alguns dos quais abusavam e espancavam os prisioneiros mais fracos e, sobre a comida, disse que era "lavagem de porcos". Felizmente, nós tivemos a ideia de levar comida e um pacote de cigarros também.[49] Então, Kopp nos contou sobre os documentos que lhe foram tirados ao ser preso. Entre eles estava a carta do Ministério da Guerra, dirigida ao coronel que comandava as operações de engenharia do Exército do Leste. A polícia confiscou a carta e se recusava a devolvê-la; dizia-se que estava no escritório do chefe de polícia. Poderia fazer uma grande diferença se fosse recuperada.

De imediato, entendi a importância que isso tinha. Uma carta oficial desse tipo, com recomendação do Ministério da Guerra e do general [*Sebastián*] Pozas, confirmaria a boa-fé de Kopp. Mas o problema era provar que a carta existia; se fosse aberta no gabinete do chefe de polícia, com certeza algum informante a destruiria. Talvez apenas uma pessoa conseguiria recuperá-la, e era o oficial a quem o documento era endereçado. Kopp já pensara nisso, e tinha escrito uma carta que ele queria que eu levasse escondida para fora da prisão e enviasse pelo correio. Mas era, é claro, mais rápido e seguro entregá-la pessoalmente. Deixei minha esposa com Kopp, saí correndo e, após uma longa busca, encontrei um táxi. Sabia que o tempo era crucial. Já eram cerca de cinco e meia da tarde, o coronel provavelmente deixaria seu escritório às seis horas, e amanhã a carta poderia estar Deus sabe onde — destruída, talvez, ou perdida em algum lugar no caos de documentos que presumivelmente estavam se acumulando, com um suspeito após outro sendo detido. O escritório do coronel ficava no Departamento de Guerra, perto do cais. Ao subir correndo os degraus, o guarda de assalto de plantão na porta bloqueou o meu caminho com sua longa baioneta e exigiu "papéis". Mostrei meu certificado de dispensa; evidentemente ele não sabia ler e me deixou passar, impressionado com os vagos "papéis" misteriosos. Lá dentro, o lugar era um enorme e complicado labirinto que contornava um pátio central, com centenas de escritórios em cada andar; e, como se tratava da Espanha, ninguém tinha a mínima ideia de onde ficava o escritório que eu procurava. Eu ficava repetindo: "*El coronel, jefe de ingenieros, Ejército del Este!*" As pessoas sorriam e encolhiam os ombros graciosamente. Todo mundo que tinha uma opinião me mandou para uma direção diferente; para o andar de cima, subindo as escadas, para baixo, ao longo de passagens intermináveis que se revelavam becos sem saída. E o tempo escorria. Tive a sensação estranha de estar em um pesadelo: subindo e descendo apressado os lances de escada, pessoas misteriosas indo e vindo, as espiadas por portas abertas de escritórios caóticos com documentos espalhados por toda parte e batidas de máquinas de escrever; e o tempo passando e uma vida, talvez, em jogo.

Contudo, cheguei lá a tempo e, para minha ligeira surpresa, consegui uma audiência. Não vi o coronel, mas o seu ajudante de campo ou secretário, um pequeno oficial de uniforme elegante, de olhos grandes e estrábicos, saiu para me encontrar na antessala. Comecei a despejar minha história. "Eu vim em nome de meu oficial superior. O major Georges Kopp, encarregado de uma missão urgente no front e preso por engano. A carta ao coronel — era de natureza confidencial e deveria ser recuperada sem demora. Eu tinha servido com Kopp por meses, ele era um oficial de caráter elevado, obviamente sua prisão era um equívoco, a polícia o confundiu com outra pessoa etc." Continuei repetindo sobre a urgência da missão de Kopp no front, sabendo que esse era o ponto mais apelativo. Mas deve ter soado um conto estranho, no meu espanhol infame que a cada aperto se transformava em francês. O pior foi que minha voz falhou quase de todo e foi apenas com um esforço violento que consegui produzir uma espécie de grasnido. Estava apavorado com a possibilidade de a minha voz sumir por completo e o pequeno oficial se cansar de me ouvir. Muitas vezes me perguntei o que ele achava que tinha de errado com minha voz — se pensava que eu estava bêbado ou apenas sofrendo com a consciência pesada.

No entanto, ele me ouviu pacientemente, acenou com a cabeça muitas vezes e deu um consentimento comedido ao que eu disse. Sim, parecia que havia um engano. Obviamente, o assunto deve ser examinado, *mañana*. Protestei. Não *mañana*! O assunto era urgente; Kopp já devia estar no front. Mais uma vez, o oficial pareceu concordar. Então veio a pergunta que eu temia:

— Esse major Kopp, em que força ele servia?

A terrível palavra teve que sair:

— Na milícia Poum.

— Poum!

Gostaria de poder transmitir o sobressalto chocado em sua voz. Vale lembrar como o Poum era visto naquele momento. As acusações estavam no auge; provavelmente, todos os bons republicanos acreditaram, por um ou dois dias, que o Poum era uma enorme organização de espionagem financiada pela Alemanha. Ter que dizer tal coisa a um oficial do Exército Popular era como entrar no Clube de Cavalaria imediatamente após o susto com a Carta Vermelha e anunciar-se comunista.[50] Seus olhos escuros se moveram obliquamente pelo meu rosto. Outra longa pausa, então ele disse devagar:

— E você disse que estava com ele no front. Então você estava servindo na milícia do Poum?

— Sim.

Ele se virou de costas e entrou na sala do coronel. Pude ouvir uma conversa agitada. "Acabou", pensei. Nunca vamos obter a carta de Kopp de volta. Além disso, precisei confessar que servi no Poum e, sem dúvida, eles ligariam para a polícia e me prenderiam, só para acrescentar outro trotskista ao grupo. Logo, porém, o oficial reapareceu, ajustando o quepe e sinalizando com veemência para que eu o seguisse. Estávamos indo ao escritório do chefe de polícia. Foi um longo percurso, uma caminhada de vinte minutos. O pequeno oficial marchava rigidamente à minha frente com um passo militar. Não trocamos uma única palavra durante todo o trajeto. Quando chegamos ao escritório do chefe de polícia, uma multidão de canalhas de aparência horrível, obviamente informantes e espiões de todo tipo, estava do lado de fora da porta. O pequeno oficial entrou; houve uma longa e acalorada conversa. Podiam-se ouvir vozes exaltadas e furiosas; imaginei gestos violentos, pessoas dando de ombros e socos na mesa. A polícia se recusava a entregar a carta, é claro. Por fim, porém, o oficial apareceu, corado, mas carregando um grande envelope oficial. Era a carta de Kopp. Tínhamos conquistado uma pequena vitória — que, no fim das contas, não fez a menor diferença. A carta foi devidamente entregue, mas os superiores militares de Kopp nada puderam fazer para tirá-lo da prisão.

O oficial me prometeu que a carta seria entregue.

— Mas e quanto a Kopp? — eu disse. — Não poderíamos libertá-lo?

Ele deu de ombros. Esse era outro assunto. Não sabiam por que Kopp tinha sido preso. Ele apenas me disse que as investigações apropriadas seriam feitas. Não havia mais nada a ser dito; era hora de partir. Nós dois nos curvamos ligeiramente. E então aconteceu uma coisa estranha e comovente. O pequeno oficial hesitou por um momento, depois deu um passo em minha direção e apertou minha mão.

Não sei se consigo transmitir quão profundamente essa ação me tocou. Parece uma coisa pequena, embora não seja. É preciso levar em conta o sentimento da época — o clima horrível de suspeita e ódio, as mentiras e os rumores circulando por toda parte, os cartazes gritando dos painéis que eu, e todos como eu, éramos espiões fascistas. E é preciso lembrar que estávamos do lado de fora do escritório do chefe de polícia, em frente àquela gangue imunda de contadores de mentiras e agentes provocadores; qualquer um deles saberia que eu era "procurado" pela polícia. Foi como apertar publicamente a mão de um alemão durante a Grande Guerra. Suponho que ele tenha decidido de alguma forma que eu não era realmente um espião fascista; ainda assim, foi bondade dele o gesto.

Registro isso, por mais trivial que possa parecer, porque é, de alguma forma, típico da Espanha — os lampejos de magnanimidade de que os espanhóis são capazes nas piores circunstâncias. Tenho memórias horríveis do país, mas tenho pouquíssimas memórias horríveis dos espanhóis. Só me lembro de ter ficado seriamente zangado com um espanhol duas vezes e, em ambas, quando me recordo, acredito que eu é que estava errado. Eles têm, sem dúvida, uma generosidade, uma espécie de nobreza, que não pertence realmente ao século XX. É isso que dá esperança de que, na Espanha, até mesmo o fascismo possa assumir uma forma relativamente mais branda e suportável. Poucos espanhóis demonstram a eficiência e a coerência abomináveis de que um Estado totalitário moderno precisa. Algumas noites antes, ocorreu um pequeno exemplo estranho desse fato, quando a polícia vasculhou o quarto de minha esposa. Na verdade, aquela busca foi um negócio muito interessante, e eu gostaria de tê-la testemunhado, embora talvez tenha sido bom eu não ter visto, pois perderia a calma.

A polícia conduziu a busca no conhecido estilo da Gestapo ou da OGPU.⁵¹ De madrugada, bateram à porta e seis homens entraram, acenderam a luz e logo tomaram várias posições na sala, obviamente combinadas de antemão. Revistaram, então, os dois quartos (havia um banheiro anexo) com uma meticulosidade inconcebível. Sondaram as paredes, levantaram os tapetes, examinaram o chão, apalparam as cortinas, vasculharam debaixo da banheira e do aquecedor, esvaziaram todas as gavetas e malas, apalparam todas as peças de roupa e ergueram-nas contra a luz. Apreenderam todos os papéis, incluindo o conteúdo da cesta de lixo, e todos os nossos livros. Entraram em êxtase ao descobrir que possuíamos uma tradução francesa de *Mein Kampf*, de Hitler. Se esse tivesse sido o único livro encontrado, nossa condenação estaria selada. É óbvio que um leitor de *Mein Kempf* tem que ser fascista. No momento seguinte, porém, encontraram uma cópia de um panfleto stalinista: "Maneiras de liquidar trotskistas e outros traidores", que de alguma forma os tranquilizou um pouco. Em uma gaveta havia vários pacotes com papéis para enrolar cigarro. Eles separaram cada pacote cuidadosamente e analisaram cada papel, um por um, para o caso de haver mensagens escritas neles. Ao todo, trabalharam por quase duas horas. Mesmo assim, durante todo esse tempo, não revistaram a cama. Minha esposa ficou deitada ali o tempo todo; poderia haver meia dúzia de submetralhadoras sob o colchão, sem mencionar uma biblioteca de documentos trotskistas sob o travesseiro. Mesmo assim, os detetives não fizeram nenhum movimento para tocar a cama, nem mesmo olharam por debaixo dela. Não consigo acreditar que essa seja uma característica normal da rotina da OGPU. É preciso lembrar que a polícia estava quase por inteiro sob controle comunista, e esses sujeitos provavelmente eram membros do Partido Comunista. Mas também eram espanhóis, e tirar uma mulher da cama era um pouco demais para eles. Essa parte do trabalho foi abandonada sem uma palavra, e tornou toda a busca sem sentido.

Naquela noite, McNair, Cottman e eu dormimos em uma grama alta à beira de um canteiro de obras abandonado. Foi uma noite fria para aquela época do ano, e nenhum de nós conseguiu dormir muito.

Lembro das longas horas desoladoras de vadiagem antes de poder tomar uma xícara de café. Pela primeira vez desde que cheguei a Barcelona, fui dar uma olhada na catedral[52] uma catedral moderna e um dos edifícios mais medonhos do mundo. Tem quatro torres com ameias, com o formato exato de garrafas de vinho. Ao contrário da maioria das igrejas de Barcelona, essa não havia sido danificada durante a revolução — foi poupada devido ao seu "valor artístico", disseram-me. Acho que os anarquistas mostraram mau gosto em não explodir a construção quando tiveram a oportunidade, embora tenham pendurado uma bandeira rubro-negra entre suas torres. Naquela tarde, minha esposa e eu fomos ver Kopp pela última vez. Não havia nada que pudéssemos fazer por ele, absolutamente nada, exceto nos despedir e deixar dinheiro com amigos espanhóis que levariam comida e cigarros para ele. Pouco depois de termos deixado Barcelona, porém, ele foi tornado incomunicável, e não era possível nem mesmo levar comida para ele. Naquela noite, descendo as Ramblas, passamos pelo Café Moka, que os guardas de assalto ainda mantinham sob custódia. Num impulso, entrei e falei com dois deles que estavam encostados no balcão, os fuzis pendurados nos ombros. Perguntei se sabiam quais de seus camaradas estavam a serviço no local na época dos confrontos de maio. Não sabiam e, com a imprecisão usual dos espanhóis, também não sabiam como fazer para descobrir. Eu disse que meu amigo Georges Kopp estava preso e talvez fosse levado a julgamento por algo relacionado aos combates de maio; que os homens que estavam a serviço ali saberiam que ele interrompera a luta e salvara algumas vidas, que eles deveriam se apresentar e dar evidências disso.

Um dos homens com quem eu estava falando era um sujeito monótono e de aparência grosseira, que ficava balançando a cabeça porque não conseguia ouvir minha voz em meio ao barulho do tráfego. Mas o outro era diferente. Disse que ouvira falar da ação de Kopp por alguns de seus camaradas; Kopp era *buen chico*. Mas, mesmo naquela época, eu sabia que seria tudo inútil. Se Kopp algum dia fosse julgado, seria com base em evidências falsas, como em todos esses julgamentos. Se fosse fuzilado (e receio que isso era bem provável), este será seu epitáfio: o *buen chico* da pobre Guarda de Assalto, que fazia parte de um sistema sujo, mas que permaneceu humano o suficiente para reconhecer uma ação decente.

Era uma existência extraordinária e insana a que levávamos. À noite, éramos criminosos, mas passávamos o dia como prósperos visitantes ingleses — pelo menos essa era a nossa pose. Mesmo depois de uma noite ao relento, fazer a barba, tomar um banho e lustrar os sapatos faziam maravilhas com a nossa aparência. O mais seguro, no momento, era parecer o mais burguês possível. Frequentávamos o bairro residencial da cidade, onde nosso rosto não era conhecido, íamos a restaurantes caros e éramos muito ingleses com os garçons. Pela primeira vez na vida, comecei a escrever frases nas paredes. Os corredores de vários restaurantes elegantes receberam a frase "*Visca Poum!*" rabiscada neles, tão grande quanto eu conseguisse escrever. Embora estivesse tecnicamente me escondendo, em nenhum momento me senti em perigo. A coisa toda parecia absurda demais. Tinha a inabalável convicção inglesa de que "eles" não podiam prender ninguém, a menos que se tenha infringido a lei. Essa é uma crença perigosa para se ter durante um *pogrom* político. Havia um mandado de prisão contra McNair, e havia a possibilidade de que o restante de nós também estivesse na lista. As prisões, batidas e buscas seguiam sem pausa; praticamente todos os que conhecíamos, exceto os que ainda estavam no front, tinham sido presos a essa altura. A polícia estava até entrando nos navios franceses, que periodicamente levavam refugiados, para prender supostos "trotskistas".

Graças à gentileza do cônsul britânico, que deve ter passado por momentos muito difíceis durante aquela semana, conseguimos pôr nossos passaportes em ordem. Quanto mais cedo saíssemos, melhor. Havia um trem para Portbou cujo horário de partida era às sete e meia da noite, e provavelmente sairia por volta das oito e meia. Combinamos que minha esposa reservaria um táxi e depois faria as malas, pagaria a conta e deixaria o hotel no último momento possível. Se avisasse com muita antecedência o pessoal do hotel, eles chamariam a polícia. Desci para a estação por volta das sete para descobrir que o trem já tinha partido — partira às dez para as sete. O maquinista mudou de ideia, como de costume. Felizmente, conseguimos avisar minha esposa a tempo. Havia outro trem na manhã seguinte. McNair, Cottman e eu jantamos em um pequeno restaurante perto da estação e, por meio de perguntas cautelosas, descobrimos que o dono do restaurante era um amigável membro da CNT. Ele nos cedeu um quarto com três camas e se esqueceu de avisar a polícia. Foi a primeira vez, em cinco noites, que consegui dormir sem roupa.

Na manhã seguinte, minha esposa saiu do hotel sem percalços. O trem demorou cerca de uma hora para partir. Preenchi esse tempo escrevendo uma longa carta ao Ministério da Guerra, contando-lhes sobre o caso de Kopp — que, sem dúvida, ele fora preso por engano, que era requisitado com urgência no front, que inúmeras pessoas testemunhariam sua inocência de qualquer acusação etc. Pergunto-me se alguém leu aquela carta, escrita em páginas arrancadas de um caderno em uma caligrafia vacilante (meus dedos ainda estavam parcialmente paralisados), com um espanhol ainda mais titubeante. Em todo caso, nem essa carta nem qualquer outra coisa surtiu efeito. Enquanto escrevo, seis meses após o evento, Kopp (caso não tenha sido baleado) ainda está na prisão, sem julgamento nem acusação. No início, recebemos duas ou três cartas dele, contrabandeadas por prisioneiros libertados, que foram postadas na França. Todas contaram a mesma história — prisão em covis escuros e imundos, comida ruim e insuficiente, doenças graves devido às condições de encarceramento e recusa a um atendimento médico. Tive tudo isso confirmado por várias outras fontes, inglesas e francesas. Mais recentemente, ele desapareceu em uma das "prisões secretas" com as quais parece impossível fazer qualquer tipo de comunicação. Seu caso é o de dezenas ou centenas de estrangeiros, e sabe-se lá de quantos milhares de espanhóis.[53]

No fim, cruzamos a fronteira sem incidentes. O trem possuía primeira classe e um vagão-restaurante, o primeiro que vi na Espanha. Até recentemente, havia apenas uma classe nas comitivas da Catalunha. Dois detetives percorreram o comboio anotando o nome dos estrangeiros, mas, quando nos viram no vagão-restaurante, pareceram convencidos de que éramos respeitáveis. Era estranho como tudo havia mudado. Há apenas seis meses, quando os anarquistas ainda reinavam, parecer-se com um proletário era o que o tornava respeitável. No caminho de Perpignan para Cerbère, um comerciante francês no meu vagão me disse com toda a solenidade:

— Você não deve ir à Espanha com essa aparência. Tire o colarinho e a gravata. Eles vão arrancá-los de você em Barcelona.

Ele estava exagerando, mas mostrava como a Catalunha era vista. Na fronteira, os guardas anarquistas mandaram de volta um francês e sua esposa elegantemente vestidos, apenas — eu acho — porque pareciam burgueses demais. Agora, era o contrário; parecer burguês era a única salvação. No escritório de passaportes, procuraram-nos no índice de fichas de suspeitos, mas, graças à ineficiência da polícia, nosso nome não estava listado, nem mesmo o de McNair. Fomos revistados da cabeça aos pés, mas não tínhamos nada de incriminador, exceto meus papéis de alta; e os *carabineros* que me revistaram não sabiam que a 29ª Divisão era o Poum. Assim, escapulimos pela barreira e, depois de apenas seis meses, eu estava de volta a solo francês. Meus únicos suvenires da Espanha foram um cantil de couro de cabra e uma daquelas minúsculas lamparinas de ferro com a qual os camponeses de Aragão queimam azeite — lamparinas com quase exatamente o mesmo formato das de terracota que os romanos usavam há 2 mil anos —, que apanhei em alguma cabana em ruínas, e que, de alguma forma, permaneceu na minha bagagem.

Afinal, descobrimos que não tínhamos saído muito cedo. O primeiro jornal que vimos anunciou a prisão de McNair por espionagem. As autoridades espanholas foram um pouco precipitadas ao anunciar isso. Felizmente, o "trotskismo" não é extraditável.

Eu me pergunto qual é a primeira ação apropriada quando se vem de um país em guerra e se coloca os pés em solo pacífico. A minha foi correr para o quiosque de tabaco e comprar quantos charutos e cigarros eu era capaz de enfiar nos bolsos. Em seguida, todos fomos ao café e tomamos uma xícara de chá, o primeiro chá com leite fresco depois de muitos meses. Demorou vários dias para me acostumar com a ideia de que podia comprar cigarros quando quisesse. Esperava sempre ver as portas das tabacarias fechadas e o aviso proibitivo na vitrine: "No hay tabaco."

McNair e Cottman continuaram em direção a Paris. Minha esposa e eu descemos do trem em Banyuls, a primeira estação da linha, com a sensação de que precisávamos descansar. Não fomos muito bem recebidos ali quando descobriram que tínhamos vindo de Barcelona. Várias vezes fui envolvido pela mesma conversa:

— Você vem da Espanha? De que lado você estava lutando? Do governo? Oh! — e então surgia uma frieza acentuada.

A pequena cidade parecia solidamente franquista, sem dúvida por causa dos vários refugiados fascistas espanhóis que chegavam lá de vez em quando. O garçom do café que eu frequentava era um espanhol pró-Franco e costumava me lançar olhares cabisbaixos quando me servia um aperitivo. Era diferente em Perpignan, que estava repleta de partidários do governo e onde todas as diferentes facções disputavam umas contra as outras, quase como em Barcelona. Havia um café onde a palavra "Poum" imediatamente atraía amigos franceses e sorrisos do garçom.

Creio que ficamos três dias em Banyuls. Foi uma época estranhamente inquieta. Nessa tranquila cidade de pescadores, longe das bombas, metralhadoras, filas para obter comida, propaganda e intriga, nós deveríamos nos sentir profundamente aliviados e gratos. Mas não sentimos nada disso. As coisas que vimos na Espanha não retrocederam nem diminuíram em proporção agora que estávamos longe delas; em vez disso, voltaram para nós e eram muito mais vívidas do que antes. Nós dois pensávamos, conversávamos e sonhávamos incessantemente com a Espanha. Por meses dissemos a nós mesmos que "quando saíssemos da Espanha" iríamos para algum lugar à beira do Mediterrâneo e ficaríamos quietos por um tempo, talvez pescássemos um pouco. Mas agora que estávamos aqui tudo era apenas tedioso e decepcionante. Fazia frio, um vento persistente soprava do mar, a água era pálida e com ondas pequenas; ao redor do porto uma espuma com cinzas, rolhas e tripas de peixe batia contra as pedras. Parece loucura, mas o que queríamos era voltar para a Espanha. Embora isso não fosse fazer bem a ninguém, podendo até nos causar sérios danos, ambos desejávamos ter ficado para sermos presos com os outros. Suponho que não fracassei ao transmitir só um pouco do que aqueles meses na Espanha significaram para mim. Registrei alguns dos acontecimentos externos, mas não consigo registrar os sentimentos que eles deixaram em mim. Está tudo misturado a paisagens, cheiros e sons que não podem ser transmitidos pela escrita: o cheiro das trincheiras, as auroras na montanha se espalhando por distâncias inconcebíveis, o estalar gelado das balas, o rugido e o clarão de bombas; a luz fria e clara das manhãs de Barcelona e a cadência das botas no pátio do quartel, em dezembro, quando ainda se acreditava na revolução; e as filas para obter comida e as bandeiras rubro-negras e o rosto dos milicianos espanhóis; acima de tudo, o rosto dos milicianos — homens que conheci na linha e que agora estão espalhados, Deus sabe por onde, alguns mortos em batalha, alguns mutilados, alguns na prisão — a maioria deles, espero, ainda sã e salva. Boa sorte para todos eles; espero que ganhem a guerra e expulsem todos os estrangeiros da Espanha, alemães, russos e italianos. Essa guerra, na qual desempenhei um papel tão ínfimo, me deixou com memórias que são em maior parte ruins, é algo que não gostaria de ter perdido por nada. Quando se tem um vislumbre de um desastre assim — e como quer que termine, a guerra espanhola terá sido um desastre aterrador, mesmo sem contar a carnificina e o sofrimento físico —, o resultado não é, necessariamente, desilusão e cinismo. Curiosamente, essa experiência não me deixou com menos, mas com mais fé na decência dos seres humanos. E espero que este relato que fiz não seja muito enganoso. Acredito que, em um assunto como este, ninguém é ou pode ser completamente verdadeiro. É difícil ter certeza sobre qualquer coisa, exceto do que se vê com os próprios olhos e, consciente ou inconscientemente, todos escrevem como um partidário. Caso eu não tenha dito isso em algum lugar no livro, direi agora: cuidado com meu partidarismo, meus erros factuais e a distorção inevitável causada por ter visto apenas parte dos acontecimentos.

E tome cuidado com essas mesmas coisas ao ler qualquer outro livro sobre esse período da guerra espanhola.

Devido ao sentimento de que devíamos fazer algo, embora na verdade não houvesse nada que pudéssemos fazer, deixamos Banyuls mais cedo do que pretendíamos. A cada quilômetro que se avança para o norte, a França ficava mais verde e mais suave. Longe da montanha e da vinha, de volta à pradaria e aos olmos. Quando passei por Paris, a caminho da Espanha, a cidade me pareceu decadente e sombria, muito diferente da Paris que conhecera oito anos antes, quando viver era barato e não se ouvia falar de Hitler. Metade dos cafés que conhecia estava fechado por falta de fregueses, e todos estavam obcecados pelo alto custo de vida e pelo medo da guerra. Agora, depois da pobre Espanha, até Paris parecia alegre e próspera. E a Exposição Internacional estava a todo vapor, embora tenhamos evitado visitá-la.

E então a Inglaterra — o sul da Inglaterra, provavelmente a paisagem mais aprazível do mundo. É difícil, quando se passa por ali, principalmente quando se está recuperando pacificamente de um enjoo do mar sentado em uma almofada aveludada de um vagão de trem, acreditar que algo esteja realmente acontecendo em algum lugar. Terremotos no Japão, fome na China, revoluções no México? Não se preocupe, o leite estará à porta amanhã de manhã, o *New Statesman* sairá na sexta-feira. As cidades industriais ficavam muito longe, uma mancha de fumaça e miséria escondida pela curvatura da Terra. Aqui embaixo ainda era a Inglaterra que conheci na minha infância: os trilhos da ferrovia cobertos por flores silvestres, os prados profundos onde os grandes cavalos reluzentes pastam e meditam, os riachos vagarosos cercados por salgueiros, os bosques verdejantes dos olmos, as flores nos jardins dos chalés; e, em seguida, a imensidão pacífica dos arredores de Londres, as barcaças no rio lamacento, as ruas familiares, os cartazes anunciando os jogos de críquete e os casamentos reais, os homens com chapéu-coco, os pombos na Trafalgar Square, os ônibus vermelhos, os policiais de azul — todos dormindo no sono profundo, profundo, da Inglaterra, do qual eu às vezes temo que nunca iremos acordar até que sejamos arrancados dele pelo rugido das bombas.[54]

APÊNDICE 01

No início, eu ignorava o lado político da guerra, e foi apenas agora que isso começou a chamar minha atenção. Se você não está interessado nos horrores da política partidária, pule esta parte; estou tentando manter os trechos políticos da narrativa em capítulos separados, precisamente com esse propósito. Ao mesmo tempo, seria impossível escrever sobre a guerra espanhola de um ângulo puramente militar. Foi, acima de tudo, uma guerra política. Nenhum acontecimento dentro dela, pelo menos no primeiro ano, seria compreendido a menos que se tivesse alguma noção da luta interpartidária que acontecia por trás das fileiras do governo.

Quando cheguei à Espanha, e durante algum tempo, não só a situação política não me interessava como não tinha consciência dela. Sabia que havia uma guerra declarada, mas não fazia ideia de qual tipo. Se alguém tivesse me perguntado por que eu tinha entrado para a milícia, eu responderia: "Para lutar contra o fascismo", e se alguém me perguntasse pelo que estava lutando, responderia: "Pela decência geral." Aceitara a versão da guerra do *News Chronicle* e do *New Statesman* como a defesa da civilização contra uma insurreição maníaca de um exército de sujeitos reacionários financiados por Hitler. A atmosfera revolucionária de Barcelona me atraíra profundamente, mas não fiz nenhum esforço para compreendê-la. Quanto ao caleidoscópio de partidos políticos e sindicatos, com seus nomes irritantes — PSUC, Poum, FAI, CNT, UGT, JCI, JSU, AIT — eles apenas me exasperavam. À primeira vista, parecia que a Espanha sofria de uma praga de siglas. Sabia que estava servindo em algo chamado Poum (eu só tinha entrado para a milícia do Poum, e não para qualquer outra, porque cheguei a Barcelona com papéis do Partido Trabalhista Independente, o ILP), mas não percebi que havia sérias diferenças entre os partidos políticos. Em Monte Pocero, quando apontaram para a posição à nossa esquerda e disseram: "Aqueles são os socialistas" (significando que eram do PSUC), fiquei intrigado e perguntei: "Não somos todos socialistas?" Achava uma idiotice que pessoas lutando por sua vida tivessem partidos distintos. Minha atitude sempre foi: "Por que não deixamos de lado todo esse *nonsense* político e continuamos com a guerra?" Essa, é claro, era a atitude "antifascista" correta, cuidadosamente disseminada pelos jornais ingleses, em grande parte para evitar que as pessoas compreendessem a real natureza da luta. Mas, na Espanha, sobretudo na Catalunha, era uma atitude que ninguém podia manter sem definição. Todos, embora contra a vontade, tomavam partido cedo ou tarde. Pois mesmo que alguém não ligasse para os partidos políticos e para suas "linhas" conflitantes, era bastante óbvio que o seu próprio destino dependeria disso. Como miliciano, éramos soldados contra Franco, mas também peões em uma luta enorme que estava sendo travada entre duas teorias políticas. Ao procurar lenha na encosta da montanha, ao me esquivar das metralhadoras comunistas nos embates em Barcelona, e ao, enfim, fugir da Espanha com a polícia a um passo atrás de mim, eu me perguntava se aquilo era realmente uma guerra ou se o *News Chronicle* a inventara — todas essas coisas aconteceram comigo porque eu servia na milícia do Poum e não no PSUC. Como é grande a diferença entre duas siglas!

Para entender o alinhamento de forças do lado do governo, é preciso lembrar como a guerra começou. Quando os combates eclodiram, em 18 de julho, é provável que todos os antifascistas da Europa tenham sentido um sopro de esperança. Pois aqui, pelo visto, a democracia enfrentava o fascismo. Por anos, os chamados países democráticos estavam se rendendo ao fascismo pouco a pouco. Aos japoneses foi permitido fazer o que bem entendessem na Manchúria. Hitler tomou o poder e massacrou oponentes políticos de todos os matizes. Mussolini bombardeou os abissínios enquanto 53 nações (acho que foram 53) ficaram praticamente caladas. Mas quando Franco tentou derrubar um governo moderado de esquerda, o povo espanhol, contra toda a expectativa, levantou-se contra ele. Parecia — e talvez fosse — a virada da maré.

Mas vários pontos escaparam à atenção geral. Para começar, Franco não era, estritamente falando, comparável a Hitler ou Mussolini. Sua ascensão devia-se a um motim militar apoiado pela aristocracia e pela Igreja,[55] e, em especial no início, foi uma tentativa mais de restaurar o feudalismo do que de impor o fascismo. Isso significava que Franco tinha contra si não apenas a classe trabalhadora, mas também vários setores da burguesia liberal — as mesmas pessoas que apoiam o fascismo quando ele aparece em sua forma mais moderna. Mais importante do que isso era o fato de que a classe trabalhadora espanhola não resistiu a Franco, como se pensava na Inglaterra, em nome da "democracia" e do "*status quo*". A resistência dos espanhóis foi acompanhada por — constituída de, seria possível dizer — um surto revolucionário explícito. A terra foi confiscada pelos camponeses; muitas fábricas e a maior parte dos meios de transporte foram confiscadas pelos sindicatos; igrejas foram destruídas e os padres, expulsos ou mortos. O *Daily Mail*, em meio à aclamação do clero católico, foi capaz de representar Franco como um patriota livrando seu país de hordas de diabólicos "vermelhos".

Nos primeiros meses da guerra, o verdadeiro oponente de Franco não foi tanto o governo, mas os sindicatos. Assim que estourou o golpe, os trabalhadores urbanos organizados responderam convocando uma greve geral e exigindo — e, depois de uma luta, obtendo — armas dos arsenais públicos. Se não tivessem agido de forma espontânea e mais ou menos independente, é bem concebível que Franco nunca tivesse enfrentado uma resistência. É claro que não se pode ter certeza disso, mas há alguns motivos para se pensar assim. O governo não fez nenhuma tentativa de evitar o golpe, previsto havia muito tempo, e quando o problema começou, sua atitude foi fraca e hesitante, tanto que a Espanha teve três primeiros-ministros em um único dia.[56] Além do mais, o único passo que poderia salvar a situação imediatamente, o armamento dos trabalhadores, só foi tomado a contragosto e em resposta a um violento clamor popular. Seja como for, as armas foram distribuídas e, nas grandes cidades do leste da Espanha, os fascistas foram derrotados por um grande esforço, principalmente da classe trabalhadora, auxiliada por algumas das forças de segurança (guardas de assalto etc.), que permaneceram leais. Era o tipo de esforço que provavelmente só seria feito por pessoas que estavam lutando com uma intenção revolucionária — isto é, acreditavam que estavam lutando por algo melhor do que o *status quo*. Nos vários centros de revolta, estima-se que 3 mil pessoas morreram nas ruas em um único dia. Homens e mulheres armados apenas com bananas de dinamite correram por praças abertas e invadiram edifícios de pedra mantidos por soldados treinados portando metralhadoras. Ninhos de metralhadoras que os fascistas colocaram em pontos estratégicos foram destruídos por táxis que avançaram contra eles a quase cem quilômetros por hora. Mesmo se ninguém tivesse ouvido nada sobre a tomada de terras pelos camponeses, a criação de sovietes locais etc., seria difícil acreditar que os anarquistas e socialistas, a espinha dorsal da resistência, estivessem fazendo esse tipo de coisa para preservar a democracia capitalista, que, especialmente na visão anarquista, não passava de uma máquina de falcatruas.

Enquanto isso, os trabalhadores tinham armas nas mãos e nessa fase se negaram a devolvê-las. (Mesmo um ano depois, foi levantado que os anarcossindicalistas na Catalunha possuíam 30 mil fuzis.) As terras dos grandes proprietários pró-fascistas foram em muitos lugares confiscadas pelos camponeses. Com a coletivização da indústria e dos transportes, tentou-se estabelecer os rudimentos de um governo operário por meio de comitês locais, patrulhas operárias para substituir as antigas forças policiais pró-capitalistas, milícias operárias nascidas nos sindicatos, e assim por diante. É claro que o processo não foi uniforme e avançou mais na Catalunha do que em qualquer outro lugar. Havia áreas onde as instituições do governo local permaneceram quase intocadas e outras que existiam lado a lado com comitês revolucionários. Em alguns lugares, comunas anarquistas independentes foram estabelecidas, e algumas delas permaneceram até cerca de um ano depois, ao serem suprimidas à força pelo governo. Na Catalunha, durante os primeiros meses, grande parte do poder real estava nas mãos dos anarcossindicalistas, que controlavam a maioria das principais indústrias. O que aconteceu na Espanha foi, de fato, não apenas uma guerra civil, mas o início de uma revolução. Foi esse o fato que a imprensa antifascista fora da Espanha tratou de ocultar. A questão foi reduzida a "fascismo *versus* democracia" e o aspecto revolucionário foi escondido tanto quanto possível. Na Inglaterra, onde a imprensa é mais centralizada e o público mais facilmente enganado do que em outros lugares, apenas duas versões da guerra espanhola tiveram alguma publicidade: a versão de direita, dos patriotas cristãos *versus* bolcheviques sedentos por sangue, e a versão de esquerda, dos cavalheiros republicanos reprimindo uma revolta militar. A questão central foi abafada com sucesso.

    Havia várias razões para isso. Para começar, mentiras estarrecedoras sobre atrocidades estavam sendo divulgadas pela imprensa pró-fascista, e propagandistas bem-intencionados sem dúvida pensavam que estavam ajudando o governo espanhol ao negar que a Espanha tivesse "virado vermelha". Mas a principal razão foi a seguinte: exceto para os pequenos grupos revolucionários que existem em todos os países, o mundo inteiro estava decidido a impedir a revolução na Espanha. Em particular, o Partido Comunista, com a Rússia Soviética por trás dele, jogou todo o seu peso contra a revolução. Era a tese comunista de que a revolução, nessa fase, seria fatal, e que o que deveria ser buscado na Espanha não era o controle dos trabalhadores, mas a democracia burguesa. Nem é preciso apontar que a opinião capitalista "liberal" seguiu a mesma linha. O capital estrangeiro tinha investido pesadamente na Espanha. A Empresa de Transportes de Barcelona, por exemplo, tinha 10 milhões de capital britânico investidos; e os sindicatos tomaram todos os meios de transporte na Catalunha. Se a revolução avançasse, haveria pouquíssima ou nenhuma compensação. Se a república capitalista prevalecesse, os investimentos estrangeiros estariam a salvo. E, como a revolução precisava ser esmagada, era muito simples fingir que nenhuma revolução tinha acontecido. Assim, o significado real de cada acontecimento podia ser encoberto: toda mudança de poder dos sindicatos para o governo central seria representada como um passo necessário na reorganização militar.

A situação produzida era excêntrica ao extremo. Fora da Espanha, poucas pessoas perceberam que houve uma revolução; dentro da Espanha, ninguém duvidou disso. Até mesmo os jornais do PSUC, controlados pelos comunistas e mais ou menos comprometidos com uma política antirrevolucionária, falavam de "nossa gloriosa revolução". Enquanto isso, a imprensa comunista em países estrangeiros gritava que não havia sinal de revolução em parte nenhuma; a tomada de fábricas, a formação de comitês de trabalhadores etc. não tinham acontecido — ou, alternativamente, aconteceram, mas "não tiveram significado político". De acordo com o *Daily Worker* (6 de agosto de 1936), os que disseram que o povo espanhol estava lutando pela revolução social, ou por qualquer outra coisa que não a democracia burguesa, eram "canalhas francamente mentirosos". Por outro lado, Juan López, membro do governo de Valência, declarou em fevereiro de 1937 que "o povo espanhol está derramando seu sangue, não pela República democrática e sua Constituição de papel, mas por uma... revolução". Portanto, parecia que entre os canalhas francamente mentirosos incluíam-se membros do governo pelo qual fomos convidados a lutar. Alguns dos jornais antifascistas estrangeiros chegaram a cair na lamentável mentira de fingir que as igrejas só foram atacadas quando eram usadas como fortalezas fascistas. Na verdade, as igrejas foram saqueadas em todos os lugares e isso era de se esperar, porque era perfeitamente claro que a Igreja espanhola fazia parte da exploração capitalista. Em seis meses na Espanha, vi apenas duas igrejas intactas e, até cerca de julho de 1937, nenhuma igreja teve permissão para reabrir e realizar cultos, exceto uma ou duas igrejas protestantes em Madri.

Mas, afinal, era apenas o começo de uma revolução, não a coisa completa. Os trabalhadores, certamente na Catalunha e talvez em outros lugares, tinham o poder para derrubar ou substituir completamente o governo, e não o fizeram, mesmo quando tinham o poder para isso. Obviamente, eles não o fariam enquanto Franco estivesse batendo no portão e setores da classe média estivessem do seu lado. O país se encontrava em um estado de transição capaz de se desenvolver na direção do socialismo ou de voltar a uma república capitalista comum. Os camponeses tinham a posse da maior parte da terra e provavelmente a manteriam, a menos que Franco ganhasse; todas as grandes indústrias tinham sido coletivizadas, mas se elas permaneceriam coletivizadas ou se o capitalismo seria reintroduzido, isso dependeria de qual grupo obtivesse o controle. No início, tanto o governo central como a Generalitat da Catalunha (o governo semiautônomo catalão) representariam a classe trabalhadora em definitivo. O governo era chefiado por Caballero, um socialista de esquerda, e contava com ministros que representavam a UGT (sindicatos socialistas) e a CNT (grupos sindicalistas controlados pelos anarquistas). A Generalitat catalã foi por um tempo virtualmente substituída por um Comitê Central das Milícias Antifascistas,[57] composto principalmente por delegados dos sindicatos. Depois, o Comitê foi dissolvido e a Generalitat foi reconstituída para representar os sindicatos e os vários partidos de esquerda. Mas cada reorganização subsequente do governo foi um movimento em direção à direita. Primeiro, o Poum foi expulso da Generalitat. Seis meses depois, Caballero foi substituído pelo socialista de direita Negrín. Pouco depois, a CNT foi posta para fora do governo; depois a UGT; depois a CNT foi expulsa da Generalitat. Finalmente, um ano após a eclosão da guerra e da revolução, restou um governo composto por inteiro de socialistas de direita, liberais e comunistas.

    A guinada geral para a direita ocorreu entre outubro e novembro de 1936, quando a URSS começou a fornecer armas ao governo, e o poder passou aos poucos dos anarquistas para os comunistas. Com exceção da Rússia e do México, nenhum país teve a decência de vir em socorro do governo, e o México, por razões óbvias, não podia fornecer armas em grandes quantidades. Consequentemente, os russos ficaram em posição de ditar os termos. Há pouquíssima dúvida de que esses termos eram, em síntese: "Impeçam a revolução ou não receberão armas." O primeiro movimento contra os elementos revolucionários, ou seja, a expulsão do Poum da Generalitat catalã, foi feito por ordem da URSS. Tem-se negado que o governo russo tenha exercido qualquer pressão direta, mas a questão não é de grande importância, pois os partidos comunistas de todos os países podem ser considerados como executores da política russa e ninguém nega que o Partido Comunista tenha sido o principal instigador contra o Poum, depois contra os anarquistas e o grupo dos socialistas de Caballero e, em geral, contra qualquer política revolucionária. Uma vez que a URSS interveio, o triunfo do Partido Comunista foi assegurado. Para começar, a gratidão à Rússia pelas armas e pelo fato de o Partido Comunista, em especial desde a chegada das brigadas internacionais, parecer capaz de vencer a guerra elevou imensamente o prestígio comunista. Em segundo lugar, as armas russas foram fornecidas por meio do Partido Comunista e dos seus partidos aliados, os quais providenciaram para que o mínimo possível de armas fosse para seus oponentes políticos.[58] Em terceiro lugar, ao proclamar uma política não revolucionária, os comunistas foram capazes de reunir todos os que os extremistas tinham amedrontado. Foi fácil, por exemplo, reunir os camponeses mais ricos contra a política de coletivização dos anarquistas. Houve um enorme crescimento no número de membros do partido, e o influxo veio em grande parte da classe média — lojistas, funcionários, oficiais do exército, camponeses abastados etc. A guerra foi essencialmente uma luta triangular. A luta contra Franco tinha de continuar, mas o objetivo do governo era, ao mesmo tempo, recuperar o poder que continuava nas mãos dos sindicatos. Isso foi feito por uma série de pequenos movimentos — uma política de alfinetadas, como disse alguém — que de modo geral foi muito inteligente. Não houve nenhuma medida integral claramente contrarrevolucionária e, até maio de 1937, quase não foi necessário usar a força. Os trabalhadores sempre podiam ser forçados a obedecer por um argumento óbvio demais para ser explicitado: "A menos que vocês façam isso e aquilo, perderemos a guerra." Em todo caso, nem é preciso dizer, parecia que o que era exigido, pela necessidade militar, era a rendição de algo que os trabalhadores tinham conquistado para si próprios em 1936. Mas o argumento dificilmente falharia porque perder a guerra era a última coisa que os partidos revolucionários queriam; se perdessem a guerra, democracia e revolução, socialismo e anarquismo se tornariam palavras sem sentido. Os anarquistas, o único partido revolucionário grande o suficiente para fazer diferença, foram obrigados a ceder ponto por ponto. O processo de coletivização foi controlado, os comitês locais foram eliminados, as patrulhas de trabalhadores foram abolidas e as forças policiais do pré-guerra, amplamente reforçadas e fortemente armadas, foram restauradas, e várias indústrias-chave que estavam sob o controle dos sindicatos foram assumidas pelo governo (a tomada da Central Telefônica de Barcelona, que levou aos combates de maio, foi um dos incidentes desse processo). Por fim, o mais importante de tudo, as milícias de trabalhadores, fundadas nos sindicatos, foram desmembradas aos poucos e redistribuídas entre o novo Exército Popular, um exército "apolítico" de linha semiburguesa, com uma remuneração diferenciada, uma casta de oficiais privilegiados etc. Nessas circunstâncias especiais, esse foi o passo realmente decisivo. Aconteceu mais tarde na Catalunha do que em qualquer outro lugar, porque ali os partidos revolucionários eram mais fortes. É claro, a única garantia que os trabalhadores teriam de reter seus ganhos era mantendo algumas das forças armadas sob seu próprio controle. Como de costume, a dissolução das milícias foi feita em nome da eficiência militar; e ninguém negou que uma reorganização militar completa era necessária. Teria sido, no entanto, perfeitamente possível reorganizar as milícias e torná-las mais eficientes, mantendo-as sob o controle direto dos sindicatos. O objetivo principal da mudança foi assegurar que os anarquistas não tivessem um exército próprio. Além disso, o espírito democrático das milícias fez delas um terreno fértil para ideias revolucionárias. Os comunistas estavam bem cientes disso e investiram incessante e implacavelmente contra o Poum e o princípio anarquista de pagamento igual para todas as classes. Um "aburguesamento" generalizado, uma destruição deliberada do espírito igualitário dos primeiros meses da revolução estava ocorrendo. Tudo aconteceu tão rápido que quem fez visitas sucessivas à Espanha em intervalos de alguns meses declarou que mal parecia o mesmo país. O que pareceu na superfície e por um breve instante ser um Estado operário estava se transformando diante de nossos olhos em uma república burguesa comum, com a divisão normal entre ricos e pobres. No outono de 1937, o "socialista" Negrín declarava em discursos públicos que "respeitamos a propriedade privada", e os membros do Congresso que, no início da guerra, precisaram fugir do país por causa de suas simpatias fascistas suspeitas estavam voltando para a Espanha. Todo o processo é fácil de compreender se nos lembrarmos que procede da aliança temporária que o fascismo, em certas formas, impõe ao burguês e ao trabalhador. Essa aliança, conhecida como Frente Popular, é em essência uma aliança de inimigos, e parece provável que sempre termine com um parceiro engolindo o outro. A única característica inesperada da situação espanhola — e fora da Espanha causou imensos mal-entendidos — é que entre os partidos do lado do governo, os comunistas não se posicionaram na extrema esquerda, mas na extrema direita. Na realidade, isso não deveria causar surpresa, porque as táticas do Partido Comunista em outros lugares, especialmente na França, deixaram claro que o comunismo oficial deve ser considerado, pelo menos por enquanto, como uma força antirrevolucionária. A política inteira do Comintern está agora subordinada (o que é desculpável, considerando a situação mundial) à defesa da URSS, que depende de um sistema de alianças militares. A URSS em particular está aliada à França, um país capitalista-imperialista. A aliança é de pouca utilidade para a Rússia, a menos que o capitalismo francês seja forte; portanto, a política comunista na França precisa ser antirrevolucionária. Isso significa não apenas que os comunistas franceses agora marcham atrás da bandeira tricolor e cantam *A Marselhesa*, mas, o que é mais importante, que eles tiveram que abandonar toda agitação efetiva nas colônias francesas. Passaram-se menos de três anos desde a declaração de [*Maurice*] Thorez, o secretário do Partido Comunista Francês, de que os trabalhadores franceses jamais deveriam lutar contra seus camaradas alemães;[59] hoje, ele é um dos patriotas mais veementes na França. A chave para o comportamento do partido comunista, em qualquer país, é a relação militar desse país, real ou potencial, com a URSS. Na Inglaterra, por exemplo, a posição ainda é incerta, portanto o Partido Comunista Inglês ainda é hostil ao governo nacional e aparentemente contra o rearmamento. Se, entretanto, a Grã-Bretanha entrar em uma aliança ou um entendimento militar com a URSS, os comunistas ingleses, assim como os franceses, não terão escolha a não ser virar bons patriotas e imperialistas. Já existem sinais premonitórios disso. Na Espanha, a "vertente" comunista foi sem dúvida influenciada pelo fato de a França, aliada da Rússia, poder se opor fortemente a um vizinho revolucionário e mover céus e terras para impedir a libertação do Marrocos espanhol. O *Daily Mail*, com suas histórias da revolução vermelha financiada por Moscou, estava ainda mais radicalmente errado do que o normal. Na realidade, foram principalmente os comunistas que impediram a revolução na Espanha. Mais tarde, quando as forças de direita tinham assumido o controle total, os comunistas mostraram-se dispostos a ir muito além dos liberais na caçada aos líderes revolucionários.[60]

Tentei traçar o curso geral da revolução espanhola durante seu primeiro ano porque isso torna mais fácil entender a situação em qualquer momento. Mas não quero sugerir que, em fevereiro, eu tinha todas as opiniões que estão implícitas no que disse anteriormente. Para começar, as coisas que melhor iluminaram meus pensamentos ainda não tinham acontecido e, em qualquer caso, minhas simpatias eram, de certa forma, diferentes do que são agora. Em parte, isso se deu porque o lado político da guerra me entediava e eu naturalmente reagia contra o ponto de vista que mais ouvia falar — ou seja, o ponto de vista do Poum e do ILP. Os ingleses com quem eu estava eram em grande parte membros do ILP, com alguns membros do PC entre eles, e a maioria era bem mais educada politicamente do que eu. Por semanas a fio, durante o período monótono em que nada acontecia em Huesca, eu me vi em meio a uma discussão política interminável. Num celeiro malcheiroso e cheio de correntes de ar da casa de campo onde estávamos hospedados, na escuridão abafada dos abrigos, atrás do parapeito nas horas congelantes da noite, as "vertentes" conflitantes do partido eram debatidas à exaustão. Entre os espanhóis, acontecia o mesmo, e a maioria dos jornais que víamos fazia da rixa interpartidária sua principal característica. Seria preciso ser surdo ou imbecil para não ter ideia do que os vários partidos representavam.

Do ponto de vista da teoria política, havia apenas três partidos que importavam: o PSUC, o Poum e o CNT-FAI, vagamente descrito como anarquista. Abordarei o PSUC primeiro, como sendo o mais importante; foi o partido que triunfou depois, e mesmo nessa época estava visivelmente em ascensão.

É necessário explicar que quando se fala em "vertente" do PSUC, a referência é de fato à "vertente" do Partido Comunista. O PSUC era o partido socialista da Catalunha. Foi formado no início da guerra pela fusão de vários partidos marxistas, incluindo o Partido Comunista catalão, mas agora estava inteiramente sob controle comunista e era filiado à Terceira Internacional. Em outros lugares da Espanha, nenhuma unificação formal entre socialistas e comunistas ocorreu, mas os pontos de vista comunista e socialista de direita podiam ser considerados idênticos em todos os lugares. Grosso modo, o PSUC era o órgão político da UGT (União Geral de Trabalhadores), os sindicatos socialistas. O número de membros desses sindicatos em toda a Espanha agora somava cerca de 1,5 milhão. Eles continham muitos setores dos trabalhadores braçais, mas, desde a eclosão da guerra, receberam também um grande influxo de membros da classe média, pois, nos primeiros dias "revolucionários", pessoas de todos os tipos acharam útil ingressar na UGT ou na CNT. Os dois blocos de sindicatos se sobrepunham, mas, dos dois, a CNT era, de modo mais explícito, uma organização da classe trabalhadora. O PSUC era, portanto, um partido em parte dos trabalhadores e em parte da pequena burguesia — comerciantes, funcionários e camponeses mais ricos.

A "vertente" do PSUC que foi pregada na imprensa comunista e pró-comunista em todo o mundo era aproximadamente a seguinte: "No momento, nada importa exceto vencer a guerra. Sem uma vitória na guerra, nada mais faz sentido. Portanto, não é o momento de falar em avançar a revolução. Não podemos nos dar ao luxo de alienar os camponeses, forçando-os à coletivização. E não podemos nos dar ao luxo de assustar as classes médias que lutam do nosso lado. Acima de tudo, por uma questão de eficiência, devemos acabar com o caos revolucionário. Devemos ter um governo central forte no lugar de comitês locais e ter um exército devidamente treinado e totalmente militarizado sob um comando unificado. Agarrar-se a fragmentos de controle operário e repetir frases revolucionárias não é apenas inútil; é obstruir, e ser até mesmo contrarrevolucionário, porque leva a divisões que podem ser usadas contra nós pelos fascistas. Nesta fase, não lutamos pela ditadura do proletariado, mas pela democracia parlamentar. Quem quer que tente transformar a guerra civil em uma revolução social está jogando a favor dos fascistas e é, na prática, se não na intenção, um traidor."

A "vertente" do Poum diferia disso em todos os pontos, exceto, é claro, na importância de vencer a guerra. O Poum foi um daqueles partidos comunistas dissidentes que surgiram em muitos países nos últimos anos como resultado da oposição ao "stalinismo";[61] isto é, à mudança, real ou aparente, da política comunista. Era composto, em parte, de ex-comunistas e, em parte, de um partido anterior, o Bloco de Trabalhadores e Camponeses. Em números, era um partido pequeno,[62] com pouca influência fora da Catalunha, e sua principal importância era conter uma proporção excepcionalmente alta de membros politicamente conscientes. Na Catalunha, seu reduto principal era Lérida. Não representava nenhum bloco sindical. Os milicianos do Poum eram, em sua maioria, membros da CNT, mas os verdadeiros membros do partido geralmente pertenciam à UGT. No entanto, era apenas na CNT que o Poum tinha alguma influência. A "vertente" do Poum era aproximadamente esta: "É um absurdo falar em opor-se ao fascismo com a 'democracia' burguesa. A 'democracia' burguesa é apenas outro nome para o capitalismo, assim como é o fascismo. Lutar contra o fascismo em nome da 'democracia' é lutar contra uma forma de capitalismo em nome de outra, que pode se transformar na primeira a qualquer momento. A única alternativa real ao fascismo é o controle operário. Se estabelecermos uma meta menor do que essa, entregaremos a vitória a Franco ou, na melhor das hipóteses, deixaremos o fascismo entrar pela porta dos fundos. Enquanto isso, os trabalhadores devem agarrar-se a cada pedaço que conquistaram. Se cederem alguma coisa ao governo semiburguês, podem ter certeza de que serão enganados. As milícias operárias e as forças policiais devem ser preservadas em sua forma atual e todos os esforços para 'burguesificá-las' devem ser combatidos. Se os trabalhadores não controlarem as Forças Armadas, elas controlarão os trabalhadores. A guerra e a revolução são inseparáveis".

O ponto de vista anarquista não é tão facilmente definido. Em todo caso, o termo vago "anarquistas" é usado para cobrir uma multidão de pessoas de opiniões muito variadas. O imenso bloco sindical que formava a CNT, com cerca de 2 milhões de filiados, tinha como órgão político a FAI (Federação Anarquista Ibérica), uma verdadeira organização anarquista. Mas, mesmo os membros da FAI, embora sempre movidos, como talvez a maioria espanhola, pela filosofia anarquista, não eram necessariamente anarquistas no sentido mais puro. Em particular desde o início da guerra, eles se direcionaram mais rumo ao socialismo comum, porque as circunstâncias os obrigaram a tomar parte na administração centralizada e até a romper com todos os seus princípios entrando no governo. No entanto, eles difeririam fundamentalmente dos comunistas, tanto que, como o Poum, visavam ao controle por parte dos trabalhadores e não a uma democracia parlamentar. Eles aceitaram o slogan do Poum: "A guerra e a revolução são inseparáveis", embora fossem menos dogmáticos a respeito. Grosso modo, a CNT-FAI era a favor de: (1) Controle direto da indústria pelos trabalhadores envolvidos em cada indústria, por exemplo, transporte, fábricas têxteis etc.; (2) Governo formado por comitês locais e resistência a todas as formas de autoritarismo centralizado; (3) Hostilidade intransigente à burguesia e à Igreja. O último ponto, embora o menos preciso, era o mais importante. Os anarquistas eram o oposto da maioria dos chamados revolucionários. Tanto que, embora seus princípios fossem um tanto vagos, seu ódio ao privilégio e à injustiça era perfeitamente genuíno. Filosoficamente, comunismo e anarquismo estão em campos opostos. Na prática — ou seja, na forma de sociedade visada — a diferença é principalmente de ênfase, mas são quase irreconciliáveis. A ênfase do comunista é sempre no centralismo e na eficiência, a do anarquista, na liberdade e na igualdade.

O anarquismo é profundamente enraizado na Espanha, e é provável que sobreviva ao comunismo quando a influência russa for retirada. Durante os primeiros dois meses da guerra, foram os anarquistas, mais do que todos, que salvaram a situação. Muito mais tarde, as milícias anarquistas, apesar da indisciplina, foram notoriamente as melhores lutadoras entre as forças unicamente espanholas. De fevereiro de 1937 em diante, os anarquistas e o Poum podiam ser, até certo ponto, confundidos. Se os anarquistas, o Poum e a ala esquerda dos socialistas tivessem tido o bom senso de se unir no começo e impor uma política realista, a história da guerra poderia ter sido diferente. Mas, no período inicial, quando os partidos revolucionários pareciam ter o jogo em mãos, isso era impossível. Entre os anarquistas e os socialistas havia ciúmes ancestrais; o Poum, como os marxistas, era cético em relação ao anarquismo, enquanto, do ponto de vista anarquista puro, o "trotskismo" do Poum não era muito preferível ao "stalinismo" dos comunistas. No entanto, as táticas comunistas tendiam a unir os dois partidos. Quando o Poum se juntou à luta desastrosa em Barcelona, em maio, foi principalmente por um instinto de apoiar a CNT. Mais tarde, quando o Poum foi cassado, os anarquistas foram os únicos a ousar defendê-lo.

Então, de maneira geral, o alinhamento de forças era esse. De um lado, a CNT-FAI, o Poum e uma seção dos socialistas, defendendo o controle dos trabalhadores. Do outro, os socialistas de direita, liberais e comunistas, defendendo um governo centralizado e um exército militarizado.

É fácil ver por que, nessa época, eu dava preferência à perspectiva comunista em vez do Poum. Os comunistas tinham uma ação política definida, uma política obviamente melhor do ponto de vista do bom senso, visando apenas a alguns meses à frente. E, era óbvio, a política do dia a dia do Poum, sua propaganda e assim por diante, era indizivelmente ruim. Se assim não o fosse, eles teriam sido capazes de atrair uma massa de seguidores maior. O que fazia toda a diferença era que os comunistas — assim me parecia — continuavam com a guerra, enquanto nós e os anarquistas permanecíamos imóveis. Esse era o sentimento geral na época. Os comunistas tinham ganhado poder e um número considerável de afiliados, em parte apelando às classes médias contra os revolucionários, mas em parte também porque eram as únicas pessoas que pareciam capazes de vencer a guerra. As armas russas e a magnífica defesa de Madri por tropas principalmente sob controle comunista tinham feito dos comunistas os heróis da Espanha. Como alguém disse, todo avião russo que passou por cima de nossa cabeça era propaganda comunista. O purismo revolucionário do Poum, embora eu entendesse sua lógica, parecia-me bastante fútil. Afinal, o que importava era vencer a guerra.

Enquanto isso, havia a diabólica disputa interpartidária que acontecia nos jornais, nos panfletos, nos cartazes, nos livros — por toda parte. Naquela época, os jornais que via com mais frequência eram os do Poum *La Batalla* e *Adelante*, e suas incessantes reclamações contra o PSUC "contrarrevolucionário" me pareciam mesquinhas e cansativas. Mais tarde, quando observei o PSUC e a imprensa comunista mais de perto, percebi que o Poum era quase inocente em comparação com seus adversários. Além de tudo, eles tiveram oportunidades muito menores. Ao contrário dos comunistas, eles não tinham amparo em nenhuma imprensa fora de seu próprio país e, dentro da Espanha, estavam em imensa desvantagem, porque a censura da imprensa estava principalmente sob controle comunista, o que significava que os jornais do Poum estavam sujeitos a serem fechados ou multados se dissessem qualquer coisa prejudicial. Também é justo dizer sobre o Poum que, embora seus membros pudessem pregar sermões intermináveis sobre a revolução e citar Lênin *ad nauseam*, geralmente não se entregavam à difamação pessoal. Também mantinham suas polêmicas principalmente para os artigos de jornais. Seus grandes cartazes coloridos, projetados para um público mais amplo (cartazes são importantes na Espanha, sendo grande parte da população analfabeta), não atacavam partidos rivais, mas eram simplesmente antifascistas ou abstratamente revolucionários; assim como as músicas que os milicianos cantavam. Já os ataques dos comunistas eram um assunto bem diferente. Lidarei com alguns deles mais adiante. Aqui, posso apenas dar uma breve indicação da linha de ataque comunista.

Na superfície, a briga entre os comunistas e o Poum era uma questão de tática. O Poum era pela revolução imediata, os comunistas não. Até aí, tudo bem; há muito a ser dito de ambos os lados. Além do mais, os comunistas argumentavam que a propaganda do Poum dividia e enfraquecia as forças do governo e, portanto, colocava a guerra em perigo. Novamente, embora eu não concorde, pode-se defender bem esse ponto. Mas aqui a peculiaridade da tática comunista entrou em cena. A princípio de maneira hesitante, depois com mais ruído, eles começaram a afirmar que o Poum estava dividindo as forças do governo não por um mau julgamento da realidade, mas intencionalmente. O Poum foi declarado nada mais que uma gangue de fascistas disfarçados, pagos por Franco e Hitler, que pressionava por uma política pseudorrevolucionária como forma de ajudar a causa fascista. O Poum era uma organização "trotskista" e a "quinta coluna de Franco". Isso implicava dezenas de milhares de membros da classe trabalhadora, incluindo 8 mil ou 10 mil soldados que estavam congelando nas trincheiras da linha de frente e centenas de estrangeiros que vieram para a Espanha lutar contra o fascismo, muitas vezes sacrificando seu sustento e sua nacionalidade, serem simplesmente traidores a serviço do inimigo. E essa história se espalhou por toda a Espanha por meio de cartazes e se repetiu de forma contínua na imprensa comunista e pró-comunista de todo o mundo. Eu poderia preencher meia dúzia de livros com citações se decidisse colecioná-las.

Então era isso o que se dizia sobre nós: que éramos trotskistas, fascistas, traidores, assassinos, covardes, espiões e assim por diante. Admito que não era nada agradável, especialmente quando imaginava quem eram as pessoas responsáveis por isso. Não é uma coisa prazerosa ver um menino espanhol de quinze anos sendo carregado em uma maca, com o rosto pálido e atordoado, olhando por entre os cobertores, e pensar nas pessoas finas em Londres e Paris escrevendo panfletos para provar que aquele jovem era um fascista disfarçado. Uma das características mais horríveis da guerra é que toda a propaganda bélica, todos os gritos, as mentiras e o ódio vêm invariavelmente de pessoas que não estão lutando. Os milicianos do PSUC que conheci na linha de frente e os comunistas das brigadas internacionais que encontrei de vez em quando nunca me chamaram de trotskista ou traidor; deixavam esse tipo de coisa para os jornalistas na retaguarda. As pessoas que escreviam panfletos contra nós e nos difamavam nos jornais permaneciam seguras em casa ou, na pior das hipóteses, nas redações de Valência, a centenas de quilômetros das balas e da lama. E, além das calúnias da contenda interpartidária, todas as coisas usuais de guerra, o palavreado violento, a grandiloquência, a depreciação do inimigo — tudo isso foi feito, como sempre, por pessoas que não estavam lutando e que, em muitos casos, teriam preferido correr em disparada para não lutar. Um dos efeitos mais deprimentes dessa guerra foi me ensinar que a imprensa de esquerda é tão espúria e desonesta quanto a de direita.[63] Sinto sinceramente que, do nosso lado — do lado do governo —, essa guerra foi diferente das guerras imperialistas comuns; mas, pela natureza da propaganda de guerra, isso nunca poderia ser adivinhado. A luta mal tinha começado quando os jornais de direita e de esquerda mergulharam simultaneamente na mesma fossa de insultos. Nós nos lembramos do cartaz do *Daily Mail*: "VERMELHOS CRUCIFICAM FREIRAS", enquanto para o *Daily Worker*, a Legião Estrangeira de Franco era "composta de assassinos, escravistas brancos, viciados em drogas e do refugo de todos os países europeus". Ainda em outubro de 1937, o *New Statesman* nos presenteava com contos de barricadas fascistas feitas de corpos de crianças vivas (algo nada prático para se fazer uma barricada), e o sr. Arthur Bryant declarava que "serrar as pernas de comerciantes conservadores" era um lugar-comum na Espanha legalista. As pessoas que escrevem esse tipo de coisa nunca lutam; é possível que acreditem que escrever é um substituto para a luta. É o mesmo em todas as guerras; os soldados lutam, os jornalistas gritam, e nenhum verdadeiro patriota chega perto de uma trincheira na linha de frente, exceto nas mais breves visitas de propaganda. Às vezes, é um conforto para mim pensar que o avião está alterando as condições da guerra. Talvez, quando vier a próxima grande guerra, possamos ver uma cena sem precedentes em toda a história: um ufanista com um buraco de bala.

No que diz respeito à parte jornalística, essa guerra foi um embuste como todas as outras. Mas havia essa diferença, que, enquanto os jornalistas costumam reservar suas invectivas mais assassinas para o inimigo, nesse caso, ao longo do tempo, os comunistas e o Poum passaram a escrever com mais amargura uns sobre os outros do que sobre os fascistas. No entanto, na época, não levei isso muito a sério. A disputa entre os partidos era irritante e até repugnante, mas me parecia uma disputa doméstica. Não acreditava que fosse alterar coisa nenhuma ou que houvesse alguma diferença realmente irreconciliável. Percebi que os comunistas e liberais se propuseram a impedir que a revolução avançasse. Não imaginei que eles poderiam ser capazes de revertê-la.

Havia uma boa razão para isso. Estive todo esse tempo no front e, ali, a atmosfera social e política não mudara. Deixei Barcelona no início de janeiro e só saí de licença no final de abril. Durante esse tempo — na verdade, até mais tarde —, as mesmas condições persistiram na faixa de Aragão, pelo menos externamente, controlada pelas tropas anarquistas e do Poum. A atmosfera revolucionária permanecia a mesma de quando eu tinha chegado. O general e o soldado raso, o camponês e o miliciano ainda se tratavam como iguais. Todos recebiam o mesmo pagamento, usavam as mesmas roupas, comiam a mesma comida e chamavam um ao outro de "tu" e "camarada". Não havia classe de chefes nem classe servil, pedintes, prostitutas,[64] advogados, padres, nem lambe-botas, nem bater continência. Eu respirava o ar da igualdade, e era simplório o bastante para imaginar que isso existia em toda a Espanha. Não me dei conta de que, mais ou menos por acaso, estava isolado no setor mais revolucionário da classe trabalhadora espanhola.

Portanto, quando meus camaradas mais politizados me disseram que não se podia adotar uma atitude puramente militar em relação à guerra e que a escolha era entre a revolução e o fascismo, minha tendência era rir deles. De maneira geral, aceitei o ponto de vista comunista, cujo resumo era: "Não podemos falar de revolução enquanto não vencermos a guerra", e não o ponto de vista do Poum, que se resumia a dizer: "Devemos avançar ou teremos de retroceder." Quando, mais tarde, decidi que o Poum estava certo, ou pelo menos mais certo do que os comunistas, não foi de todo baseado na teoria. No papel, a causa comunista era boa. O problema era que o comportamento real deles tornava difícil acreditar que estavam avançando de boa-fé. O lema repetido à exaustão, "A guerra primeiro e a revolução depois", embora sensibilizasse o miliciano médio do psuc, que honestamente pensava que a revolução continuaria quando a guerra tivesse sido vencida, era conversa fiada. O objetivo pelo qual os comunistas trabalhavam não era adiar a revolução espanhola para um momento mais adequado, mas garantir que ela nunca acontecesse. Isso se tornou cada vez mais óbvio com o passar do tempo, à medida que o poder era retirado das mãos da classe trabalhadora e mais e mais revolucionários de todos os matizes eram jogados na prisão. Toda medida era tomada em nome da necessidade militar, porque esse pretexto era, por assim dizer, feito sob encomenda, mas o efeito foi fazer recuar os trabalhadores de uma posição vantajosa para outra em que, quando a guerra acabasse, achariam impossível resistir à reintrodução do capitalismo. Por favor, observe que não me refiro aos comunistas comuns, muito menos aos milhares de comunistas que morreram heroicamente ao redor de Madri. Mas esses não eram os homens que dirigiam a política do partido. Quanto às pessoas mais graduadas, era inconcebível que não estivessem agindo de olhos abertos.

Mas, afinal, valia a pena vencer a guerra, mesmo que a revolução estivesse perdida. E, por fim, comecei a duvidar se, no longo prazo, a política comunista levaria à vitória. Pouquíssimas pessoas parecem ter refletido que uma política diferente poderia ser apropriada a diferentes períodos da guerra. Os anarquistas provavelmente salvaram a situação nos primeiros dois meses, mas foram incapazes de organizar a resistência além de certo ponto. Os comunistas provavelmente salvaram a situação entre outubro e dezembro, mas vencer a guerra de fato era outra questão. Na Inglaterra, a política de guerra comunista foi aceita sem questionamentos, porque pouquíssimas críticas a ela foram autorizadas para publicação e porque sua linha geral — acabar com o caos revolucionário, acelerar a produção, militarizar o exército — parecia realista e eficiente. Vale a pena apontar sua fraqueza inerente.

Para controlar todas as tendências revolucionárias e fazer a guerra o mais parecido possível com uma guerra comum, era necessário jogar fora as oportunidades estratégicas que realmente existiam. Descrevi como estávamos armados, ou desarmados, na frente de Aragão. Há pouquíssima dúvida de que as armas foram deliberadamente retidas, para impedir que caíssem nas mãos dos anarquistas, que depois as usariam para um propósito revolucionário. Como consequência, a grande ofensiva de Aragão, que teria feito Franco se retirar de Bilbao, e talvez de Madri, nunca aconteceu. Mas isso era uma questão relativamente menor. O mais importante é que, uma vez que a guerra foi reduzida a uma "guerra pela democracia", tornou-se impossível fazer qualquer apelo em grande escala pela ajuda da classe trabalhadora no exterior. Se enfrentarmos os fatos, devemos admitir que a classe trabalhadora do mundo olhou para a guerra espanhola com desinteresse. Dezenas de milhares de pessoas vieram lutar, mas as dezenas de milhões atrás delas permaneceram apáticas. Durante o primeiro ano da guerra, acredita-se que todo o público britânico tenha colaborado com vários fundos de "ajuda à Espanha"[65] com cerca de um quarto de milhão de libras — provavelmente menos da metade do que gastavam em uma única semana indo ao cinema. A maneira pela qual a classe trabalhadora nos países democráticos poderia realmente ter ajudado seus camaradas espanhóis seria por meio de ações industriais — greves e boicotes. Nada desse tipo aconteceu. Os líderes trabalhistas e comunistas em todos os lugares declararam ser impensável; e, sem dúvida, estavam certos, desde que também estivessem berrando que a Espanha não tinha nada de "vermelha". De 1914 a 1918, a "guerra pela democracia" teve um tom sinistro. Durante anos, os próprios comunistas ensinaram aos trabalhadores militantes em todos os países que "democracia" era uma forma polida de chamar o capitalismo. Dizer primeiro "A democracia é uma fraude" e depois "Lute pela democracia!" não é uma boa tática. Se, com o enorme prestígio da Rússia soviética por trás, eles tivessem apelado aos trabalhadores do mundo em nome não da "Espanha democrática", mas da "Espanha revolucionária", é difícil acreditar que eles não receberiam uma resposta.

O mais importante de tudo, porém, é que com uma política não revolucionária era difícil, senão impossível, atacar a retaguarda de Franco. No verão de 1937, ele controlava uma população maior que a do governo — muito maior, se contarmos as colônias — com aproximadamente o mesmo número de soldados. Como todos sabem, com uma população hostil às suas costas é impossível manter um exército no campo sem outro efetivo, igualmente grande, para proteger suas comunicações, evitar a sabotagem etc. Era óbvio, portanto, que não houvesse nenhum movimento popular de verdade na retaguarda de Franco. Era inconcebível que as pessoas em seu território, pelo menos os operários e os camponeses mais pobres, gostassem de Franco ou o quisessem, mas a cada virada para a direita a superioridade do governo tornava-se menos aparente. O que resume tudo é o caso do Marrocos. Por que não houve um levante no Marrocos?[66] Franco estava tentando estabelecer uma ditadura infame, e os mouros na verdade o preferiram ao governo da Frente Popular! A verdade palpável é que não foi feita nenhuma tentativa de fomentar um levante no Marrocos, porque isso significaria emprestar um caráter revolucionário à guerra. A primeira providência, para convencer os mouros da boa-fé do governo, teria sido proclamar a independência do Marrocos. E podemos imaginar como os franceses teriam ficado satisfeitos com isso! A melhor oportunidade estratégica da guerra foi jogada fora na vã esperança de apaziguar o capitalismo francês e britânico. Toda a tendência da política comunista era reduzir a guerra a uma guerra comum, não revolucionária, na qual o governo era fortemente prejudicado. Pois uma guerra desse tipo deve ser vencida por meios mecânicos, isto é, em última análise, por suprimentos ilimitados de armas; e o principal doador de armas do governo, a URSS, estava em grande desvantagem, geograficamente, em comparação com a Itália e a Alemanha. Talvez o Poum, com seu slogan anarquista: "A guerra e a revolução são inseparáveis", tenha sido menos visionário do que parece.

Apresentei minhas razões para achar que a política antirrevolucionária comunista estava errada, mas, no que diz respeito a seu efeito sobre a guerra, não espero que meu julgamento esteja correto.

Milhares de vezes tive esperanças de estar errado. Gostaria de ver essa guerra vencida de qualquer forma. E é claro que ainda não podemos dizer o que pode acontecer. O governo pode oscilar para a esquerda novamente, os mouros podem se revoltar por conta própria, a Inglaterra pode conseguir um recuo da Itália, a guerra pode ser vencida por meios militares diretos — não há como saber. Deixo minhas opiniões registradas, e o tempo dirá até que ponto estou certo ou errado.

Mas, em fevereiro de 1937, eu não via as coisas com essa clareza. Estava cansado da inação na frente de Aragão e, principalmente, consciente de que não tinha feito minha parte justa na luta. Costumava pensar no cartaz de recrutamento em Barcelona que perguntava aos transeuntes: "O que você fez pela democracia?" Sinto que só poderia responder: "Já peguei minhas rações." Quando entrei para a milícia, prometi a mim mesmo matar um fascista — afinal, se cada um de nós matasse um, eles logo estariam extintos — e ainda não havia matado ninguém, mal tive oportunidade de fazê-lo. E, é claro, eu queria ir para Madri. Todos no exército, quaisquer que fossem suas opiniões políticas, sempre queriam ir para Madri. Isso provavelmente significaria entrar para a Coluna Internacional, pois o Poum agora tinha pouquíssimos soldados em Madri e os anarquistas, menos do que antes.

Por um tempo, é claro, era preciso ficar na linha de frente, mas eu dizia a todos que, quando saísse de licença, iria, se possível, trocar para a Coluna Internacional, o que significava me colocar sob o comando comunista. Várias pessoas tentaram me dissuadir, mas ninguém tentou interferir. É justo dizer que quase não havia perseguição aos hereges no Poum, não o bastante, talvez, considerando as circunstâncias especiais; a menos que fosse um pró-fascista, ninguém era penalizado por ter opiniões políticas erradas. Gastei muito do meu tempo na milícia criticando amargamente a "vertente" do Poum, mas nunca tive problemas por isso. Nem mesmo houve pressão para me tornar membro político do partido, embora ache que a maioria dos milicianos o tenha feito. Eu mesmo nunca me juntei ao partido — fato pelo qual depois, quando o Poum foi cassado, me arrependi um pouco.

APÊNDICE 02

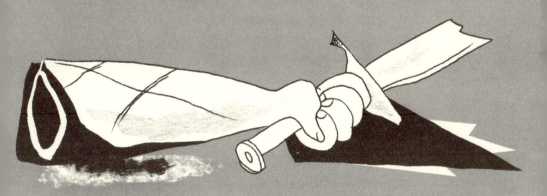

Caso não tenha interesse em controvérsias políticas e na multidão de partidos e subpartidos de siglas confusas (muito parecidas com nomes de generais numa guerra chinesa), por favor, não leia este capítulo. É horrível ser obrigado a discutir em minúcias as polêmicas interpartidárias; é como mergulhar numa fossa sanitária. Porém, vale a pena tentar restabelecer a verdade na medida do possível. Essa rixa sórdida numa cidade remota tem mais relevância do que parece à primeira vista.

Nunca será possível obter um relato totalmente preciso e imparcial dos combates em Barcelona porque não existem os registros necessários. Os historiadores do futuro não terão nada em que se apoiar, a não ser em uma montanha de acusações e propaganda partidária. Eu mesmo tenho poucos dados, além do que vi com meus próprios olhos e o que aprendi com outras testemunhas oculares que acredito serem confiáveis. Posso, no entanto, contradizer algumas das mentiras mais flagrantes e ajudar a colocar o caso sob outra perspectiva.

Em primeiro lugar, o que de fato aconteceu?

Já fazia algum tempo que existia tensão em toda a Catalunha. Em capítulos anteriores deste livro, falei um pouco sobre a luta entre comunistas e anarquistas. Em maio de 1937, as coisas chegaram a um ponto em que algum tipo de surto violento seria considerado inevitável. A causa imediata de atrito foi a ordem do governo para entregar todas as armas particulares, que coincidia com a decisão de constituir uma força policial "apolítica", fortemente armada, da qual os sindicalistas seriam excluídos. O significado disso era óbvio para todos; e era óbvio que o próximo passo seria assumir algumas das indústrias-chave controladas pela CNT. Além disso, havia certo ressentimento entre as classes trabalhadoras por causa do crescente contraste entre riqueza e pobreza e uma vaga sensação de que a revolução tinha sido sabotada. Muitas pessoas ficaram agradavelmente surpresas quando não aconteceram tumultos no 1º de Maio. No dia 3 de maio, o governo decidiu tomar a Central Telefônica, que desde o início da guerra era operada principalmente por trabalhadores da CNT. Alegou-se que a empresa estava sendo mal administrada e as ligações oficiais, grampeadas. [*Rodrigue*] Salas, o chefe da polícia (que poderia ou não estar excedendo-se às ordens), enviou três caminhões carregados de guardas de assalto armados para ocupar o edifício, enquanto as ruas do lado de fora foram evacuadas por policiais à paisana armados. Quase ao mesmo tempo, bandos de guardas de assalto tomaram vários outros edifícios em pontos estratégicos. Qualquer que tenha sido a real intenção, disseminou-se uma crença generalizada de que era esse o sinal para um ataque geral à CNT por parte da Guarda de Assalto e do PSUC (comunistas e socialistas). Correu a notícia de que os edifícios dos trabalhadores estavam sendo atacados, então anarquistas armados foram para as ruas, o trabalho cessou e os combates logo começaram. Naquela noite e na manhã seguinte, barricadas foram erguidas por toda a cidade e não houve interrupção do conflito até a manhã de 6 de maio. A luta foi, entretanto, principalmente defensiva de ambos os lados. Edifícios foram sitiados, mas, até onde sei, nenhum foi invadido e não houve uso de artilharia. De forma geral, as forças CNT-FAI-Poum controlaram os subúrbios da classe trabalhadora, e as forças policiais armadas e o PSUC tomaram a parte central e oficial da cidade. Em 6 de maio, houve um armistício, mas a luta logo voltou a estourar, provavelmente por causa das tentativas prematuras da Guarda de Assalto de desarmar os trabalhadores da CNT. Na manhã seguinte, porém, o povo começou a sair das barricadas por conta própria. Até aproximadamente a noite de 5 de maio, a CNT estava levando a melhor e muitos guardas de assalto se renderam. Mas não havia uma liderança aceita com unanimidade e nenhum plano fixo — na verdade, até onde se podia julgar, não havia plano nenhum, exceto uma vaga determinação de resistir aos guardas de assalto. Os dirigentes oficiais da CNT uniram-se aos da UGT para implorar que todos voltassem ao trabalho; mais importante que tudo, a comida estava acabando. Nessas circunstâncias, ninguém estava suficientemente seguro sobre a situação para continuar lutando. Na tarde de 7 de maio, as condições estavam quase normalizadas. Naquela noite, 6 mil guardas de assalto, enviados pelo mar de Valência, chegaram e assumiram o controle da cidade. O governo emitiu uma ordem para entregar todas as armas, exceto as que estavam em poder das forças regulares, e durante os dias seguintes um grande número de armas foi apreendido. As baixas, durante os combates, foram oficialmente anunciadas com quatrocentos mortos e cerca de mil feridos. É possível que quatrocentos mortos seja um exagero, mas não há como verificar a informação, devemos aceitá-la como correta.

Em segundo lugar, vejamos quais foram as consequências dessa luta. É claro, é impossível dizer com certeza quais foram. Não há evidências de que os combates em Barcelona tiveram qualquer efeito direto sobre o curso da guerra, embora fosse evidente que teriam se tivessem continuado por mais alguns dias. A luta serviu como desculpa para pôr a Catalunha sob o controle direto de Valência, para apressar a dissolução das milícias e para suprimir o Poum e, sem dúvida, isso também teve sua parte na derrubada do governo de Caballero. Mas podemos ter como certo que isso teria acontecido de qualquer maneira. A questão real é se os trabalhadores da CNT que saíram para as ruas ganharam ou perderam ao mostrar bravura na ocasião. É puro palpite, mas minha opinião é que eles ganharam mais do que perderam. A tomada da Central Telefônica de Barcelona foi apenas um incidente em um longo processo. Desde o ano anterior, o poder direto estava sendo gradualmente retirado das mãos dos sindicatos, e o movimento geral era de afastamento da classe trabalhadora do comando, em direção a um controle centralizado, que levasse ao capitalismo de Estado ou, talvez, à reintrodução do capitalismo privado. O fato de que nesse ponto ocorreu resistência provavelmente retardou o processo. Um ano depois da eclosão da guerra, os trabalhadores catalães tinham perdido muito de seu poder, mas sua posição ainda era comparativamente favorável. Teria sido muito menos favorável se eles tivessem deixado claro que se dobrariam a qualquer provocação. Há ocasiões em que vale a pena lutar e ser derrotado do que não lutar.

Em terceiro lugar, qual seria o propósito, se é que havia algum, por trás dos combates? Foi algum tipo de golpe de Estado ou tentativa revolucionária? Pretendia-se derrubar o governo definitivamente? Foi algo planificado?

Minha opinião é que, se houve algum preparo para a luta, foi apenas porque todos já a esperavam. Não havia sinais de nenhum plano bem definido em nenhum dos lados. Do lado anarquista, é provável que a ação tenha sido espontânea, pois foi um assunto que veio principalmente da base. As pessoas foram para as ruas e seus líderes políticos as seguiram com relutância, ou apenas não as seguiram. Os únicos que falavam de forma revolucionária eram o Amigos de Durruti, um pequeno grupo extremista dentro da FAI, e o Poum. Mais uma vez, entretanto, estavam seguindo e não liderando. O Amigos de Durruti distribuiu uma espécie de folheto revolucionário, mas só apareceu em 5 de maio e não se pode dizer que tenha iniciado a luta, que começara por conta própria dois dias antes. Os líderes oficiais da CNT renegaram o caso desde o princípio. Havia uma série de razões para isso. Em primeiro lugar, o fato de a CNT ainda estar representada no governo e na Generalitat garantiu que seus dirigentes fossem mais conservadores do que seus seguidores. Em segundo lugar, o principal objetivo dos líderes da CNT era formar uma aliança com a UGT, e a luta estava fadada a ampliar a divisão entre a CNT e a UGT, pelo menos por enquanto. Em terceiro lugar — embora isso não fosse conhecimento comum na época —, os líderes anarquistas temiam a possibilidade de uma intervenção estrangeira se as coisas fossem além de certo ponto e os trabalhadores tomassem a cidade, como talvez eles estivessem a ponto de fazer em 5 de maio. Um cruzador e dois destróieres britânicos tinham se aproximado do porto e, sem dúvida, havia outros navios de guerra não muito longe. Os jornais ingleses divulgaram que esses navios seguiam para Barcelona "para proteger os interesses britânicos", mas, de fato, não fizeram nenhum movimento nesse sentido;

isto é, não desembarcaram nenhum homem nem retiraram nenhum refugiado. Não há certeza quanto a isso, mas era pelo menos intrinsecamente provável que o governo britânico, que não tinha levantado um dedo para salvar o governo espanhol de Franco, interviria rápido o suficiente para salvá-lo de sua própria classe trabalhadora.

Os dirigentes do Poum não renegaram a luta; na verdade, encorajaram os seus seguidores a permanecer nas barricadas e até deram a sua aprovação (no *La Batalla*, de 6 de maio) ao folheto extremista publicado pelo Amigos de Durruti. (Há grande incerteza quanto a esse folheto, do qual ninguém parece agora ser capaz de apresentar uma cópia.) Em alguns dos jornais estrangeiros, ele foi descrito como um "cartaz incendiário" que foi "colado" por toda a cidade. Certamente, não existia tal cartaz. A partir da comparação de vários relatórios, devo dizer que o folheto clamava por: 1) A formação de um conselho revolucionário (junta); 2) O fuzilamento dos responsáveis pelo ataque à Central Telefônica; 3) O desarmamento dos guardas de assalto. Também há determinada incerteza sobre até que ponto o *La Batalla* expressou concordância com o folheto. Eu mesmo não vi o folheto ou o *La Batalla* dessa data. O único folheto que vi durante a luta foi emitido por um pequeno grupo de trotskistas ("bolcheviques-leninistas"), em 4 de maio. Dizia apenas: "Todos para as barricadas — greve geral de todas as indústrias, exceto nas indústrias de guerra." (Em outras palavras, exigia o que já estava acontecendo.) Mas, na realidade, a atitude dos líderes do Poum era hesitante. Eles nunca foram favoráveis a insurreições até que a guerra contra Franco fosse vencida. Por outro lado, os trabalhadores saíram às ruas e os dirigentes do Poum adotaram a linha marxista um tanto pedante de que, quando os trabalhadores estão nas ruas, é dever dos partidos revolucionários estar com eles. Portanto, apesar de proferir slogans revolucionários sobre o "redespertar do espírito de 19 de julho", e similares, eles faziam o possível para limitar a ação dos trabalhadores à defensiva. Eles nunca, por exemplo, ordenaram um ataque a qualquer edifício. Apenas ordenaram a seus seguidores que permanecessem em guarda e, como já mencionei, não atirassem se pudessem evitar. O *La Batalla* também emitiu instruções para que nenhuma tropa deixasse o front.[67] Pelo que se pode estimar, devo dizer que a responsabilidade do Poum foi de ter instado a todos a permanecer nas barricadas e provavelmente persuadido certo número a ficar ali mais tempo do que o fariam de outra forma. Os que estavam em contato pessoal com os líderes do Poum na época (eu não estava) me disseram que eles na verdade estavam desanimados com tudo, mas sentiram que precisavam estar associados àquilo. Depois, é claro, isso rendeu o capital político de sempre. Gorkin, um dos líderes do Poum, até falou depois sobre "os dias gloriosos de maio". Do ponto de vista da propaganda, essa pode ter sido a vertente certa; decerto o Poum aumentou um pouco em número durante o breve período antes de sua supressão. Taticamente, talvez tenha sido um erro apoiar o folheto do Amigos de Durruti, que era uma organização muito pequena e normalmente hostil ao Poum. Considerando o entusiasmo geral e o que estava sendo dito de ambos os lados, o folheto não dizia muito mais do que "permaneçam nas barricadas", mas, ao parecer aprová-lo, enquanto o jornal anarquista *Solidaridad Obrera* o repudiava, os líderes do Poum facilitaram para a imprensa comunista dizer depois que a luta era uma espécie de insurreição arquitetada exclusivamente pelo partido. No entanto, é certeza que a imprensa comunista teria dito isso de qualquer maneira. Não foi nada comparado com as acusações feitas antes e depois com menos evidências. Os líderes da CNT não ganharam muito com sua atitude mais cautelosa. Foram elogiados por sua lealdade, mas, assim que surgiu a oportunidade, foram afastados tanto do governo como da Generalitat.

Pelo que se podia observar do que se dizia na época, não havia intenção revolucionária autêntica em parte nenhuma. As pessoas por trás das barricadas eram trabalhadores comuns da CNT, com meia dúzia de trabalhadores da UGT entre eles, e o que estavam tentando não era derrubar o governo, mas resistir ao que consideravam, com ou sem razão, um ataque por parte da polícia. A ação deles foi essencialmente defensiva, e eu duvido de que deveria ser descrita, como foi em quase todos os jornais estrangeiros, como um "levante". Um levante implica uma ação agressiva e um plano definido. Foi mais exatamente um motim — um motim muito sangrento, porque ambos os lados tinham armas de fogo nas mãos e estavam dispostos a usá-las.

Mas e as intenções do outro lado? Se não foi um golpe de Estado anarquista, foi talvez um golpe de Estado comunista — um esforço planejado para destruir o poder da CNT de uma só vez?

Não acredito que tenha sido, embora certas coisas possam levar a essa suspeita. É significativo que algo muito semelhante (a ocupação da Central Telefônica por policiais armados sob ordens de Barcelona) tenha acontecido em Tarragona dois dias depois. E, em Barcelona, a invasão na Central Telefônica não foi um ato isolado. Em várias partes da cidade, bandos de guardas de assalto e adeptos do PSUC tomaram prédios em pontos estratégicos, se não antes do início dos combates, pelo menos com surpreendente prontidão. Mas o que é preciso lembrar é que essas coisas estavam acontecendo na Espanha, não na Inglaterra. Barcelona é uma cidade com uma longa história de combates de rua. Nesses lugares as coisas acontecem depressa, as facções já estão prontas, todos conhecem a geografia local e, quando as armas começam a disparar, as pessoas tomam seus lugares quase como em uma simulação de incêndio. Os responsáveis pela apreensão da Central Telefônica presumivelmente esperavam problemas — embora não na escala que de fato aconteceram — e se prepararam para enfrentá-los. Mas isso não quer dizer que estivessem planejando um ataque geral à CNT. Há duas razões pelas quais eu não acredito que nenhum dos lados tenha feito preparativos para ter combates em larga escala:

1) Nenhum dos lados trouxe tropas para Barcelona com antecedência. A luta era apenas entre os que já estavam ali, sobretudo civis e policiais.

2) A comida acabou quase imediatamente. Quem já serviu na Espanha sabe que a única operação de guerra que os espanhóis de fato realizam muito bem é alimentar seus soldados. É muito improvável que eles não tenham armazenado alimentos com antecedência, caso previssem uma ou duas semanas de combates nas ruas e uma greve geral.

Finalmente, quanto aos erros e acertos da situação.

Muita poeira foi levantada pela imprensa antifascista estrangeira, mas, como sempre, apenas um lado foi ouvido. Como resultado, os combates em Barcelona foram apresentados como uma insurreição de anarquistas e trotskistas desleais que estavam "apunhalando o governo espanhol pelas costas", e assim por diante. A questão não era tão simples assim. Sem dúvida, quando se está em uma guerra contra um inimigo mortal, é melhor não começar a lutar entre si; mas vale a pena lembrar que são necessários dois para brigar, e que as pessoas não começam a construir barricadas a menos que tenham sofrido algo que considerem uma provocação.

O problema surgiu naturalmente da ordem dada pelo governo aos anarquistas para que entregassem suas armas. Na imprensa inglesa, isso foi traduzido para os termos ingleses e assumiu a seguinte forma: as armas eram desesperadamente necessárias no front de Aragão e não podiam ser enviadas porque estavam sendo escondidas pelos anarquistas antipatrióticos. Colocar as coisas dessa forma significa ignorar as condições que realmente existiam na Espanha. Todos sabiam que tanto os anarquistas como o PSUC estavam acumulando armas, e quando a luta estourou em Barcelona isso ficou ainda mais claro; ambos os lados dispunham de armas em abundância. Os anarquistas tinham plena consciência de que, mesmo que entregassem suas armas, o PSUC, o principal poder político na Catalunha, ainda manteria as suas; o que de fato aconteceu depois que as batalhas terminaram. Enquanto isso, bem visíveis nas ruas, havia grandes quantidades de armas que teriam sido muito bem-vindas no front, mas que estavam retidas para as forças policiais "apolíticas" da retaguarda. E, por baixo disso, existia a diferença irreconciliável entre comunistas e anarquistas, fadada a se desenvolver para algum tipo de luta, cedo ou tarde. Desde o início da guerra, o Partido Comunista Espanhol cresceu enormemente em número de filiados e capturou a maior parte do poder político, e tinham chegado à Espanha milhares de comunistas estrangeiros, muitos dos quais expressavam abertamente sua intenção de "liquidar" o anarquismo, assim que a guerra contra Franco estivesse ganha. Nessas circunstâncias, dificilmente se poderia esperar que os anarquistas entregassem suas armas, obtidas no verão de 1936.

A ocupação da Central Telefônica foi apenas acender o pavio de uma bomba já existente. Talvez seja possível conceber que os responsáveis imaginaram que isso não causaria problemas. Dizem que [*Lluís*] Companys, o presidente catalão, declarou aos riscos alguns dias antes que os anarquistas aguentariam qualquer coisa.[68] Mas, com certeza, essa não foi uma ação sábia. Durante alguns meses, vinha ocorrendo uma longa série de confrontos armados entre comunistas e anarquistas em várias partes da Espanha. A Catalunha e, especialmente, Barcelona estavam em um estado de tensão que já levara a brigas nas ruas, assassinatos e coisas do tipo. De repente, correu pela cidade a notícia de que homens armados estavam atacando os edifícios que os trabalhadores tinham capturado nos combates de julho e aos quais atribuíam grande importância sentimental. É preciso lembrar que os guardas de assalto não eram adorados pela população da classe trabalhadora. Por várias gerações, *la guardia* tinha sido apenas um apêndice dos proprietários e dos chefes, e os guardas de assalto eram duplamente odiados por serem suspeitos, com razão, de demonstrar uma lealdade muito duvidosa contra os fascistas.[69] É provável que a emoção que levou as pessoas às ruas nas primeiras horas fosse quase a mesma que as levou a resistir aos generais rebeldes no início da guerra. É claro que se pode argumentar que os trabalhadores da CNT deveriam ter entregue a Central Telefônica sem protestar. A opinião de cada um aqui será dirigida por sua atitude em relação à questão do governo centralizado e do comando da classe trabalhadora. Talvez seja mais relevante assim dizer: "Sim, muito provavelmente a CNT tinha razão. Mas, afinal, uma guerra estava acontecendo e eles não tinham nada que começar uma briga atrás dos fronts". Aqui, eu concordo inteiramente. Todo o conflito interno talvez ajudasse Franco. Mas o que de fato precipitou a luta? O governo pode ter ou não o direito de confiscar a Central Telefônica; o ponto é que, naquelas circunstâncias, isso estava fadado a gerar uma briga. Foi uma ação provocativa, um gesto que tinha seu efeito e que presumivelmente significava: "Seu poder acabou — nós estamos assumindo agora". Não era de bom senso esperar outra coisa, a não ser resistência. Se ponderarmos bem, devemos compreender que a culpa não seria atribuída — não em uma questão desse tipo — inteiramente a um lado. A razão pela qual foi aceita uma versão unilateral é apenas porque os partidos revolucionários espanhóis não tinham nenhum apoio na imprensa estrangeira. Na inglesa, em particular, era preciso pesquisar por muito tempo para encontrar qualquer referência favorável, em qualquer período da guerra, aos anarquistas espanhóis. Eles foram sistematicamente difamados e, como sei por experiência própria, é quase impossível conseguir que alguém publique qualquer coisa em defesa deles.

Tentei escrever de maneira objetiva sobre as batalhas em Barcelona, embora, é claro, ninguém possa ser totalmente objetivo em uma questão desse tipo. Somos praticamente obrigados a escolher um lado, e deve ficar bem claro de que lado estou. Devo ter voltado, sem dúvidas, a cometer erros factuais, não apenas aqui, mas em outras partes desta narrativa. É muito difícil escrever com precisão sobre a guerra espanhola, por causa da falta de documentos que não sejam propaganda. Aviso a todos quanto às minhas preferências e advirto também quanto aos meus erros. Ainda assim, fiz o melhor que pude para ser honesto. Mas ficará claro que o relato que fiz é completamente diferente do que apareceu na imprensa estrangeira, em especial na comunista. É necessário examinar a versão comunista, porque foi publicada em todo o mundo, tem sido complementada em intervalos curtos desde então e é provavelmente a mais amplamente aceita.

Na imprensa comunista e pró-comunista, toda a culpa pelos confrontos de Barcelona foi jogada no Poum. O caso foi apresentado, não como uma revolta espontânea, mas como uma insurreição deliberada e planejada contra o governo, engendrada exclusivamente pelo Poum com a ajuda de alguns "incontroláveis" mal dirigidos. Mais do que isso, era, em definitivo, uma conspiração fascista, executada sob ordens fascistas com a ideia de iniciar a guerra civil na retaguarda e, assim, paralisar o governo. O Poum era a "quinta coluna de Franco" — uma organização "trotskista" que trabalhava em parceria com os fascistas. De acordo com o *Daily Worker* (11 de maio):

> Os agentes alemães e italianos que afluíam a Barcelona ostensivamente para "preparar" o notório "Congresso da Quarta Internacional", tinham uma grande tarefa. Era esta: deveriam — em cooperação com os trotskistas locais — preparar uma situação de desordem e derramamento de sangue, na qual seria possível que alemães e italianos declarassem estar "incapacitados de exercer o controle naval das costas catalãs de forma eficaz por causa da desordem prevalecente em Barcelona", estando, portanto, "incapacitados para fazer outra coisa que não desembarcar forças terrestres em Barcelona". Em outras palavras, o que estava sendo preparado era uma situação na qual os governos alemão e italiano pudessem desembarcar tropas ou fuzileiros navais abertamente na costa catalã, declarando que o estavam fazendo "para preservar a ordem...". O instrumento para tudo isso estava à disposição dos alemães e italianos na forma da organização trotskista conhecida como Poum. O Poum, agindo em cooperação com elementos criminosos bem conhecidos e com algumas outras pessoas equivocadas de organizações anarquistas, planejou, organizou e liderou o ataque na retaguarda, cronometrado com precisão para coincidir com o ataque no front de Bilbao etc.

Mais adiante no artigo, os confrontos em Barcelona tornam-se "o ataque do Poum" e, em outro artigo na mesma edição, afirma-se que "não há nenhuma dúvida de que é na porta do Poum que a responsabilidade pelo derramamento de sangue na Catalunha deve ser colocada". A *Inprecor* (29 de maio)[70] afirma que quem ergueu as barricadas em Barcelona era "unicamente os membros do Poum, organizados por esse partido com esse fim".

Eu poderia citar muito mais, mas já está claro o bastante. O Poum era totalmente responsável e agia sob ordens fascistas. Mais adiante, darei mais alguns trechos dos relatos publicados na imprensa comunista; ficará visível que eles são tão contraditórios, a ponto de serem de todo inúteis. Mas, antes de fazer isso, vale a pena apontar várias razões *a priori* pelas quais essa versão dos confrontos de maio como um levante fascista planejado pelo Poum chega perto de ser inacreditável.

1) O Poum não possuía os quadros nem a influência suficiente para provocar transtornos dessa magnitude. Muito menos para convocar uma greve geral. Era uma organização política sem base muito firme nos sindicatos e dificilmente seria mais capaz de convocar uma greve em Barcelona do que (digamos) o Partido Comunista Inglês o seria de organizar uma greve geral em Glasgow. Como disse antes, a atitude dos líderes do Poum pode ter ajudado a prolongar a luta em alguma medida; mas não poderiam tê-la originado, mesmo se quisessem.

2) A suposta conspiração fascista se baseia em afirmações sem fundamento, e todas as evidências apontam o contrário. Diziam que o plano era que os governos alemão e italiano desembarcassem tropas na Catalunha; mas nenhum navio de tropas alemão ou italiano se aproximou da costa. Quanto ao "Congresso da Quarta Internacional" e aos "agentes alemães e italianos" são puro mito. Até onde sei, nem sequer houve conversas sobre um Congresso da Quarta Internacional. Havia planos vagos para um Congresso do Poum e seus partidos irmãos (o Trabalhista inglês ILP, o Social-Democrata alemão etc.); isso tinha sido acertado por algum tempo para julho — dois meses depois —, e nenhum delegado tinha sequer chegado. Os "agentes alemães e italianos" não existem fora das páginas do *Daily Worker*. Quem cruzou a fronteira naquela época sabe que não foi tão fácil "afluir" para a Espanha ou vindo dela.

3) Nada aconteceu nem em Lérida, o principal reduto do Poum, nem no front. É óbvio que, se os líderes do Poum quisessem ajudar os fascistas, teriam ordenado que sua milícia saísse da linha de frente e deixasse os fascistas passar. Mas nada desse tipo foi

feito ou sugerido. Tampouco foram retirados soldados extras do front, embora fosse bastante fácil contrabandear, digamos, mil ou 2 mil homens de volta para Barcelona sob vários pretextos. E não houve tentativa nem mesmo de sabotagem indireta na linha de frente. O transporte de alimentos, munições etc., continuou como de costume; verifiquei isso com uma investigação depois. Acima de tudo, um levante planejado do tipo que se sugeriu teria requerido meses de preparação, propaganda subversiva dentro da milícia, e assim por diante. Mas não houve nenhum sinal ou rumor de tal coisa. O fato de a milícia no front não ter desempenhado nenhum papel no "levante" deveria ser convincente. Se o Poum tivesse realmente planejando um golpe de Estado, é inconcebível que não tivessem usado seus cerca de 10 mil homens armados, a única força de ataque de que dispunham.

Ficará bastante claro, a partir disso, que a tese comunista de um "levante" do Poum sob ordens fascistas não possui nenhuma evidência. Acrescentarei alguns trechos da imprensa comunista. Os relatos dos comunistas do incidente inicial, a invasão da Central Telefônica, são esclarecedores; não coincidem em nada, a não ser em pôr a culpa no outro lado. É notável que nos jornais comunistas ingleses a culpa seja posta primeiro nos anarquistas e só depois no Poum. Há uma razão bastante óbvia para isso. Nem todo mundo na Inglaterra tinha ouvido falar de "trotskismo", enquanto todos que falam inglês estremecem à menção da palavra "anarquista". Basta saber que "anarquistas" estão implicados e a atmosfera correta de preconceito se estabelece; depois disso, a culpa pode ser transferida com segurança para os "trotskistas". O *Daily Worker* começa assim (6 de maio): "Uma gangue minoritária de anarquistas ocupou e tentou se manter nos prédios da Telefônica e dos Telégrafos na segunda e na terça-feira, e começou a atirar na rua."

Não há nada como começar com uma reversão de papéis. Os guardas de assalto atacam um prédio mantido pela CNT; mas então a CNT é representada atacando seu próprio prédio, como se atacasse a si mesma na verdade. Por outro lado, o *Daily Worker* (11 de maio) afirma: "O ministro catalão de esquerda da Segurança Pública, Aiguade, e o comissário-geral da ordem pública da União Socialista, Rodrigue Salas, enviaram a polícia republicana armada ao prédio da Telefônica para desarmar os funcionários, cuja maioria é composta de membros dos sindicatos da CNT."

Isso não parece concordar muito bem com a primeira afirmação; no entanto, o *Daily Worker* não traz nenhuma admissão de que a primeira declaração estivesse errada. O *Daily Worker* de 11 de maio afirma que os folhetos do Amigos de Durruti, repudiados pela CNT, apareceram nos dias 4 e 5 de maio, durante os combates. A *Inprecor* (22 de maio) afirma que eles apareceram no dia 3 de maio, antes das batalhas, e acrescenta que "em vista desses fatos" (o aparecimento desses vários folhetos): "A polícia, chefiada pessoalmente pelo diretor de polícia, ocupou a Central Telefônica na tarde de 3 de maio. A polícia recebeu tiros enquanto cumpria seu dever. Esse foi o sinal para que os provocadores começassem os tiroteios por toda a cidade."

E aqui está a *Inprecor* (29 de maio): "Às três horas da tarde, o comissário da Segurança Pública, camarada Salas, dirigiu-se à Central Telefônica, que, na noite anterior, tinha sido ocupada por cinquenta membros do Poum e vários elementos incontroláveis."

Isso parece bastante curioso. A ocupação da Central Telefônica por cinquenta membros do Poum é o que se chamaria de uma situação pitoresca, e seria de esperar que alguém a tivesse notado na época. No entanto, parece que isso foi descoberto apenas três ou quatro semanas depois. Em outra edição da *Inprecor*, os cinquenta membros do Poum passam a ser cinquenta milicianos do Poum. Seria difícil agrupar mais contradições do que as contidas nessas poucas passagens curtas. Em dado momento, a CNT está atacando a Central Telefônica, no outro está sendo atacada; um folheto aparece antes da invasão da Central Telefônica e é a causa dela, ou, alternativamente, aparece depois e é o resultado dela; as pessoas da Central Telefônica são, alternativamente, membros da CNT e membros do Poum — e por aí vai. E numa edição ainda posterior do *Daily Worker* (3 de junho), o sr. J. R. Campbell nos informa que o governo só confiscou a Central Telefônica porque as barricadas já tinham sido erguidas!

Por motivos de espaço, peguei apenas as reportagens de um incidente, mas as mesmas discrepâncias estão presentes em todos os relatos da imprensa comunista. Além disso, existem várias afirmações que são obviamente pura invenção. Aqui, por exemplo, segue um trecho citado pelo *Daily Worker* (7 de maio), que se afirma ter sido emitido pela Embaixada da Espanha em Paris: "Uma característica significativa do levante foi a velha bandeira monarquista ter sido hasteada da sacada de várias casas em Barcelona, sem dúvida na crença de que aqueles que participaram desse levante tinham se tornado os donos da situação."

O *Daily Worker* provavelmente imprimiu esse trecho de boa-fé, mas os responsáveis por ele na Embaixada da Espanha devem ter mentido de forma deliberada. Qualquer espanhol entenderia a situação interna melhor do que isso. Uma bandeira monarquista em Barcelona! Essa seria a única coisa capaz de unir as facções beligerantes de uma hora para outra. Até os comunistas locais eram obrigados a sorrir ao ler isso. Acontece o mesmo com as reportagens de vários jornais comunistas sobre as armas supostamente usadas pelo Poum durante o "levante". Seriam confiáveis apenas se ninguém soubesse absolutamente nada dos fatos. No *Daily Worker* (17 de maio), o sr. Frank Pitcairn afirma: "Na verdade, todos os tipos de armas foram usados por eles naquela afronta. Havia as armas que eles tinham roubado meses antes e estavam escondidas, e havia armas como tanques, que eles roubaram do quartel no início do levante. É claro que ainda dispunham de dezenas de metralhadoras e vários milhares de fuzis."

A *Inprecor* (29 de maio) também afirma: "No dia 3 de maio, o Poum tinha à sua disposição algumas dezenas de metralhadoras e vários milhares de fuzis. Na Praça de Espanha, os trotskistas acionaram baterias de armas de 75 milímetros que se destinavam à frente de Aragão e que a milícia escondera cuidadosamente em suas instalações."

O sr. Pitcairn não nos diz como nem quando ficou claro que o Poum possuía dezenas de metralhadoras e vários milhares de fuzis.

Fiz uma estimativa das armas que estavam em três dos principais edifícios do Poum — cerca de oitenta fuzis, algumas bombas e nenhuma metralhadora; isso é o suficiente para os guardas armados que, naquela época, todos os partidos políticos colocavam em seus edifícios. Parece estranho que, depois, quando o Poum foi suprimido e todos os seus edifícios tomados, esses milhares de armas nunca tenham aparecido; sobretudo os tanques e os canhões de campanha, que não são o tipo de coisa que possa ser escondida numa chaminé. Mas o que é revelador nas duas afirmações acima é a completa ignorância que demonstram quanto às circunstâncias locais. De acordo com Pitcairn, o Poum roubou tanques "do quartel". Ele não nos diz qual. Os milicianos do Poum que estavam em Barcelona (comparativamente poucos à época, já que o recrutamento direto para as milícias do partido tinha cessado) dividiam o Quartel Lênin com um número consideravelmente maior de soldados do Exército Popular. O sr. Pitcairn nos pede para acreditar, portanto, que o Poum roubou tanques com a conivência do Exército Popular. O mesmo acontece com as "instalações" nas quais os canhões de 75 milímetros teriam sido escondidos. Não há menção ao lugar onde estariam essas "instalações". Aquelas baterias de fuzis, disparando sobre a Praça de Espanha, apareceram em muitas reportagens de jornais, mas podemos afirmar, com certeza, que nunca existiram. Como mencionei antes, não ouvi nenhum fogo de artilharia durante os confrontos, embora a Praça de Espanha ficasse a apenas 1,5 quilômetro de distância. Poucos dias depois, examinei a Praça de Espanha e não encontrei nenhum edifício com marcas de projéteis. E uma testemunha ocular que esteve na vizinhança durante todo o conflito declarou que nenhum canhão apareceu por ali. (A propósito, a história das armas roubadas pode ter se originado com Antonov-Ovseenko, o cônsul-geral da Rússia. Ele, de alguma maneira, a contou para um conhecido jornalista inglês, que depois a repetiu de boa-fé em um semanário. Antonov-Ovseenko desde então foi "expurgado". Como isso afeta sua credibilidade, não sei.) A verdade, com certeza, é que essas histórias sobre tanques, canhões de campanha e outras coisas só foram inventadas porque, de alguma forma, ficaria difícil conciliar a escala dos combates em Barcelona com os pequenos quadros do Poum. Era preciso afirmar que o Poum era completamente responsável pelas batalhas; e também que era um partido insignificante, sem seguidores e que "contava apenas com alguns milhares de membros", segundo a *Inprecor*. A única esperança de tornar ambas as afirmações verossímeis era fingir que o Poum contava com todas as armas de um moderno exército mecanizado.

É impossível ler as reportagens da imprensa comunista sem perceber que se dirigem conscientemente a um público que ignora os fatos e que elas não têm outro propósito senão o de fomentar preconceitos. Daí, por exemplo, declarações como as do sr. Pitcairn no *Daily Worker* de 11 de maio dizendo que o "levante" foi reprimido pelo Exército Popular. A ideia, aqui, é dar a quem está de fora a impressão de que toda a Catalunha estava solidamente contra os "trotskistas". Mas o Exército Popular permaneceu neutro durante os confrontos; todos em Barcelona sabiam disso, e é difícil acreditar que Pitcairn também não soubesse. Ou, ainda, que o malabarismo na imprensa comunista com os números de mortos e feridos tinha o objetivo de exagerar a escala das desordens. Díaz, secretário-geral do Partido Comunista Espanhol, amplamente citado na imprensa comunista, deu os números de novecentos mortos e 2.500 feridos. O ministro da Propaganda da Catalunha, que dificilmente subestimaria os números, falou em quatrocentos mortos e mil feridos. O Partido Comunista dobrou a aposta e adicionou algumas centenas para dar sorte.

Os jornais capitalistas estrangeiros, em geral, botavam a culpa dos combates nos anarquistas, mas alguns seguiam a vertente comunista. Um deles foi o inglês *News Chronicle*, cujo correspondente, o sr. John Langdon-Davies, esteve em Barcelona naquele tempo. Cito partes de seu artigo aqui:

> UMA REVOLTA TROTSKISTA. Isto não foi uma insurreição anarquista. É um *putsch* frustrado do Poum "trotskista", operando por meio de organizações sob o seu controle, o "Amigos de Durruti" e a Juventude Libertária [...] A tragédia começou na tarde de

segunda-feira quando o governo enviou policiais armados para dentro do prédio da Telefônica com o objetivo de desarmar os trabalhadores, que na maioria eram homens da CNT. Graves irregularidades no serviço prestado já estavam causando escândalos havia algum tempo. Uma grande multidão se reuniu na Praça de Catalunha, do lado de fora, enquanto os homens da CNT resistiam, recuando andar por andar até o topo do prédio [...] O incidente foi muito obscuro, mas correu o rumor de que o governo estava contra os anarquistas. As ruas se encheram de homens armados [...] Ao cair da noite, todos os centros de trabalhadores e os edifícios do governo estavam protegidos com barricadas, e às dez horas da noite foram disparados os primeiros tiros e as primeiras ambulâncias começaram a circular pelas ruas. Ao amanhecer, toda Barcelona estava conflagrada [...] À medida que o dia corria e os mortos passavam de cem, era possível adivinhar o que estava acontecendo. A CNT anarquista e a UGT socialista não tinham, tecnicamente, "saído para a rua". Enquanto permaneceram atrás das barricadas, elas se limitavam a esperar vigilantes, uma atitude que incluía o direito de atirar em qualquer coisa armada na rua aberta [...] (as) rajadas generalizadas eram invariavelmente agravadas pelos pacos — homens solitários escondidos, geralmente fascistas, atirando de telhados contra nada em particular, mas fazendo tudo o que podiam para aumentar o pânico geral... Na quarta-feira à noite, porém, começou a ficar claro quem estava por trás da revolta. Todos os muros exibiam um cartaz incendiário clamando por uma revolução imediata e pelo fuzilamento dos líderes republicanos e socialistas. Era assinado pelo "Amigos de Durruti". Na quinta-feira de manhã, os anarquistas negaram prontamente qualquer conhecimento ou simpatia para com aquilo, mas o *La Batalla*, o jornal do Poum, imprimiu o documento com o maior dos elogios. Barcelona, a primeira cidade da Espanha, foi jogada em um derramamento de sangue por *agents provocateurs* usando essa organização subversiva.

Isso não coincide muito bem com as versões comunistas que citei acima, mas se constata que, mesmo como está, soa contraditório. No começo, o caso é descrito como "uma revolta trotskista", depois, afirma que foi o resultado da invasão do prédio da Telefônica e da crença geral de que o governo estava "contra" os anarquistas. A cidade está cheia de barricadas e tanto a CNT como a UGT estão atrás delas; dois dias depois, o cartaz incendiário (na verdade, um panfleto) aparece, e declara-se que isso, por implicação, deu início a tudo — o efeito precedendo a causa. Mas há uma deturpação muito grave aqui. O sr. Langdon-Davies descreve o Amigos de Durruti e a Juventude Libertária como "organizações sob o controle" do Poum. Ambas eram organizações anarquistas e não tinham ligação com o partido. A Juventude Libertária era a liga dos jovens anarquistas, o que corresponde à JSU do PSUC etc. O Amigos de Durruti era uma pequena organização dentro da FAI e, em geral, terrivelmente hostil ao Poum. Pelo que pude descobrir, não havia ninguém que fosse membro dos dois grupos. Seria mais ou menos de igual verdade declarar que a Liga Socialista é uma "organização sob controle" do Partido Liberal Inglês. O sr. Langdon-Davies não tinha conhecimento disso? Se não tinha, deveria ter escrito com mais cautela sobre esse assunto tão complexo.

Não estou atacando a boa-fé do sr. Langdon-Davies; mas é certo que ele deixou Barcelona assim que os confrontos terminaram, ou seja, quando poderia ter iniciado investigações sérias, e ao longo de seu relatório há sinais claros de que ele aceitou a versão oficial de uma "revolta trotskista" sem apuração suficiente. Isso é óbvio até mesmo no trecho que citei. "Ao cair da noite" as barricadas são construídas e "às dez horas" as primeiras rajadas são disparadas. Essas não são palavras de uma testemunha ocular. A partir disso, conclui-se que é natural esperar que o inimigo construa uma barricada para então começar a atirar nele. A impressão que fica é que se passaram algumas horas entre a construção das barricadas e o disparo das primeiras rajadas; quando — obviamente — era o contrário. Eu e muitos outros vimos os primeiros tiros serem disparados no início da tarde. De novo, havia os homens solitários, "geralmente fascistas", que atiram dos telhados. O sr. Langdon-Davies não explica como soube que esses homens eram fascistas. Presume-se que ele não subiu nos telhados e fez perguntas a eles. Ele apenas repete o que lhe foi dito e, como isso se encaixa na versão oficial, não questiona. De fato, ele indica uma provável fonte de muitas de suas informações ao fazer uma referência imprudente ao ministro da Propaganda, no início de seu artigo. Os jornalistas estrangeiros na Espanha estavam desalentadoramente à mercê do Ministério da Propaganda, embora se pudesse pensar que o próprio nome desse ministério já seria uma advertência suficiente. O ministro da Propaganda tinha, é claro, a mesma probabilidade de fazer um relato objetivo sobre os confrontos em Barcelona quanto, digamos, o falecido Lord Carson faria um relato objetivo do levante de 1916, em Dublin.

Apresentei razões para pensar que a versão comunista da luta de Barcelona não pode ser levada a sério. Além disso, devo dizer algo sobre a acusação generalizada de que o Poum era uma organização fascista secreta financiada por Franco e Hitler.

Essa acusação foi repetida diversas vezes na imprensa comunista, principalmente a partir do início de 1937. Fazia parte do esforço mundial do Partido Comunista oficial contra o "trotskismo", do qual se pensava que o Poum seria o representante na Espanha. "Trotskismo", segundo o *Frente Rojo* (o jornal comunista de Valência), "não é uma doutrina política. O trotskismo é uma organização capitalista oficial, um bando terrorista fascista ocupado em perpetrar crimes e sabotar o povo." O Poum era uma organização "trotskista" ligada aos fascistas e parte da "quinta coluna de Franco". O que chama atenção é, desde o início, nenhuma prova ter sido apresentada para embasar tal acusação; ela foi simplesmente declarada com ar de autoridade. E o ataque foi lançado com o máximo de difamação pessoal e com total irresponsabilidade quanto a quaisquer efeitos que pudessem ter sobre a guerra. Comparado ao encargo de difamar o Poum, muitos escritores comunistas parecem ter considerado pouco importante a revelação de segredos militares. Em uma edição de fevereiro do *Daily Worker*, por exemplo, uma escritora (Winifred Bates) teve permissão para dizer que o Poum tinha apenas metade do que afirmava ter de soldados na sua seção do front. Isso não era verdade, mas era possível que a escritora acreditasse que sim. Ela e o *Daily Worker* estavam perfeitamente dispostos, portanto, a entregar ao inimigo uma das informações mais importantes que podem ser passadas por meio de colunas de jornal. No *New Republic*, o sr. Ralph Bates afirmou que as tropas do Poum estavam "jogando futebol com os fascistas na terra de ninguém" em uma época em que, na verdade, as tropas do Poum sofriam pesadas baixas e vários de meus amigos foram mortos ou feridos. Depois, havia a charge perniciosa, que foi amplamente divulgada, primeiro em Madri e depois em Barcelona, representando o Poum retirando uma máscara com a foice e o martelo e revelando por baixo um rosto marcado com uma suástica. Se o governo não estivesse virtualmente sob o controle comunista, nunca teria permitido que algo assim circulasse em tempos de guerra. Foi um golpe deliberado no moral, não só da milícia do Poum, mas de todos os outros que por acaso estivessem por perto, pois não é encorajador ouvir que as tropas a seu lado são traidoras. Na verdade, duvido que os insultos proferidos na retaguarda tenham tido realmente o efeito de desmoralizar a milícia do Poum. Mas, com certeza, foram calculados com esse fim, e os responsáveis devem responder por terem posto o ódio político acima da união contra os fascistas.

A acusação contra o Poum era a seguinte: que uma organização de algumas dezenas de milhares de pessoas, quase todas da classe trabalhadora, além de numerosos ajudantes e simpatizantes estrangeiros, a maioria refugiada de países fascistas, e milhares de milicianos, era simplesmente uma vasta organização de espionagem, financiada pelos fascistas. Tudo isso ia de encontro ao bom senso, e apenas o histórico prévio do Poum era o bastante para não se acreditar nessa acusação. Todos os líderes do Poum tinham histórias revolucionárias para contar. Alguns deles tinham participado da revolta de 1934, e a maioria tinha sido presa por atividades socialistas sob o governo Lerroux ou durante a monarquia. Em 1936, seu líder, Joaquín Maurín, foi um dos deputados que advertiram nas cortes sobre o golpe iminente de

Franco. Algum tempo depois do início da guerra, ele foi feito prisioneiro pelos fascistas quando tentava organizar a resistência na retaguarda de Franco. Quando o golpe foi deflagrado, o Poum desempenhou um papel notável em ser a resistência e, em Madri, em particular, muitos de seus membros foram mortos nos confrontos de rua. Foi uma das primeiras organizações a formar colunas de milícias na Catalunha e em Madri. Parece quase impossível justificar essas como as ações vindas de um partido financiado pelos fascistas. Um partido financiado pelos fascistas simplesmente teria se juntado ao outro lado.

Tampouco ocorreu qualquer sinal de atividades pró-fascistas durante a guerra. Era discutível — embora eu não concorde — que, ao pressionar por uma política mais revolucionária, o Poum tenha dividido forças do governo e, assim, ajudado os fascistas.

Acho que qualquer governo do tipo reformista teria motivos para considerar um partido como o Poum um estorvo. Embora isso seja muito diferente de uma traição direta. Não há por que, se o Poum era de fato uma organização fascista, sua milícia ter permanecido leal ao governo com algo entre 8 mil e 10 mil homens sustentando seções importantes da linha de frente durante as condições intoleráveis do inverno de 1936 e 1937. Muitos deles ficaram nas trincheiras por quatro ou cinco meses seguidos. É difícil conceber então por que eles simplesmente não abandonaram o front ou passaram para o lado inimigo. Isso era sempre possível de ser feito e, às vezes, a consequência teria sido decisiva. No entanto, eles continuaram lutando, e foi logo depois de o Poum ser cassado como partido político, quando o acontecimento ainda estava fresco na mente de todos, que a milícia — ainda não redistribuída no Exército Popular — participou do ataque sangrento ao leste de Huesca, quando vários milhares de homens foram mortos em um ou dois dias. No mínimo, seria de se esperar confraternização com o inimigo e uma deserção geral. Mas, como mencionei antes, o número de deserções foi excepcionalmente pequeno. Repito, seria de se esperar propaganda pró-fascista, "derrotismo", e assim por diante. Não havia, entretanto, nenhum sinal de qualquer coisa do tipo. Claro, deve ter havido espiões fascistas e agentes provocadores no Poum; eles existem em qualquer partido de esquerda; mas não há evidência de que houvesse mais deles lá do que em qualquer outro lugar.

É verdade que alguns dos ataques na imprensa comunista diziam, com certa relutância, que apenas os líderes do Poum eram pagos pelos fascistas, e não os soldados rasos. Mas isso foi apenas uma tentativa de separar as bases de seus líderes. A natureza da acusação implicava dizer que membros comuns, milicianos e outros estivessem todos juntos na conspiração; pois era óbvio que, se Nin, Gorkin e os demais fossem de fato pagos pelos fascistas, era mais provável que isso fosse do conhecimento dos seus seguidores, por estarem em contato com eles, do que de jornalistas em Londres, Paris e Nova York. E, em qualquer caso, quando o Poum foi suprimido, a polícia secreta controlada pelos comunistas agiu supondo que todos eram igualmente culpados e prendeu qualquer um ligado ao Poum, ou seja, todos em quem pudessem botar as mãos, incluindo feridos, enfermeiras, esposas de membros do partido e, em alguns casos, até crianças.

Finalmente, nos dias 15 e 16 de junho, o Poum foi cassado e declarado uma organização ilegal. Esse foi um dos primeiros atos do governo de Negrín, que tomou posse em maio. Quando o comitê executivo do Poum foi jogado na prisão, a imprensa comunista produziu o que pretendia ser a descoberta de uma enorme conspiração fascista. Durante um tempo, a imprensa comunista do mundo inteiro se empolgou com isso. Como o *Daily Worker*, de 21 de junho, resumindo vários jornais comunistas espanhóis:

> TROTSKISTAS ESPANHÓIS CONSPIRAM COM FRANCO. Após a prisão de um grande número de importantes trotskistas em Barcelona e em outros lugares [...], tornaram-se conhecidos, no fim de semana, detalhes de uma das mais horríveis peças de espionagem já conhecidas em tempos de guerra, e a revelação mais horrenda da traição trotskista até hoje [...]. Documentos em poder da polícia, com a confissão completa de nada menos que duzentas pessoas presas, provam [...] etc.

O que essas revelações "provaram" foi o fato de os líderes do Poum estarem transmitindo segredos militares ao general Franco por rádio, estarem em contato com Berlim e agirem em colaboração com a organização secreta fascista em Madri. Além disso, havia detalhes sensacionalistas sobre mensagens secretas em tinta invisível, um documento misterioso com a assinatura de N. (no lugar de Nin) e por aí vai.

Mas o desfecho foi o seguinte: enquanto escrevo, seis meses após o evento, a maioria dos líderes do Poum ainda está na prisão, embora eles nunca tenham sido levados a julgamento e, nem sequer tenham sido formuladas as acusações de comunicação com Franco por rádio etc. Se fossem realmente culpados de espionagem, teriam sido julgados e fuzilados em uma semana, como tantos espiões fascistas antes. Mas nem um fragmento de evidência foi apresentado, exceto declarações sem fundamento na imprensa comunista. Quanto às duzentas "confissões completas" que, se tivessem existido, teriam sido suficientes para condenar qualquer pessoa, nunca mais se ouviu falar delas. Foram, na verdade, duzentas obras da imaginação de alguém.

Mais do que isso, a maioria dos membros do governo espanhol se negou a acreditar nas acusações contra o Poum. Recentemente, o gabinete decidiu, por cinco votos a dois, pela libertação de prisioneiros políticos antifascistas; sendo os dois votos contrários dados pelos ministros comunistas. Em agosto, uma delegação internacional chefiada pelo parlamentar britânico James Maxton foi à Espanha para investigar as acusações contra o Poum e o desaparecimento de Andrés Nin.[71] Prieto, o ministro da Defesa Nacional, Irujo, o ministro da Justiça, Zugazagoitia, o ministro do Interior, Ortega y Gasset, o procurador-geral, Prat Garcia, e outros repudiaram qualquer crença de que os líderes do Poum fossem culpados de espionagem. Irujo acrescentou que examinou o dossiê do caso e que nenhuma das chamadas provas resistiriam a um exame e que o documento supostamente assinado por Nin era "sem valor" — ou seja, uma falsificação. Prieto considerou os líderes do Poum os responsáveis pelos combates de maio em Barcelona, mas rejeitou a ideia de que fossem espiões fascistas. "O que é mais grave", acrescentou, "é que a prisão dos líderes do Poum não foi decidida pelo governo, e a polícia realizou essas detenções por conta própria. Os responsáveis não são os chefes da polícia, mas seu *entourage*, infiltrado pelos comunistas, como sempre". Ele citou outros casos de prisões ilegais pela polícia. Irujo também declarou que a polícia havia se tornado "quase independente" e estava, na realidade, sob o controle de elementos comunistas estrangeiros. Prieto insinuou para a delegação, até que abertamente, que o governo não podia se dar ao luxo de ofender o Partido Comunista enquanto os russos forneciam armas. Quando outra delegação, chefiada pelo parlamentar britânico John McGovern, foi à Espanha em dezembro, obteve praticamente as mesmas respostas anteriores, e Zugazagoitia, o ministro do Interior, repetiu a insinuação de Prieto em termos ainda mais explícitos: "Recebemos ajuda da Rússia e precisávamos permitir certas ações das quais não gostávamos." Como um exemplo da autonomia da polícia, é interessante saber que, mesmo com uma ordem assinada pelo diretor das prisões e pelo ministro da Justiça, McGovern e os outros não conseguiram obter autorização para entrar em uma das "prisões secretas" mantidas pelo Partido Comunista em Barcelona.[72]

Acho que isso é o bastante para deixar o assunto claro. A acusação de espionagem contra o Poum baseava-se apenas em artigos da imprensa comunista e nas atividades da polícia secreta controlada pelos comunistas. Os líderes do Poum e centenas ou milhares de seus seguidores ainda estão nas prisões, e durante os últimos seis meses a imprensa comunista continuou a clamar pela execução dos "traidores". Negrín e os outros, porém, mantiveram a cabeça no lugar e se recusaram a iniciar um massacre indiscriminado de "trotskistas". Considerando a pressão que foi colocada sobre eles, é um grande mérito eles terem tomado essa postura. Enquanto isso, diante do que citei antes, fica muito difícil acreditar que o Poum fosse realmente uma organização de espionagem fascista, a menos que se acredite também que Maxton, McGovern, Prieto, Irujo, Zugazagoitia e os demais sejam todos financiados pelos fascistas.

Por fim, quanto à acusação de o Poum ser "trotskista", essa palavra agora é difundida com cada vez mais liberdade e é usada de uma forma extremamente enganosa e muitas vezes com a intenção de enganar. Vale a pena parar para defini-la. A palavra trotskista é usada para significar três coisas distintas:

1) Alguém que, como Trótski, defende a "revolução mundial" contra o "socialismo em um único país". De uma forma mais vaga, um extremista revolucionário.
2) Um membro da organização real, da qual Trótski é o líder.
3) Um fascista disfarçado, passando-se por revolucionário, que pratica sabotagens na urss, mas, em geral, atua para dividir e minar as forças de esquerda.

No primeiro sentido, o Poum provavelmente seria descrito como trotskista. O mesmo pode acontecer com o ILP, o Social-Democrata SAP alemão, os socialistas de esquerda na França, e assim por diante. Mas o Poum não tinha nenhuma conexão com Trótski nem com a organização trotskista ("bolchevique-lenninista"). Quando a guerra estourou, os trotskistas estrangeiros que vieram para a Espanha (quinze ou vinte deles) trabalharam a princípio para o Poum, como o partido mais próximo de seu próprio ponto de vista, mas sem se tornarem membros; mais tarde, Trótski ordenou que seus seguidores atacassem a política do Poum, e os trotskistas foram expurgados dos escritórios do partido, embora alguns tenham permanecido na milícia. Nin, o líder do Poum após a captura de Maurín pelos fascistas, foi secretário de Trótski, mas o deixara havia alguns anos e formou o Poum pela fusão de vários comunistas de oposição com um partido anterior, o Bloco de Trabalhadores e Camponeses. A associação de Nin com Trótski tem sido usada na imprensa comunista para mostrar que o Poum era realmente trotskista.

Pela mesma linha de argumentação, poderia ser demonstrado que o Partido Comunista Inglês é realmente uma organização fascista, devido à associação do sr. John Strachey com Sir Oswald Mosley.

No segundo sentido, o único em que a palavra é definida com exatidão, o Poum certamente não era trotskista. É importante fazer essa distinção, porque é dado como certo pela maioria dos comunistas que um trotskista nesse segundo sentido é invariavelmente um trotskista no terceiro sentido — ou seja, que toda a organização trotskista é simplesmente uma máquina de espionagem fascista. O "trotskismo" só veio a público no tempo dos julgamentos por sabotagem russos, e chamar um homem de trotskista é praticamente o equivalente a chamá-lo de assassino, agente provocador etc. Mas, ao mesmo tempo, qualquer um que critique a política comunista de um ponto de vista de esquerda pode ser denunciado como um trotskista. Conclui-se então que todos os que professam o extremismo revolucionário são financiados pelos fascistas?

Na prática isso ocorre, ou não, de acordo com a conveniência local. Quando Maxton foi à Espanha com a delegação que mencionei acima, o *Verdad*, o *Frente Rojo* e outros jornais comunistas espanhóis imediatamente o denunciaram como um "trotskista-fascista", espião da Gestapo, e assim por diante. No entanto, os comunistas ingleses tiveram o cuidado de não repetir essa acusação. Na imprensa comunista inglesa, Maxton torna-se apenas um "inimigo reacionário da classe trabalhadora", o que é convenientemente vago. A razão, é claro, é que as várias lições amargas produziram na imprensa comunista inglesa um pavor generalizado da lei contra crimes de calúnia e difamação. O fato de a acusação não ter sido repetida em um país onde teria de ser provada é confissão suficiente de que se trata de uma mentira.

Pode parecer que discuti as acusações contra o Poum mais longamente do que o necessário. Comparado com as enormes misérias de uma guerra civil, esse tipo de disputa destrutiva entre os partidos, com suas injustiças inevitáveis e falsas acusações, pode parecer trivial. Não é bem assim. Acredito que calúnias e campanhas de imprensa desse tipo, e os hábitos mentais que elas indicam, são capazes de causar o dano mais mortal à causa antifascista.

Qualquer um que tenha dado atenção a esse assunto sabe que a tática comunista de lidar com os adversários políticos por meio de acusações fabricadas não é novidade. Hoje, a palavra-chave é "trotskista-fascista"; ontem foi "social-fascista". Passaram-se apenas seis ou sete anos desde que os julgamentos do Estado russo "provaram" que os líderes da Segunda Internacional, incluindo, por exemplo, Léon Blum e membros proeminentes do Partido Trabalhista Inglês, estavam tramando um enorme complô para a invasão militar da URSS. Hoje, no entanto, os comunistas franceses estão muito satisfeitos em aceitar Blum como líder, e os comunistas ingleses estão movendo céus e terra para entrar no Partido Trabalhista. Duvido que esse tipo de coisa valha a pena, mesmo de um ponto de vista sectário. E, nesse meio-tempo, não há nenhuma dúvida possível quanto ao ódio e à dissensão que a acusação de "trotskista-fascista" está causando. Comunistas das bases em todos os lugares são levados a uma caça às bruxas sem sentido atrás dos "trotskistas", e partidos do tipo do Poum são levados de volta à posição terrivelmente estéril de serem meros partidos anticomunistas. Já se iniciou uma divisão perigosa no movimento da classe trabalhadora mundial. Mais algumas calúnias contra os socialistas incondicionais, mais algumas armações como as acusações contra o Poum e a cisão pode se tornar irreconciliável. A única esperança é manter a controvérsia política num plano em que uma discussão exaustiva seja possível. Entre os comunistas e aqueles que estão ou afirmam estar à esquerda deles, há uma diferença real. Os comunistas afirmam que o fascismo pode ser derrotado por meio de uma aliança com setores da classe capitalista (a Frente Popular); seus opositores afirmam que essa manobra simplesmente dá ao fascismo novos criadouros. A questão precisa ser resolvida; tomar a decisão errada pode significar séculos de semiescravidão. Mas, enquanto nenhum argumento for produzido, exceto um grito de "trotskista-fascista!", a discussão nem sequer poderá ser iniciada. Seria impossível para mim, por exemplo, debater os acertos e os erros da luta de Barcelona com um membro do Partido Comunista, porque nenhum comunista — isto é, nenhum comunista "dos bons" — admitiria que fiz um relato verdadeiro dos fatos. Se ele seguisse a "vertente" do seu partido obedientemente, precisaria declarar que minto ou, na melhor das hipóteses, que estou irremediavelmente enganado e que qualquer um que veja as manchetes do *Daily Worker* a mais de mil quilômetros do palco dos acontecimentos saberia mais do que estava acontecendo em Barcelona do que eu. Em tais circunstâncias, não pode haver argumento; o mínimo necessário de acordo não pode ser alcançado. Qual é o propósito de dizer que homens como Maxton são pagos pelos fascistas? Somente o de tornar impossível qualquer discussão séria. É como se, no meio de um torneio de xadrez, um competidor de repente começasse a gritar que o outro é culpado de incêndio criminoso ou de bigamia. O ponto que está de fato em questão permanece intocado. A difamação não resolve nada.

RECORDANDO A ★ GUERRA ★ ESPANHOLA

I

Em primeiro lugar, as recordações físicas, o som, os cheiros e a aparência das coisas.

É curioso que, mais vividamente do que qualquer outra coisa que aconteceu depois na guerra espanhola, eu me lembre da semana do chamado "treino" que recebemos antes de sermos enviados para o front — o enorme quartel de cavalaria em Barcelona com seus estábulos cheios de correntes de ar e pátios de paralelepípedos, a água gélida que corria das bombas em que nos lavávamos, as refeições imundas toleráveis apenas com copos de vinho, as milicianas de calças cortando lenha e a chamada de manhã bem cedo, quando meu prosaico nome inglês fazia uma espécie de intervalo cômico entre os retumbantes nomes espanhóis: Manuel Gonzalez, Pedro Aguilar, Ramon Fenellosa, Roque Ballaster, Jaime Domenech, Sebastian Viltron,

Ramon Nuvo Bosch. Cito esses homens em particular porque me lembro do rosto de cada um deles. Exceto por dois, meros ralés que sem dúvida se tornaram bons falangistas[73] por agora, é provável que todos estejam mortos. Dois deles sei que o estão, o mais velho teria cerca de 25 anos, o mais novo, 16.

Uma das experiências essenciais da guerra é nunca conseguir escapar de cheiros repugnantes de origem humana. As latrinas são um assunto inesgotável da literatura de guerra, e eu não as mencionaria se não fosse o fato de a latrina do nosso quartel ter contribuído para acabar com minhas ilusões sobre a Guerra Civil Espanhola. O tipo latino de latrina, na qual é necessário se agachar, já é ruim o suficiente, mas elas ainda eram feitas de algum tipo de pedra polida, tão escorregadia que se agachar era tudo o que se podia fazer para não cair. Além disso, estavam sempre entupidas. Agora, tenho muitas outras coisas repugnantes em minha memória, mas acredito que foram essas latrinas que me trouxeram este pensamento, que se tornaria recorrente: "Aqui estamos, soldados de um exército revolucionário, defendendo a democracia contra o fascismo, lutando em uma guerra que é sobre alguma coisa, e os detalhes de nossa vida são tão sórdidos e degradantes quanto seriam em uma prisão, ou mesmo em um exército burguês." Mais tarde, muitas outras coisas reforçaram essa impressão; por exemplo, o tédio e a fome animal da vida na trincheira, as intrigas esquálidas por restos de comida, as brigas mesquinhas às quais pessoas exaustas pela privação de sono se entregavam.

O horror essencial da vida no exército (qualquer um que tenha sido um soldado saberá o que quero dizer com o horror essencial da vida no exército) quase não é afetado pela natureza da guerra em que se está lutando. A disciplina, por exemplo, é basicamente a mesma em todos os exércitos. As ordens têm de ser obedecidas e aplicadas mediante punição, se necessário, a relação entre oficial e homem tem que ser a relação entre alguém superior e outro inferior. A imagem da guerra apresentada em livros como *Nada de novo no front* [de Erich Maria Remarque] é essencialmente verdadeira. As balas ferem, os cadáveres fedem, os homens sob fogo cruzado costumam ficar com tanto medo que mijam nas calças. É verdade que o pano de fundo social em que o exército existe pode afetar seu treinamento, as táticas e a eficiência geral. Também a consciência de estar do lado certo pode elevar o moral, embora isso afete a população civil mais do que as tropas. (As pessoas esquecem que um soldado em qualquer lugar perto da linha de frente geralmente está com muita fome, ou com medo, ou com frio, ou, acima de tudo, muito cansado para se preocupar com as origens políticas da guerra.) Mas as leis da natureza não são suspensas por um exército "vermelho" mais do que para um "branco". Um piolho é um piolho e uma bomba é uma bomba, mesmo que a causa pela qual se luta seja justa.

Por que vale a pena apontar algo tão óbvio? Porque a maior parte da intelectualidade britânica e americana não tinha, evidentemente, consciência disso naquele tempo, assim como não tem agora. Nossas memórias são curtas hoje em dia, mas olhe um pouco para trás, cave nos arquivos do jornal *New Masses* ou do *Daily Worker*, e apenas dê uma olhada na lama romântica e belicista que nossos esquerdistas estavam chafurdando naquela época. Todas as velhas frases desgastadas! E a insensibilidade sem imaginação disso! O sangue-frio com que Londres enfrentou o bombardeio de Madri! Aqui, não estou me preocupando com os contrapropagandistas da direita, os Lunns, Garvins *et hoc genus*; sobre eles nem é necessário falar. Mas eis que as mesmas pessoas que, por vinte anos, zombavam da "glória" da guerra, das atrocidades, do patriotismo, até mesmo da coragem física, publicam agora artigos que, com a alteração de alguns nomes, teriam cabido no *Daily Mail* de 1918. Se havia algo com que a intelectualidade britânica estava comprometida, era em desmascarar a versão da guerra, a teoria de que a guerra consiste em cadáveres e latrinas e nunca tem um bom resultado. Bem, as mesmas pessoas que em 1933 dariam risinhos piedosos se você dissesse que, em certas circunstâncias, lutaria por seu país, em 1937 o estariam denunciando como um trotskista-fascista se você sugerisse que as histórias em *New Masses* sobre feridos clamando para voltar à luta poderiam ser exageradas. E a intelectualidade de esquerda pulou de "a guerra é o inferno" para "a guerra é gloriosa", sem nenhum senso de incongruência, mas também sem um estágio intermediário. Mais tarde, a maior parte deles faria outras transições igualmente violentas. Deve haver um número bastante grande de pessoas, uma espécie de núcleo central da intelectualidade, que aprovou a declaração de "O Rei e o país" em 1935, gritou por uma "linha firme" contra a Alemanha em 1937, apoiou a Convenção do Povo em 1940, e agora está exigindo uma Segunda Frente.

No que diz respeito à massa do povo, as extraordinárias oscilações de opinião que ocorrem hoje em dia, emoções que podem ser abertas e fechadas como uma torneira, são o resultado da hipnose do jornal e do rádio. Entre os membros da intelligentsia, devo dizer que essas oscilações resultam menos do dinheiro do que da mera segurança física. Em um dado momento, eles podem ser pró ou contra a guerra, mas em ambos os casos não possuem uma imagem realista da guerra em mente. Quando ficaram entusiasmados com a guerra espanhola, sabiam, é claro, que pessoas estavam sendo mortas e que ser morto era desagradável, mas sentiram que, para um soldado do exército republicano espanhol, a experiência da guerra, de alguma forma, não era degradante. De alguma forma, as latrinas cheiravam menos, a disciplina era menos irritante. Basta ler o *New Statesman* para ver que eles acreditavam nisso. Exatamente a mesma besteira está sendo escrita sobre o Exército Vermelho agora. Nós nos tornamos civilizados demais para captar o óbvio. A verdade é muito simples. Para sobreviver, muitas vezes é preciso lutar, e para lutar é necessário se sujar. A guerra é um mal, e muitas vezes é o mal menor. Aqueles que pegam a espada morrem pela espada, e aqueles que não pegam a espada morrem por doenças fedorentas. O fato de que uma platitude como essa valha a pena ser escrita mostra o que os anos de capitalismo rentista fizeram conosco.

II

A respeito do que acabo de dizer, uma nota explicativa sobre atrocidades.

Tenho poucas evidências diretas sobre as atrocidades na Guerra Civil Espanhola. Sei que algumas foram cometidas pelos republicanos, e muitas mais pelos fascistas (que ainda continuam). Mas, o que me impressionou naquele tempo, e tem me impressionado desde então, é o fato de as atrocidades poderem ser encaradas como verdade ou mentira de acordo com a predileção política.[74] Todos acreditam nas atrocidades feitas pelo inimigo e não nas cometidas pelo seu lado, sem nunca se preocupar em examinar as evidências. Recentemente, fiz uma tabela de atrocidades cometidas desde 1918 até o presente. Nunca houve um ano em que atrocidades não estivessem ocorrendo em um lugar ou outro, e dificilmente houve um único caso em que a esquerda e a direita acreditassem nas mesmas histórias ao mesmo tempo. E, mais estranho ainda, a qualquer momento a situação pode se reverter de repente e a história de atrocidade mais do que comprovada de ontem pode se tornar uma mentira ridícula, apenas porque o cenário político mudou.

Na guerra atual [em 1942, a Segunda Guerra Mundial], estamos na curiosa situação de que nossa "campanha de atrocidade" foi realizada em grande parte antes do início da guerra e feita sobretudo pela esquerda, que normalmente se orgulha de sua incredulidade. No mesmo período, a direita, os promotores de atrocidades de 1914 a 1918, estavam olhando para a Alemanha nazista e se recusando terminantemente a ver qualquer mal nisso. Então, assim que a guerra estourou, eram os pró-nazistas de ontem que estavam repetindo histórias de terror, enquanto os antinazistas de repente começaram a duvidar da existência da Gestapo. E isso não foi apenas resultado do pacto russo-alemão[75] em parte porque, antes da guerra, a esquerda acreditava erroneamente que a Grã-Bretanha e a Alemanha nunca lutariam e, portanto, eram capazes de ser antialemães e antibritânicos ao mesmo tempo. Em parte também porque a propaganda oficial de guerra, com sua nojenta hipocrisia e presunção, sempre tende a fazer as pessoas pensantes simpatizar com o inimigo. Parte do preço que pagamos pela mentira sistemática de 1914 a 1918 foi a reação pró-alemã exagerada que se seguiu. Durante os anos de 1918 a 1933, alguém seria criticado nos círculos de esquerda se sugerisse que a Alemanha tinha pelo menos uma fração da responsabilidade pela guerra. Em todas as denúncias ao Tratado de Versalhes (1919) que ouvi durante aqueles anos, acho que nunca ouvi a pergunta "o que teria acontecido se a Alemanha tivesse vencido?" ser mencionada; nem sequer discutida. O mesmo ocorre com as atrocidades. A verdade, ao que parece, torna-se mentira quando seu inimigo a enuncia. Recentemente, percebi que as mesmas pessoas que engoliram qualquer história de terror sobre os japoneses em Nanquim, em 1937, se recusaram a acreditar nas mesmas histórias sobre Hong Kong, em 1942. Havia até uma tendência a achar que as atrocidades de Nanquim tinham se tornado retroativamente falsas porque o governo britânico agora chamava atenção para elas.

Mas, infelizmente, a verdade sobre as atrocidades é muito pior do que mentir sobre elas e transformá-las em propaganda. A verdade é que elas acontecem. O fato citado com frequência como motivo de ceticismo — que as mesmas histórias de terror surgem em todas as guerras — apenas torna mais provável que essas histórias sejam verdadeiras. É claro, são fantasias generalizadas, e a guerra oferece uma oportunidade de colocá-las em prática. Ademais, embora tenha deixado de estar na moda dizer isso, há poucas dúvidas de que o que se pode chamar de "brancos" cometeram muito mais e piores atrocidades do que os "vermelhos".[76] Não há a menor dúvida, por exemplo, sobre o comportamento dos japoneses na China. Não resta muita dúvida sobre a longa história de ultrajes fascistas durante os últimos dez anos na Europa. O volume de testemunhos é enorme e uma parte respeitável deles vem da imprensa e das rádios alemãs. Essas coisas realmente aconteceram, e por isso precisamos estar atentos. Elas aconteceram, mesmo que Lord Halifax diga que elas não aconteceram. Os estupros e massacres nas cidades chinesas, as torturas nos porões da Gestapo, os velhos professores judeus jogados nas fossas, o metralhar dos refugiados ao longo das estradas espanholas — tudo isso aconteceu, e não aconteceu menos porque o *Daily Telegraph* descobriu, de repente, sobre eles, cinco anos depois e, portanto, tarde demais.

III

Duas recordações, a primeira delas não prova nada em especial; a segunda, acho, dá certa visão da atmosfera que reinava no período revolucionário.

Certa manhã, eu e outro homem tínhamos saído para disparar à distância contra os fascistas nas trincheiras, fora de Huesca. A linha deles estava separada da nossa por trezentos metros, portanto, nossos fuzis antigos não atirariam com precisão; mas, esgueirando-se para um local a cerca de cem metros da trincheira fascista, era possível, com sorte, atirar em alguém através de um vão no parapeito. Infelizmente, o terreno no meio era um campo de beterraba plano sem cobertura, exceto por algumas valas, e era necessário atravessá-lo enquanto ainda estava escuro e voltar antes que a luz do alvorecer ficasse mais intensa. Dessa vez, nenhum fascista apareceu, ficamos lá muito tempo e fomos surpreendidos pelo nascer do sol. Estávamos em uma vala, mas atrás de nós havia duzentos metros de terreno plano cuja vegetação não cobriria um coelho. Estávamos tentando ganhar coragem para sair correndo quando houve um alvoroço e sopros de apitos na trincheira fascista. Alguns de nossos aviões se aproximavam. Foi então que um homem, provavelmente levando uma mensagem a um oficial, saltou da trincheira e correu ao longo do parapeito diante dos nossos olhos. Ele estava semivestido e segurava as calças com as duas mãos enquanto corria. Eu me abstive de atirar nele. É verdade que sou um péssimo atirador e era provável que não acertasse um homem a cem metros correndo. Estava pensando principalmente em retornar para a nossa trincheira enquanto os fascistas tinham a atenção voltada para os aviões. Mesmo assim, não disparei porque em parte pensava nesse detalhe das calças. Tinha vindo aqui para atirar nos "fascistas", mas um homem segurando as calças não é um "fascista". É visivelmente uma criatura semelhante a você, e aí não se tem vontade de atirar nele.

 O que esse incidente demonstra? Quase nada, porque é o tipo de coisa que acontece o tempo todo em todas as guerras. A outra recordação é diferente. Não creio que, ao contá-la, eu possa torná-la comovente para quem a lê, mas peço que acredite que isso me comoveu, como um incidente característico da atmosfera moral de determinado momento.

 Um dos recrutas que se juntaram a nós enquanto eu estava no quartel era um menino de aparência selvagem das ruelas de Barcelona. Ele estava esfarrapado e descalço. Também era extremamente escuro (sangue árabe, atrevo-me a dizer), e fazia gestos que normalmente não se vê um europeu fazer; um em particular — o braço estendido, a palma da mão na vertical — um gesto característico dos indianos. Um dia, foi roubado do meu beliche um maço de charutos, que, naquela época, ainda podia ser comprado por um preço baixo. Tolamente, relatei isso ao oficial, e um dos malandros, que já mencionei, de pronto se apresentou e disse, de maneira bem inverídica, que tinham sido roubadas 25 pesetas de seu beliche. Por algum motivo, o oficial decidiu imediatamente que o menino de rosto escuro devia ser o ladrão. Eles eram muito severos com os roubos na milícia e, em teoria, as pessoas podiam ser fuziladas por causa disso. O desgraçado do menino aceitou ser levado à sala da guarda para ser revistado. O que mais me abalou foi que ele mal tentou alegar sua inocência. No fatalismo de sua atitude, dava para adivinhar a pobreza desesperadora em que tinha sido criado. O oficial ordenou que ele tirasse a roupa. Com uma humildade que me horrorizou, ele se despiu e suas roupas foram revistadas. É claro que nem charutos nem dinheiro estavam lá, pois a verdade é que ele não os roubara. O mais doloroso de tudo é que ele não parecia menos envergonhado depois de sua inocência ter sido demonstrada. Naquela noite, levei-o ao cinema e dei-lhe conhaque e chocolate. Mas isso também foi horrível — quero dizer, a tentativa de eliminar uma injúria com dinheiro. Durante alguns minutos, meio que acreditei que ele fosse um ladrão, e isso não poderia ser apagado.

Bem, algumas semanas depois, no front, tive problemas com um dos homens da minha seção. Nessa época, eu era um "cabo", comandando doze homens. Era uma guerra estática, fazia um frio terrível, e a principal tarefa era fazer com que as sentinelas ficassem acordadas em seus postos. Um dia, um homem de repente se recusou a ir a determinado posto que, dizia ele com toda a razão, ficava exposto ao fogo inimigo. Era uma criatura frágil, e eu o agarrei e comecei a arrastá-lo em direção ao seu posto. Isso atiçou os ânimos dos outros contra mim, pois os espanhóis, acho, são mais sensíveis do que nós às pessoas humilhadas. Na mesma hora, fui cercado por uma roda de homens gritando: "Fascista! Fascista! Solte este homem! Este não é um exército burguês. Fascista!" O melhor que pude fazer com meu espanhol ruim foi gritar de volta dizendo que as ordens devem ser obedecidas, e a disputa se transformou em uma daquelas enormes discussões, por meio das quais a disciplina é gradualmente forjada nos exércitos revolucionários. Alguns concordaram comigo, outros disseram que eu estava errado. Mas a verdade é que quem ficou do meu lado mais calorosamente entre todos foi o menino de rosto escuro. Assim que viu o que estava acontecendo, ele saltou para o centro da roda e começou a me defender com fervor. Com seu estranho e selvagem gesto indiano, ele exclamava: "*No hay cabo como el!*" [Ele é o melhor cabo que temos!] Mais tarde, ele solicitou uma permissão para se mudar para a minha seção.

Por que esse incidente mexe tanto comigo? Porque em circunstâncias normais, seria impossível restabelecer bons sentimentos entre nós. A acusação implícita de roubo não foi melhorada e provavelmente só piorou depois de minhas tentativas de remediar a situação. Um dos efeitos de uma vida segura e civilizada é uma hipersensibilidade imensa, que faz com que todas as emoções primárias pareçam um tanto repugnantes. A generosidade é tão dolorosa quanto a avareza; a gratidão, tão odiosa quanto a ingratidão. Mas, em 1936, na Espanha, não vivíamos em tempos normais. Foi uma época em que sentimentos e gestos generosos eram mais abundantes do que normalmente são. Eu poderia relatar uma dúzia de incidentes semelhantes, não conectados entre si, mas ligados em minha própria mente com a atmosfera especial da época, as roupas surradas e os cartazes revolucionários em cores vívidas, o uso universalizado da palavra "camarada", as músicas antifascistas impressas em papel fino e vendidas por um centavo, frases como "solidariedade proletária internacional" pateticamente repetidas por homens ignorantes que acreditavam que elas significavam alguma coisa. Você poderia ser amigável com alguém e defendê-lo em uma briga, depois de ter sido revistado de forma vergonhosa em sua presença por um bem que você supostamente roubou dele? Não, não poderia; mas isso seria possível se vocês dois tivessem passado por alguma experiência emocionalmente abrangente. Esse é um dos subprodutos da revolução, embora nesse caso ela estivesse ainda em seu início, e obviamente fadada ao fracasso.

IV

A luta pelo poder entre os partidos republicanos espanhóis é algo infeliz e distante, que não desejo ressuscitar agora. Só a menciono para dizer: não acredite em nada, ou em quase nada, do que é dito sobre assuntos internos do lado do governo. Seja qual for a fonte, é tudo propaganda partidária — isto é, são mentiras. A ampla verdade sobre a guerra é suficientemente simples. A burguesia espanhola viu sua chance de esmagar o movimento operário e a aproveitou, auxiliada pelos nazistas e pelas forças da reação do mundo inteiro. Tenho dúvidas se mais do que isso será provado.

Lembro-me de dizer uma vez a Arthur Koestler que "a História parou em 1936", ao que ele acenou com a cabeça em compreensão imediata. Ambos estávamos pensando no totalitarismo como um todo, mas, mais particularmente, na Guerra Civil Espanhola. Cedo na vida, notei que nenhum acontecimento é noticiado corretamente por um jornal; mas na Espanha, pela primeira vez, vi notícias de jornais que não tinham nenhuma relação com os fatos, nem sequer a relação implícita que existe na simples mentira. Vi reportagens sobre grandes batalhas quando não existiu nenhuma, e silêncio completo quando centenas de homens foram mortos. Vi soldados que lutaram bravamente sendo denunciados como covardes e traidores, e outros que nunca tinham visto um tiro ser disparado serem saudados como heróis de vitórias imaginárias, e vi jornais em Londres divulgando essas mentiras, e intelectuais ansiosos construindo superestruturas emocionais baseadas em eventos que nunca ocorreram. Vi, de fato, a história sendo escrita não em termos do que aconteceu, mas do que deveria ter acontecido de acordo com várias "linhas partidárias". No entanto, de certa forma, por mais horrível que fosse, não tinha importância. Dizia respeito apenas às questões secundárias — nomeadamente, a luta pelo poder entre o Comintern (Internacional Comunista) e os partidos espanhóis de esquerda e os esforços do governo russo para impedir a revolução na Espanha. Mas o panorama geral da guerra que o governo espanhol apresentou ao mundo não era inverídico. As principais questões eram o que diziam que eram. Mas, quanto aos fascistas e seus apoiadores, como eles chegariam perto da verdade? Como mencionariam seus objetivos reais? A versão que eles tinham da guerra era pura fantasia e, em tais circunstâncias, não poderia ser de outra forma.[77]

    A única linha de propaganda possível aos nazistas e fascistas era se eles se apresentassem como patriotas cristãos salvando a Espanha da ditadura russa. Isso implicava fingir que a vida no governo espanhol consistia apenas em um longo massacre (vide o jornal *Catholic Herald* ou o *Daily Mail* — que eram coisa de criança se comparados com a imprensa fascista da Europa continental) e implicava também exagerar imensamente a escala da intervenção russa. Da enorme pirâmide de mentiras que a imprensa católica e reacionária de todo o mundo construiu, deixe-me citar apenas um ponto — a presença de um exército russo na Espanha. Todos os partidários de Franco acreditavam nisso; as estimativas de sua força chegavam a meio milhão de homens. Ora, não havia um exército russo na Espanha. Pode ter havido um punhado de aviadores e outros técnicos, algumas centenas no máximo, mas não um exército. Alguns milhares de estrangeiros que lutaram na Espanha, para não falar de milhões de espanhóis, foram testemunhas disso. Bem, o depoimento deles não convenceu os propagandistas de Franco, nem um único dos que têm feito parte do governo espanhol. Ao mesmo tempo, essas pessoas se recusaram totalmente a admitir o fato da intervenção alemã ou italiana, enquanto a imprensa alemã e italiana se gabava abertamente das façanhas de seus "legionários". Escolhi mencionar apenas um ponto, mas na verdade toda a propaganda fascista sobre a guerra estava nesse nível.

Esse tipo de coisa é assustador para mim, porque muitas vezes me dá a sensação de que o próprio conceito de verdade objetiva está desaparecendo do mundo. Afinal, as chances são de que essas mentiras, ou pelo menos mentiras semelhantes, entrem para a história. Como a história da guerra espanhola será escrita? Se Franco permanecer no poder, as pessoas escolhidas por ele escreverão os livros de história e (para me ater ao meu argumento escolhido) aquele exército russo que nunca existiu se tornará um fato histórico, e as crianças aprenderão sobre ele daqui a gerações. Mas, suponha que o fascismo seja finalmente derrotado e algum tipo de governo democrático seja restaurado na Espanha em um futuro bem próximo; mesmo assim, como deve ser escrita a história da guerra? Que tipo de registros Franco terá deixado para trás? Suponha que até mesmo os registros mantidos pelo lado do governo sejam recuperáveis — mesmo assim, como uma história verdadeira da guerra poderá ser escrita? Pois, como já apontei, o governo também lidou extensivamente com mentiras. Do ângulo antifascista, pode-se escrever uma história amplamente verdadeira da guerra, mas seria uma história partidária, não confiável em todos os pontos menores. No entanto, afinal, algum tipo de história será escrita, e, depois que aqueles que de fato se lembram da guerra estiverem mortos, ela será universalmente aceita. Portanto, para todos os efeitos práticos, a mentira terá se tornado verdade.

Sei que está na moda dizer que a maior parte da história registrada é mentira de qualquer maneira. Estou disposto a acreditar que a história é, em grande parte, imprecisa e enviesada, mas o que é peculiar da nossa época é o abandono da ideia de que a história pode ser escrita com exatidão. No passado, as pessoas mentiam deliberadamente, ou sem consciência coloriam o que escreviam. Ou lutavam pela verdade, sabendo muito bem que deveriam cometer muitos erros. Mas, em cada um desses casos, eles acreditavam que "os fatos" existiam e eram mais ou menos descobertos. E, na prática, sempre houve um considerável conjunto de fatos com os quais quase todos concordavam. Quem pesquisar a história da última guerra, por exemplo, na *Enciclopédia Britânica*, descobrirá que uma quantidade respeitável de material foi extraída de fontes alemãs. Um historiador britânico e um alemão discordariam profundamente em muitas coisas, até mesmo nos fundamentos, mas ainda haveria aquele conjunto de fatos neutros sobre os quais nenhum desafiaria o outro com seriedade. É essa base comum de acordo, com sua implicação de que os seres humanos são todos uma espécie de animal, que o totalitarismo destrói. A teoria nazista de fato nega especificamente a existência de algo como "a verdade". Não existe, por exemplo, algo como "ciência". Existe apenas "ciência alemã", "ciência judaica" etc. O objetivo implícito dessa linha de pensamento é um mundo de pesadelo no qual o líder, ou alguma camarilha dominante, controla não apenas o futuro, mas o passado. Se o chefe disser sobre esse ou aquele evento: "Isso nunca aconteceu" — bem, nunca aconteceu. Se ele disser que dois mais dois são cinco — bem, dois mais dois são cinco.[78] Essa perspectiva me assusta muito mais do que bombas — e, depois de nossas experiências dos últimos anos, essa não é uma declaração frívola.

Será que é infantil ou mórbido aterrorizar-se com visões de um futuro totalitário? Antes de descartar o mundo totalitário como um pesadelo que não pode se tornar realidade, basta lembrar que, em 1925, o mundo de hoje teria parecido um pesadelo que não poderia se tornar realidade. Contra esse mundo volátil e fantasmagórico em que o preto pode ser branco amanhã e o clima de ontem pode ser mudado por decreto, existem na realidade apenas duas garantias. Uma delas é que, por mais que você negue a verdade, ela continua existindo, por assim dizer, pelas suas costas e, consequentemente, não se pode violá-la de maneira que isso prejudique a eficiência militar. A outra é que, enquanto houver algum lugar da Terra não conquistado, a tradição liberal poderá se manter viva. Deixe o fascismo, ou talvez uma combinação de vários fascismos, conquistar o mundo inteiro, e essas duas condições não existirão mais. Nós, na Inglaterra, subestimamos o perigo desse tipo de coisa, porque nossas tradições e nossa segurança anterior nos deram uma crença emocional de que tudo dá certo no final e que aquilo que mais se teme nunca realmente acontece. Alimentados por centenas de anos com uma literatura na qual o bem invariavelmente triunfa no último capítulo, acreditamos meio que por instinto que o mal sempre é derrotado no longo prazo. O pacifismo, por exemplo, baseia-se amplamente nessa crença. Não é preciso resistir ao mal porque ele, de alguma forma, se autodestruirá. Mas por que deveria ser assim? Que evidência existe de que isso acontece? E qual é o exemplo de um estado moderno industrializado entrando em colapso, a menos que seja conquistado por uma força militar vinda do exterior?

Considere, por exemplo, a reinstituição da escravidão. Quem poderia imaginar, há vinte anos, que a escravidão voltaria para a Europa? Ora, a escravidão foi restaurada debaixo do nosso nariz. Os campos de trabalhos forçados em toda a Europa e no Norte da África, onde poloneses, russos, judeus e prisioneiros políticos de todas as raças labutam na construção de estradas ou na drenagem de pântanos em troca de parcas rações de comida são escravidão pura e simples. O máximo que se pode dizer é que a compra e venda de escravos por particulares ainda não é permitida. Por outros motivos — o rompimento de famílias, por exemplo —, as condições são provavelmente piores do que eram nas plantações de algodão americanas. Não há razão para pensar que essa situação mudará enquanto perdurar qualquer dominação totalitária. Não compreendemos todas as implicações desse problema, porque em nossa visão mística sentimos que um regime fundado na escravidão deve sucumbir. Mas vale a pena comparar a duração dos impérios escravocratas da Antiguidade com a de qualquer Estado moderno. Civilizações fundadas na escravidão duraram por períodos de 4 mil anos.

Quando penso na Antiguidade, o detalhe que me assusta é que aquelas centenas de milhões de escravos, em cujas costas a civilização se apoiou, geração após geração, não deixaram nenhum registro. Nem sequer sabemos seus nomes. Em toda a história grega e romana, quantos nomes de escravos você conhece? Posso pensar em dois, ou talvez três. Um é Spartacus e o outro é Epictetus. Além disso, na sala romana do Museu Britânico, há uma jarra de vidro com o nome do fabricante inscrito na parte inferior, "Felix fecit". Construí uma imagem mental vívida do pobre Felix (um gaulês ruivo com um colar de metal em volta do pescoço), mas na verdade ele pode não ter sido um escravo; portanto, existem apenas dois escravos cujos nomes eu de fato sei, e provavelmente poucas pessoas podem se lembrar de outros mais. O resto caiu no silêncio absoluto.

V

A espinha dorsal da resistência a Franco foi a classe trabalhadora espanhola, especialmente os sindicalistas das cidades. No longo prazo — é importante lembrar que é apenas a longo prazo —, a classe trabalhadora continua sendo o inimigo mais confiável do fascismo, apenas porque a classe trabalhadora tem mais a ganhar com uma reconstrução decente da sociedade. Ao contrário de outras classes ou categorias, ela não pode ser permanentemente subornada.

Dizer isso não é idealizar a classe trabalhadora. Na longa luta que se seguiu à Revolução Russa, foram os trabalhadores manuais os derrotados e é impossível não sentir que a culpa foi deles mesmos. Repetidas vezes, em um país seguido do outro, os movimentos organizados da classe trabalhadora foram esmagados pela violência aberta e ilegal, e seus camaradas no exterior, ligados a eles por solidariedade teórica, apenas olharam e nada fizeram; e, por baixo disso, causa secreta de muitas traições, há o fato de que entre empregados e operários de chão de fábrica não há sequer um discurso de solidariedade da boca para fora. Quem poderá acreditar na consciência de classe do proletariado internacional depois dos acontecimentos dos últimos dez anos? Para a classe trabalhadora britânica, o massacre de seus camaradas em Viena, Berlim, Madri, ou onde quer que seja, parecia menos interessante e menos importante do que a partida de futebol de ontem. No entanto, isso não altera o fato de que a classe trabalhadora continuará lutando contra o fascismo depois de os outros terem sucumbido. Uma característica da conquista nazista da França foram as deserções surpreendentes entre a intelectualidade, incluindo alguns da intelectualidade política de esquerda. A intelectualidade é o povo que grita mais alto contra o fascismo, mas uma parte respeitável deles cai no derrotismo quando chega o aperto. Eles são suficientemente previdentes para ver as probabilidades contra eles e, além disso, podem ser subornados — pois é evidente que os nazistas acham que vale a pena subornar intelectuais. Com a classe trabalhadora é o contrário. Ignorantes demais para perceber o truque que está sendo armado contra eles, eles engolem com facilidade as promessas do fascismo. No entanto, mais cedo ou mais tarde, sempre retomam a luta. Devem fazê-lo, porque em seus próprios corpos sempre descobrem que as promessas do fascismo não podem ser cumpridas. Para conquistar a classe trabalhadora de vez, os fascistas teriam que elevar o padrão geral de vida, o que são incapazes de fazer e, provavelmente, também não querem fazer. A luta da classe trabalhadora é como o crescimento de uma planta. A planta é cega e estúpida, mas sabe muito bem que deve continuar crescendo para cima, em direção à luz, e fará isso em face de desânimos sem fim. Pelo que os trabalhadores estão lutando? Simplesmente porque a vida digna de que estão mais e mais conscientes é agora tecnicamente possível. A consciência desse objetivo tem altos e baixos. Na Espanha, por um tempo, as pessoas agiram com consciência, caminhando em direção a uma meta desejada, a qual acreditavam que alcançariam. Isso explicava o sentimento curiosamente otimista que a vida no governo espanhol tinha durante os primeiros meses da guerra. O povo sabia em seu íntimo que a República era sua amiga e Franco era seu inimigo. Eles sabiam que estavam certos, porque estavam lutando por algo que o mundo lhes devia e era capaz de lhes dar.

É preciso se lembrar disso para ver a guerra espanhola em sua verdadeira perspectiva. Quando se pensa na crueldade, na miséria e na futilidade da guerra — e nesse caso particular, nas intrigas, nas perseguições, nas mentiras e nos mal-entendidos —, há sempre a tentação de dizer: "Um lado é tão mau quanto o outro. Eu sou neutro." Na prática, porém, não se pode ser neutro e dificilmente existe uma coisa como uma guerra em que não faz diferença quem vence. Quase sempre um lado representa mais ou menos o progresso, o outro lado mais ou menos a reação. O ódio que a República espanhola exerceu em milionários, duques, cardeais, playboys, reacionários e outros seria por si só o suficiente para mostrar como estava a situação. Em essência, foi uma guerra de classes. Se tivesse sido vencida, a causa das pessoas comuns em qualquer lugar teria sido fortalecida. Mas foi perdida, e os sacadores de dividendos em todo o mundo esfregaram as mãos. Esse era o verdadeiro problema; tudo o mais era espuma na superfície.

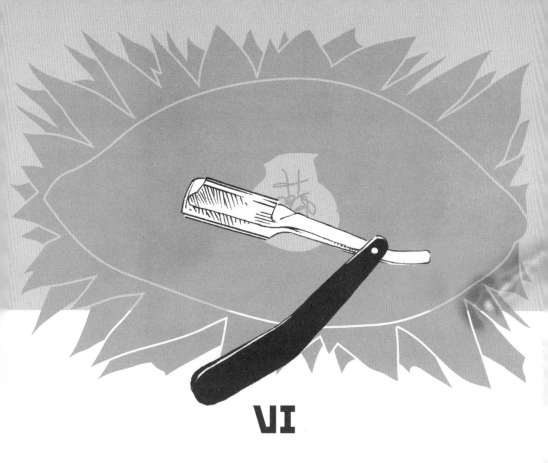

VI

O resultado da guerra espanhola foi definido em Londres, Paris, Roma, Berlim — não na Espanha, de qualquer forma. Depois do verão de 1937, aqueles capazes de ver perceberam que o governo não venceria a guerra a menos que houvesse alguma mudança profunda no sistema internacional, e a decisão de lutar contra Negrín e os outros pode ter sido parcialmente influenciada pela expectativa de que a guerra mundial, que, na verdade, eclodiu em 1939, estivesse chegando em 1938. A tão divulgada desunião do lado do governo não foi a principal causa da derrota. As milícias do governo foram organizadas às pressas, eram precariamente armadas e não tinham imaginação alguma em suas estratégias militares, mas tudo isso se desenvolveria da mesma forma se um acordo político completo tivesse sido feito desde o início. Quando a guerra eclodiu, o operário espanhol médio nem sequer sabia como disparar um fuzil (nunca houve recrutamento geral na Espanha), e o pacifismo tradicional da esquerda era uma grande desvantagem. Os milhares de estrangeiros que serviram na Espanha eram uma boa infantaria, mas havia poucos especialistas de qualquer tipo entre eles. A tese trotskista de que a guerra teria sido vencida se a revolução não tivesse sido sabotada era provavelmente falsa. Nacionalizar fábricas, demolir igrejas e publicar manifestos revolucionários não teria tornado os exércitos mais eficientes. Os fascistas venceram porque eram os mais fortes; eles tinham armas modernas e os outros, não. Nenhuma estratégia política compensaria isso.

O fator mais desconcertante da guerra espanhola foi o comportamento das grandes potências. A guerra foi vencida para Franco pelos alemães e pelos italianos, cujos motivos eram bastante óbvios. Os motivos da França e do Reino Unido são menos fáceis de entender. Em 1936, estava claro para todos que, se o Reino Unido apenas ajudasse o governo espanhol, mesmo no valor de alguns milhões de libras em armas, Franco entraria em colapso e a estratégia alemã seria gravemente afetada. Naquela época, não era preciso ser clarividente para prever que a guerra entre o Reino Unido e a Alemanha estava chegando. Podia-se até prever que isso aconteceria dentro de um ou dois anos. No entanto, da maneira mais mesquinha, covarde e hipócrita, a classe dominante britânica fez tudo o que pôde para entregar a Espanha a Franco e aos nazistas. Por quê? Porque eles eram pró-fascistas, era a resposta óbvia. Eram, sem dúvida, mas, quando chegou o confronto final, escolheram enfrentar a Alemanha. Ainda é muito incerto qual plano era seguido no apoio a Franco, e pode não ter tido claramente plano nenhum. Se a classe dominante britânica é imoral ou apenas estúpida é uma das questões mais difíceis do nosso tempo e, em certos momentos, uma questão muito importante. Quanto aos russos, seus motivos na guerra espanhola são completamente inescrutáveis. Eles, como acreditavam os simpatizantes dos comunistas, intervieram na Espanha para defender a democracia e frustrar os nazistas? Então, por que eles intervieram em uma escala tão avarenta e por fim deixaram a Espanha em apuros? Ou será que, como afirmam os católicos, atuaram para fomentar a revolução na Espanha? Então, por que eles fizeram de tudo para esmagar os movimentos revolucionários espanhóis, defender a propriedade privada e entregar o poder à classe média contra a classe trabalhadora? Ou será que, como sugeriram os trotskistas, intervieram simplesmente para impedir uma revolução espanhola? Então, por que não apoiaram Franco? De fato, as suas ações são mais facilmente explicadas se presumirmos que agiram por vários motivos contraditórios. Acredito que, no futuro, começaremos a sentir que a política externa de Stalin, em vez de ser tão diabolicamente inteligente como se diz, foi apenas oportunista e estúpida. Mas, de qualquer forma, a Guerra Civil Espanhola demonstrou que os nazistas sabiam o que estavam fazendo e seus oponentes não. A guerra foi travada com baixo nível técnico e sua estratégia principal era muito simples. O lado que tivesse mais armas venceria. Os nazistas alemães e os fascistas italianos deram armas aos seus amigos fascistas espanhóis, e as democracias ocidentais e os russos não deram armas aos que deveriam ter sido seus amigos. Assim, a república espanhola pereceu, tendo "ganhado o que nenhuma república queria".

Se era correto, como sem dúvida fizeram todos os esquerdistas de outros países, encorajar os espanhóis a continuar lutando quando não venceriam, é uma pergunta difícil de responder. Eu mesmo acho que foi o correto, porque acredito que é melhor, até do ponto de vista da sobrevivência, lutar e ser conquistado do que se entregar sem lutar. Os resultados na grande estratégia da luta contra o fascismo ainda não podem ser avaliados. Os exércitos maltrapilhos e sem armas da República resistiram por dois anos e meio, o que, sem dúvida, foi mais tempo do que seus inimigos esperavam. Mas, se isso mudou o cronograma fascista ou se, por outro lado, só adiou a grande guerra e deu aos nazistas tempo extra para ajustar sua máquina de guerra, isso ainda é incerto.

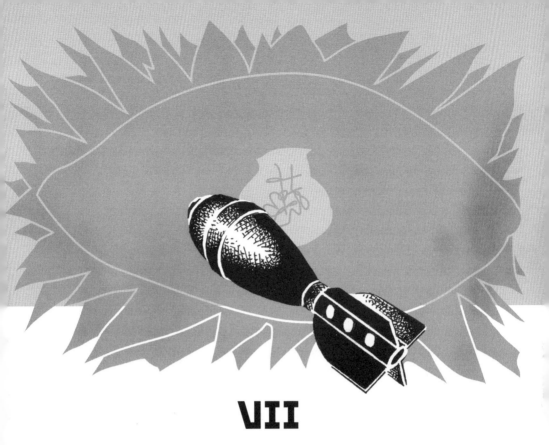

VII

Nunca penso na guerra espanhola sem que duas lembranças venham à minha mente. Uma é a da enfermaria do hospital de Lérida e as vozes um tanto tristes dos milicianos feridos cantando uma canção com um refrão que terminava assim: "*Una resolucion, luchar hast'al fin!*"

Bem, eles lutaram até o fim. Nos últimos dezoito meses de guerra, os exércitos republicanos devem ter lutado quase sem cigarros e com pouquíssima comida. Mesmo quando saí da Espanha, em meados de 1937, a carne e o pão eram escassos, o tabaco, uma raridade, café e açúcar, quase inacessíveis.

A outra memória é do miliciano italiano que apertou minha mão na sala da guarda, no dia em que entrei para a milícia. Escrevi sobre esse homem no início do meu livro sobre a guerra espanhola e não quero repetir o que já disse. Quando me lembro — oh, que nitidez! — de seu uniforme surrado e seu rosto bravo, comovente e inocente, as complexas questões secundárias da guerra parecem desvanecer-se e vejo claramente que, de qualquer forma, não havia dúvida de quem estava certo. Apesar da política de poder e das mentiras da imprensa, a questão central da guerra era a tentativa de pessoas como ele de ganhar uma vida decente, que sabiam ser seu direito de nascença. É difícil pensar no provável fim desse homem em particular sem ter vários sentimentos de amargura. Como o conheci no Quartel Lênin, ele provavelmente era um trotskista ou anarquista e, nas condições peculiares de nosso tempo, quando pessoas desse tipo não são mortas pela Gestapo, geralmente são mortas pela GPU [depois OGPU e, na época, NKVD]. Mas isso não afeta os resultados no longo prazo. O rosto desse homem, que vi apenas por um ou dois minutos, permanece comigo como uma espécie de lembrete visual do que era a guerra de fato. Ele simboliza para mim a flor da classe trabalhadora europeia, atormentada pela polícia de todos os países, pessoas que enchem as valas comuns dos campos de batalha espanhóis e que agora estão atingindo a soma de vários milhões, apodrecendo em campos de trabalhos forçados.

Quando se pensa em todas as pessoas que apoiam ou apoiaram o fascismo, fica-se surpreso com sua diversidade. Que tripulação! Pense em um programa que, em alguma medida, por certo tempo, juntaria Hitler, Pétain, Montagu Norman, Pavelitch, William Randolph Hearst, Streicher, Buchman, Ezra Pound, Juan March, Cocteau, Thyssen, Padre Coughlin, o Mufti de Jerusalém, Arnold Lunn, Antonescu, Spengler, Beverley Nichols, Lady Houston e Marinetti. Todos no mesmo barco! Mas o fio é realmente muito simples. Todos são pessoas com algo a perder ou que anseiam por uma sociedade hierárquica e temem a perspectiva de um mundo de seres humanos livres e iguais. Por trás de todo o alarido que se fala sobre a Rússia "sem Deus" e o "materialismo" da classe trabalhadora está a simples intenção daqueles que têm dinheiro ou privilégios de se agarrar a eles. O mesmo vale para, embora contenha uma verdade parcial, toda a conversa sobre a inutilidade da reconstrução social não acompanhada por uma "mudança do coração". Os piedosos, desde o papa aos iogues da Califórnia, são ótimos nas "mudanças de coração", muito mais reconfortantes do seu ponto de vista do que uma mudança no sistema econômico. Pétain atribui a queda da França ao "amor ao prazer" das pessoas comuns. Pode-se ver isso em sua perspectiva correta se nos perguntarmos quanto prazer a vida de um camponês ou operário francês comum conteria em comparação com a de Pétain. A maldita impertinência desses políticos, padres, literatos e outros, que repreendem o socialista da classe trabalhadora por seu "materialismo"! Tudo o que o trabalhador exige é o que esses outros considerariam o mínimo indispensável, sem o qual a vida humana não pode ser vivida. Ter o suficiente para comer, ser livre do terror horripilante do desemprego, se certificar de que seus filhos terão uma chance justa, tomar banho uma vez por dia, ter roupas limpas com frequência, ter um telhado que não goteja e ter horas de trabalho curtas o suficiente para deixá-lo com um pouco de energia ao fim do dia. Nenhum dos que pregam contra o "materialismo" consideraria a vida suportável sem essas coisas. E com que facilidade esse mínimo seria alcançado se decidíssemos concentrar nossa mente nisso durante apenas vinte anos! Elevar o padrão de vida de todo o mundo ao do Reino Unido não seria um empreendimento maior do que a guerra que estamos travando agora. Não afirmo, e não sei quem o faz, que isso não resolveria nada por si só. Acontece apenas que a privação e o trabalho bruto devem ser abolidos antes que os problemas reais da humanidade possam ser enfrentados. O maior problema de nosso tempo é a decadência da crença na imortalidade pessoal, o que não pode ser enfrentado enquanto o ser humano comum está trabalhando como um animal ou tremendo de medo da polícia secreta. Quão certas estão as classes trabalhadoras em seu "materialismo"! Como têm razão em perceber que a barriga vem antes da alma, não na escala de valores, mas no tempo! Compreenda isso, e o longo horror que estamos enfrentando se torna pelo menos inteligível. Todas as considerações que podem nos fazer vacilar — os cantos de sereia de um Pétain ou de um Gandhi, o fato inescapável de que para lutar é preciso degradar-se, a posição moral equívoca do Reino Unido, com suas frases democráticas e seu império de assalariados estrangeiros, o desenvolvimento sinistro da Rússia soviética, a farsa miserável da política de esquerda — tudo isso se desvanece, e vemos apenas a luta das pessoas comuns que despertam gradualmente contra seus patrões e seus mentirosos e puxa-sacos contratados. A questão é muito simples. Será que pessoas como aquele soldado italiano podem levar uma vida decente[79] e humana agora que é tecnicamente viável ou não? Deve o homem comum ser empurrado de volta para a lama ou não? Eu acredito, talvez por motivos insuficientes, que o homem comum vai ganhar sua luta mais cedo ou mais tarde, mas quero que seja mais cedo e não mais tarde — em algum momento nos próximos cem anos, digamos, e não em algum momento nos próximos 10 mil anos. Essa foi a verdadeira questão da guerra espanhola, e da guerra atual, e talvez de outras guerras ainda por vir.

Nunca mais vi o miliciano italiano, nem nunca soube seu nome. Pode-se tomar como certo que ele está morto. Quase dois anos depois, quando a guerra estava visivelmente perdida, escrevi estes versos em sua memória:

> O SOLDADO ITALIANO APERTOU MINHA MÃO
> AO LADO DA MESA DA SALA DA GUARDA;
> A MÃO FORTE E A MÃO DELICADA
> CUJAS PALMAS SÓ PODEM
>
> ENCONTRAR-SE COM O SOM DE ARMAS,
> MAS OH! QUE PAZ EU SENTI ENTÃO
> AO CONTEMPLAR SEU ROSTO MACHUCADO
> MAIS PURO DO QUE O DE QUALQUER MULHER!
>
> AS PALAVRAS NOJENTAS QUE ME FAZEM VOMITAR
> AINDA ERAM SAGRADAS A SEUS OUVIDOS,
> ELE NASCEU SABENDO O QUE EU APRENDI
> LENTAMENTE A PARTIR DOS LIVROS.

AS ARMAS TRAIÇOEIRAS CONTARAM A VERDADE
E NÓS DOIS ACREDITAMOS,
MAS MINHA PEÇA ERA MESMO FEITA DE OURO —
OH! QUEM PODERIA IMAGINAR?

QUE A SORTE TE ACOMPANHE, SOLDADO ITALIANO!
MAS A SORTE NÃO É PARA OS BRAVOS;
O QUE O MUNDO DARIA DE VOLTA A VOCÊ?
SEMPRE MENOS DO QUE VOCÊ TEM DADO.

ENTRE A SOMBRA E O FANTASMA,
ENTRE O BRANCO E O VERMELHO,
ENTRE A BALA E A MENTIRA,
ONDE VOCÊ ESCONDERIA SUA CABEÇA?

POIS ONDE ESTÁ MANUEL GONZALEZ,
E ONDE ESTÁ PEDRO AGUILAR,
E ONDE ESTÁ RAMON FENELLOSA?
OS VERMES SABEM ONDE ELES ESTÃO.

SEU NOME E SEUS ATOS FORAM ESQUECIDOS
ANTES DE SEUS OSSOS SECAREM,
E A MENTIRA QUE TE MATOU ESTÁ ENTERRADA
SOB UMA MENTIRA MAIS PROFUNDA;

MAS O QUE EU VI NO SEU ROSTO
NENHUM PODER APAGARÁ:
NENHUMA BOMBA IRÁ JAMAIS
QUEBRAR O CRISTAL DO ESPÍRITO.

GLOSSÁRIO

ANARQUISMO — Doutrina que acredita que o governo é prejudicial e, portanto, deve ser suprimido. Na Espanha, os anarquistas eram representados principalmente pela Confederação Nacional do Trabalho (CNT) e pela Federação Anarquista Ibérica (FAI). Para acabar com o Estado, com a propriedade privada e com as classes sociais, convocaram greves e tomaram indústrias, mas o objetivo maior era fazer uma revolução social. Durante a guerra civil, contrariaram os próprios princípios e aceitaram fazer parte do governo catalão, depois de receber o convite do presidente da Generalitat, Lluís Companys. Em 21 de julho, foi criado o Comitê Central de Milícias Antifascistas, que funcionou como o governo de fato, cuidando da segurança e dos serviços básicos. Dos quinze postos, três foram oferecidos aos representantes da CNT e dois aos da FAI. Em novembro, quatro integrantes da CNT ocuparam cargos de ministro no governo republicano, em Madri. Foi a única vez na história em que os anarquistas integraram um governo nacional.

BRIGADAS INTERNACIONAIS — Foram criadas em 22 de outubro de 1936 por iniciativa da Terceira Internacional (Comintern) e de partidos comunistas do mundo todo. O objetivo era suprir os republicanos com soldados para lutar contra os franquistas. Cada partido comunista do mundo deveria enviar cem voluntários à Espanha, de onde eles seguiriam ordens vindas de Moscou. O Partido Comunista do Brasil (PCB) conseguiu alistar cerca de vinte militantes, a maioria com formação militar. Nem todos os estrangeiros que participaram das brigadas internacionais, porém, eram comunistas, tanto que vários deles acabaram sendo perseguidos pelos comunistas depois, como relata Orwell. Em 1996, já durante a democracia, todos os partidos do Parlamento em Madri aprovaram uma lei que deu nacionalidade espanhola aos estrangeiros que participaram das Brigadas Internacionais.

CNT — A Confederação Nacional do Trabalho foi um sindicato criado em 1910, alinhado com os ideais anarquistas. Seus integrantes eram fascinados pela revolução bolchevique e queriam promover algo semelhante na Espanha. Contudo, tornaram-se críticos do autoritarismo de Josef Stalin e abandonaram o Comintern.

COMINTERN — A Internacional Comunista, abreviada como Comintern, também chamada de Terceira Internacional, era uma organização de partidos comunistas de vários países, que funcionava sob a tutela da URSS. Com sede em Moscou, realizava congressos periódicos e mantinha órgãos administrativos, como um comitê executivo. Apesar de seu objetivo declarado ser promover a revolução mundial, com Josef Stalin, o Comintern passou a se concentrar na defesa da URSS, "a pátria da revolução". Todos os partidos comunistas tiveram que se submeter cegamente ao partido comunista soviético e deixaram de priorizar a realização de revoluções locais. O Comintern ofereceu ajuda à República Espanhola e enviou as Brigadas Internacionais, compostas de membros dos partidos comunistas do mundo todo. Orwell afirma que o objetivo do Comintern na Espanha não era fazer uma revolução, mas evitá-la. "Na realidade, foram principalmente os comunistas que impediram a revolução na Espanha", escreve Orwell no Apêndice 01.

COMUNISMO — Karl Marx definiu o comunismo como uma evolução do socialismo, em que a propriedade privada seria abolida. Mas muitos autores e ditadores usam comunismo e socialismo como sinônimos. Orwell se refere aos comunistas para falar dos que eram leais à URSS, e, portanto, a Josef Stalin. Na Espanha, eles controlavam o PSUC, que se dizia socialista. Comunistas e socialistas espanhóis eram inimigos dos trotskistas, considerados traidores.

EXÉRCITO POPULAR — Formado em outubro de 1936 pelo governo republicano para unir os diversos grupos que combatiam os franquistas. Na Catalunha, começou a funcionar em fevereiro de 1937, segundo Orwell. Contou com organização central, incorporando várias milícias, e recebeu armas fornecidas pela URSS.

EXÉRCITO VERMELHO — Força armada fundada por Leon Trótski logo depois da Revolução Bolchevique, em 1917, que ajudou a URSS a vencer a guerra civil que se seguiu e, depois, a Segunda Guerra Mundial.

FALANGISMO — Fundada na Espanha, em 1933, a Falange foi um partido inspirado no fascismo italiano e financiado por ele. No ano seguinte, fundiu-se com as Juntas de Ofensiva Nacional-Sindicalista (JONS), pró-nazista, formando a Falange Espanhola de las JONS. De início, seu líder, José António Primo de Rivera, pregava uma revolução nacionalista e violenta e suas milícias usavam camisas azuis. Rivera foi assassinado pelos republicanos na prisão de Alicante, em 20 de novembro de 1936, o que permitiu a Franco assumir o controle do partido. A Falange então se aproximou de outras organizações de direita. O falangismo sob Franco juntava o fervor católico a nacionalismo e militarismo. Seus inimigos eram o capitalismo e o marxismo.

FRANCISCO FRANCO — Um dos principais militares que orquestraram o golpe contra a República espanhola, em 17 de julho de 1936, junto a José Sanjurjo e Emilio Mola, o que culminou na Guerra Civil Espanhola. Ele já havia ocupado os cargos de chefe do Estado Maior e diretor da Academia Militar. Com a morte de Sanjurjo e

Mola nos primeiros meses da guerra em acidentes aéreos, Franco consolidou-se como o líder dos rebeldes.

FRENTE POPULAR — Coalizão de partidos vinda de um conceito desenvolvido nos anos 1930, em que a URSS entendeu ser possível colaborar com outras forças de esquerda, como pró-URSS e trotskistas, em outros países para impedir o avanço do fascismo. Em fevereiro de 1936 a Frente Popular venceu a eleição na Espanha. No mesmo ano, a relação entre eles se deteriorou.

FEDERAÇÃO ANARQUISTA IBÉRICA (FAI) — Organização de sindicatos anarquistas que apoiava a CNT e produziu a "bomba FAI".

GENERALITAT DE CATALUNYA — O governo local da Catalunha, que tinha alto grau de autonomia.

GUARDA CIVIL — Polícia com status militar da Espanha. Com a criação da Guarda de Assalto, a Guarda Civil ficou encarregada de garantir a ordem no campo. Depois da tentativa de golpe de Franco, em 1936, cerca de metade dos membros da Guarda Civil apoiou a República.

ILP — Sigla para o Partido Trabalhista Independente, de vertente trotskista, que se desmembrou do Partido Trabalhista, em 1932. Existiu até 1975, quando seus parlamentares voltaram a integrar o antigo partido. O ILP enviou britânicos para lutar no Poum, entre eles, George Orwell. Seu representante em Barcelona era John McNair.

NKVD — Antiga polícia secreta da URSS, precursora da KGB e da atual FSB. Em 1934, assumiu a OGPU. Esses órgãos foram usados por Stalin para consolidar seu poder. Entre os anos de 1937 e 1938, 750 mil pessoas foram executadas pela NKVD, incluindo milhares de membros do Partido Comunista, militares e agentes de segurança. Na

Guerra Civil Espanhola, a NKVD executou anarquistas e membros do Poum, inclusive seu líder, Andrés Nin. Também torturaram Georges Kopp, amigo de Orwell. Foi um agente da NKVD, Ramón Mercader, que assassinou Trótski na Cidade do México, em 1940, com um picador de gelo.

OGPU — Iniciais de Diretório Político Unificado do Estado. Em dezembro de 1917, logo nos primeiros dias de governo bolchevique, criou-se a Tcheka, uma comissão com o objetivo de neutralizar atos contrarrevolucionários e de sabotagem. Mas logo a Tcheka, com cerca de 250 mil membros, se tornou um veículo para prender e executar todos os considerados "inimigos de Estado". Em 1921, a Tcheka matou 140 mil pessoas na URSS. Em 1922, foi substituída pela GPU e, um ano depois, pela OGPU. A organização então passou a cuidar da administração dos campos de trabalho forçado e da vigilância da população civil, com informantes infiltrados em todos os lugares. Com Stalin, a OGPU passou a realizar os processos forjados contra inimigos do ditador. Também ficou encarregada da coletivização do campo e da deportação forçada de pequenos agricultores. Quando Orwell chegou à Espanha, a OGPU já tinha sido assimilada à NKVD, que depois se transformaria na KGB e, atualmente, na FSB.

POUM — O Partido Operário de Unificação Marxista apoiou a coligação de partidos que venceu a eleição da Espanha, em fevereiro de 1936. Sua definição ideológica é complexa. O Poum buscava a revolução social, apoiada na classe trabalhadora. Também se opunha à ditadura de Josef Stalin na URSS. O Poum até abandonou a Internacional Comunista (Comintern), controlada por Moscou. Seu líder, Andrés Nin, foi secretário de Leon Trótski. Por causa disso, os comunistas diziam que o Poum era trotskista, embora Nin tenha se desentendido com Trótski, que criticou o partido, como Orwell explica no Apêndice 02. Brasileiros que aderiram ao Poum na Espanha foram considerados traidores pelos colegas comunistas. Ao se opor aos comunistas, o Poum se aproximou dos anarquistas, contudo eram grupos diversos. O historiador Antony Beevor julga mais seguro considerar o Poum como uma oposição de esquerda à URSS.

PSUC — O Partido Socialista Unificado da Catalunha era comunista e próximo da URSS. Nasceu da união das seções catalãs de partidos comunistas e socialistas, em 1936.

REPÚBLICA/REPUBLICANOS — A Segunda República espanhola teve início em 14 de abril de 1931, com a abdicação do rei Alfonso XIII. Esse período durou até o final da Guerra Civil Espanhola. Todos os que integraram esse governo ou o defenderam contra os fascistas eram chamados de republicanos.

STALINISMO — Lênin deixou a vida política após o segundo de três derrames cerebrais, em 1922. Quem assumiu o poder foi Josef Stalin. Com a morte de Lênin, em 1924, Stalin estendeu sua influência à Internacional Comunista e passou a aplicar seus métodos de controle. Ele desenvolveu a tese de "socialismo em um só país". Com isso, os partidos comunistas dos outros países, que participavam da Internacional Comunista, passaram a ter que demonstrar submissão total a Moscou e a ter como principal objetivo a defesa da URSS.

TROTSKISMO — Ideologia marxista baseada nas ideias de Leon Trótski (1879-1940). Seu principal conceito era "uma revolução permanente", em que o socialismo deveria se espalhar pelo mundo todo, e não ficar restrito apenas a um país, como queria Josef Stalin.

NOTAS

1 Os italianos foram os primeiros a chegar à Espanha para lutar contra o fascismo. O lema deles era: "*Oggi in Spagna, domani in Italia.*" Em tradução livre: "Hoje na Espanha, amanhã na Itália." [Esta e as demais notas são do tradutor, exceto quando indicado de outro modo.]

2 Em 17 de julho de 1936, um grupo de militares, incluindo o general Francisco Franco, deu início a um golpe de Estado na Espanha. Uma semana depois, o governo republicano tinha conseguido resistir e ainda mantinha mais da metade do território. Sindicalistas e policiais foram essenciais na defesa de Barcelona. Durante esse período, operários e anarquistas aproveitaram-se do caos e tomaram o controle de 3 mil estabelecimentos, representantes de 70 a 80% de todas as indústrias e negócios da cidade.

3 Estima-se que 6,8 mil bispos, padres, monges e freiras tenham sido mortos pelos anarquistas e republicanos, frequentemente após sofrerem tortura. Padres foram castrados, queimados vivos ou tiveram de cavar a própria cova. "Para os anarquistas, pelo menos, a Igreja representava nada além do braço de operações psicológicas do Estado", escreve Antony Beevor em *A batalha pela Espanha*. Desde 1939, a Igreja católica beatificou centenas desses religiosos.

4 Com o início da guerra civil, entre 300 e 400 mil espanhóis fugiram das áreas atacadas pelos militares franquistas e se refugiaram na

Catalunha, poupada do conflito militar em grande parte. A população de Barcelona aumentou 40% e seus habitantes passaram a sofrer com a escassez de muitos produtos.

5   O grupo anarco-feminista Mujeres Libres, que chegou a ter 30 mil membros, pregou cartazes nos bairros de vida noturna para persuadir prostitutas a deixarem o trabalho. O grupo também criou centros de treinamento, nos quais elas aprendiam outro ofício. Em um artigo de jornal, Orwell cita o que dizia um cartaz colocado em um bordel: "Por favor, tratem as mulheres como camaradas."

6   Por serem críticos da ditadura de Josef Stalin, as milícias do Poum não receberam armas da URSS. Além disso, o governo da Catalunha, republicano, não distribuiu armas para os anarquistas e outras milícias temendo uma revolta.

7   Região vizinha à Catalunha, Aragão fica no leste da Espanha e possui planícies áridas, planaltos elevados e picos cobertos de neve, nos Pireneus. Orwell ficou cerca de cinco meses na região, hoje pouco visitada.

8   O ferrolho é a peça do fuzil que armazena o cartucho e onde ocorre a explosão que permite o disparo. Uma trava bloqueia a abertura traseira, impedindo que o tiro saia pela culatra.

9   Orwell se refere à Primeira Guerra Mundial.

10 Em uma carta para Yvonne Davet datada de 19 de junho de 1939, Orwell afirma que o nome deste local foi corrigido: "O nome Monte Oscuro pode ser alterado para Monte Trazo — eu estava definitivamente errado".

11 O golpe militar se iniciou em 17 de julho no território espanhol do Marrocos. Franco arregimentou soldados mouros, ou árabes, do

Exército da África para lutar contra o governo espanhol. Como a marinha republicana impediu o transporte das tropas rebeldes pelo mar Mediterrâneo, Adolf Hitler e Benito Mussolini enviaram aviões como apoio ao general. Cerca de 12 mil soldados foram transportados nos dois primeiros meses da guerra, e calcula-se que 136 mil marroquinos tenham lutado no exército de Franco em todo o conflito. Muçulmanos, os marroquinos foram convocados a lutar ao lado dos franquistas, católicos fervorosos, com a justificativa de que era preciso defender as religiões dos comunistas ateus.

12 No dia 3 de fevereiro de 1937, Málaga começou a ser bombardeada por aviões italianos e navios espanhóis. A resistência durou três dias. Então, tanques e tropas italianos entraram na cidade. Cerca de 10 mil milicianos camisas negras italianos participaram do conflito. Após a conquista da cidade, 4 mil republicanos foram assassinados. Ao fugir caminhando por uma estrada pela costa, famílias de refugiados, famintas e cansadas, foram bombardeadas pelo ar e pelo mar, e acabaram metralhadas.

13 A Guarda de Assalto foi uma força paramilitar criada em 1931 com o objetivo de lidar com a violência urbana, enquanto a Guarda Civil ficou encarregada de tomar conta do campo. De cada três guardas de assalto, dois ficaram do lado dos republicanos após a eclosão da guerra civil. Eles foram importantes para reprimir o levante dos militares franquistas em Barcelona, em 1936, e para defender a capital Madri.

14 A Coluna Internacional foi a 11ª Brigada Internacional, comandada pelo general soviético Emilio Kléber, também conhecido como Manfred Stern ou Lazar Stern. Era uma unidade muito bem organizada e com alto nível de disciplina, que chegou a Madri pouco antes dos militares franquistas atacarem a capital, em novembro de 1936. Com ajuda da população e armados pela URSS, eles conseguiram

deter os invasores. Mesmo sendo constantemente bombardeada, a cidade resistiu por três anos e só caiu em março de 1939.

15 Loja da Marinha e do Exército britânico. [N. E.]

16 Cerca de seiscentas cooperativas, *colectivos*, foram criadas em Aragão. Nelas, as terras foram divididas em pequenos lotes. Antigos proprietários continuaram com suas terras, que não podiam ter uma área maior da que uma família pudesse trabalhar sem que se contratasse funcionários.

17 A canção "The Quartermaster's Store" ("A intendência do quartel", em tradução livre) fala do setor de provisões, que fornece comida e uniformes para os soldados. Suas origens remontam ao século XVII, e ela foi muito cantada pelo exército inglês na Primeira Guerra Mundial. Também virou popular em acampamentos de escoteiros e existem até versões para crianças. Como se trata de uma tradição oral, a letra varia um pouco. O tema é a sujeira das instalações e o refrão diz: "Minha vista está embaçada/ Não consigo ver/ Eu não trouxe os meus óculos comigo."

18 Camponeses de Aragão entraram em conflito com os anarquistas, que impuseram a coletivização das terras, chegando à violência em vários momentos. Embora trabalhadores sem-terra tenham se animado com a coletivização do campo, pequenos proprietários viram a medida com desconfiança. "Camponeses de Aragão se ressentiam do fato de receberem ordens de trabalhadores industriais catalães, e muitos temiam uma coletivização das terras ao estilo da Rússia", escreve Antony Beevor em *The Battle for Spain*.

19 O Vaticano reconheceu na prática o governo de Franco ao enviar um delegado apostólico para a Espanha em 28 de agosto de 1937. O reconhecimento oficial veio um ano depois, em 18 de maio, quando Franco enviou um embaixador para a Santa Sé. Após

vencer os republicanos, Franco deu à Igreja o controle da educação no país.

20 Orwell tinha pavor de ratos, que aparecem em oito dos seus nove livros. A tortura final de Winston Smith, o protagonista de *1984*, é ser atormentado com uma gaiola de ratos.

21 Os 20 mil alemães que lutaram do lado de Franco contra os republicanos eram todos soldados regulares, que haviam passado por treinamento militar e recebiam salários em seu país. Eles se revezavam em turnos na guerra. Franco, contudo, dizia que não havia estrangeiros entre suas tropas, que se chamavam de "nacionales".

22 Por ser a única metrópole industrial da Espanha, a Catalunha era a região mais desenvolvida do país. A taxa de analfabetismo era de 15%, quase metade do índice nacional, de 32%.

23 Aos dezenove anos, Orwell foi para a Birmânia, onde trabalhou como policial do Império Britânico por quatro anos. O país se tornou independente em 1948. Em 1989, seu nome foi oficialmente trocado para Mianmar.

24 Havia um bom motivo para dissolver as patrulhas de trabalhadores. Criadas nos primeiros dias da guerra e sob a liderança do anarquista Aurelio Fernández Sánchez, elas saíam à caça de pessoas consideradas burguesas de direita, invadindo e pilhando suas casas, prendendo e matando seus moradores. Em agosto de 1936, mais de quinhentas pessoas já tinham sido assassinadas em Barcelona, segundo o historiador Paul Preston.

25 É dito que as patrulhas de trabalhadores fecharam 75% dos bordéis. [N. A.]

26 Orwell calçava 44, um tamanho difícil de encontrar na Espanha naquela época.

27 O anarquista Antonio Martín Escudero, conhecido como o Coxo de Málaga, era um contrabandista membro da CNT que atuava na fronteira entre a Espanha e a França, nos Pireneus. Ele extorquia a população local, e muitos foram assassinados depois de ceder tudo o que tinham. Seu grupo também matou espanhóis tentando fugir para a França, além de padres e sacerdotes. Muitas de suas vítimas, inclusive mulheres e crianças, cavaram a própria cova antes de serem enterradas vivas. Escudero foi morto durante um tiroteio entre o seu grupo e os habitantes da cidade de Bellver de Cerdaña, que queriam acabar com o seu reinado de terror.

28 A decisão do governo da Catalunha de invadir o prédio da Central Telefônica ocorreu depois de um operador anarquista de telefonia ter interrompido uma ligação do presidente da República espanhola, Manuel Azaña Díaz, que se mudara de Madri para Barcelona.

29 Os Black and Tans foram uma força policial britânica criada em 1920 para conter os distúrbios provocados por revolucionários nacionalistas na Irlanda, na Guerra de Independência. Formada principalmente por ex-soldados da Primeira Guerra Mundial e com maioria britânica em seus quadros, era famosa pela truculência e, por isso, não contava com a simpatia da população.

30 John McNair, representante do ILP em Barcelona, foi quem acatou o pedido de Orwell para integrar as milícias do Poum. Orwell já era um autor famoso em 1936 pelos seus livros *Dias em Birmânia* e *Na pior em Paris e Londres*. McNair percebeu o valor propagandístico de ter Orwell em suas fileiras. O jornal do Poum em inglês, *The Spanish Revolution*, noticiou sua chegada para atrair mais voluntários. Orwell também prometeu a McNair escrever um artigo para o jornal britânico *New Leader*.

31 O punho cerrado começou a ser usado como símbolo antifascista no final do século XIX por movimentos de trabalhadores. Em 1929, o gesto foi patenteado pelo grupo alemão Guerreiros da Frente Vermelha, criado para proteger o Partido Comunista de ataques da extrema direita. Em 1932, o grupo passou a se chamar Ação Antifascista, ou antifa. Com a ascensão do nazismo no ano seguinte, seus líderes foram presos e levados para campos de concentração. Em diversos países, as Frentes Populares, criadas com apoio soviético, adotaram o símbolo e, na Guerra Civil Espanhola, o punho foi largamente usado pelos republicanos. A Brigada Abraham Lincoln, formada por norte-americanos — que contava com noventa pessoas negras —, levou mais tarde o símbolo para os Estados Unidos, onde passou a ser empregado contra o racismo.

32 No Hotel Falcón e no Hotel Continental, Orwell e outros ingleses foram espionados por um agente também inglês que trabalhava para a organização soviética NKVD, chamado David Crook. Ele se apresentava como jornalista e fotografou diversos documentos e agendas de contatos dos membros do Poum. Crook atuava principalmente à tarde, quando Orwell e os outros faziam a *siesta* com os espanhóis.

33 A OGPU era a polícia secreta da URSS que sucedeu a Tcheka e durou até 1934, quando foi incorporada à NKVD. A URSS enviou mais de 2 mil pessoas para a Guerra Civil Espanhola, sendo que seiscentas delas não eram soldados. Entre essas, havia entre vinte e quarenta membros da NKVD.

34 Com Madri sitiada pelas tropas dos militares golpistas, o governo republicano, liderado pelo primeiro-ministro Francisco Largo Caballero, mudou-se para Valência no dia 6 de novembro de 1936.

35 Orwell foi espionado por diversas agências em Barcelona. David Crook fez vários relatórios sobre ele, sua esposa, Eileen, e Georges Kopp. Além de Crook, comunistas alemães trabalhavam para o partido socialista catalão PSUC e para o setor de inteligência das brigadas internacionais, sob a supervisão da Internacional Comunista. Um dos relatórios produzidos por esse setor falava do "grupo inglês" do escritor, que aparecia em uma teia de contatos suspeitos com espiões franceses, que enviavam informações tanto para Mussolini como para a Gestapo.

36 Em seu livro *1984*, Orwell criou o Ministério da Verdade, em que seus funcionários tinham como profissão alterar ou criar o passado, assim como fazia o gordo agente russo no hotel.

37 A expressão "quinta coluna" foi usada pela primeira vez pelo general Emilio Mola y Vidal na Guerra Civil Espanhola. Ele disse a um jornalista que uma quinta coluna, formada pelos cidadãos de Madri, ajudaria as quatro colunas militares que marchavam para a capital para derrubar a República. "Homens que estão agora escondidos se levantarão e nos apoiarão tão logo nos coloquemos em marcha", disse Mola. A expressão, desde então, passou a designar os que colaboram com o inimigo.

38 Em 19 de julho de 1936, milícias anarquistas da CNT, guardas de assalto e membros da Guarda Civil de Barcelona repeliram um levante militar em Barcelona, o qual não contou com a adesão de vários oficiais e de jovens recrutas.

39 O socialista Francisco Largo Caballero, conhecido como "Lênin espanhol", foi líder da UGT e primeiro-ministro de setembro de 1936 até maio de 1937. Era a favor da revolução e defendia o fim da luta de classes, o que, segundo ele, aconteceria com a eliminação da classe média. Caballero não era querido pela URSS. Ele se recusou a banir o Poum após os conflitos de maio. Então, foi substituído

por Juan Negrín, um socialista que contava com apoio soviético e censurou a imprensa anarquista.

40 O exército rebelde, liderado pelo general Mola, conquistou Bilbao, a principal cidade do País Basco, em meados de junho. Dois meses antes, em 26 de abril, com o objetivo de afetar o moral basco, aviões nazistas bombardearam Guernica. Foi a primeira vez que uma cidade foi totalmente destruída por um bombardeio aéreo. O controle sobre o País Basco permitiu aos franquistas alistar forçadamente dezenas de milhares de soldados e controlar a produção de ferro.

41 Desertores presos podiam ser executados ou enviados a campos de prisioneiros e unidades de trabalho forçado, onde podiam ficar de quinze dias a três meses. Durante esse tempo, eram obrigados a cavar trincheiras ou erguer cercas de arames farpados, quando ficavam sob a mira de atiradores franquistas. Não recebiam salário e ficavam o tempo todo sob vigilância.

42 O valor da peseta era em torno de quatro pence. [N. A.]

43 Orwell chama os comissários bolcheviques de "metade gângsteres, metade gramofone" em seu livro *O caminho para Wigan Pier*, publicado em 1936.

44 Lérida foi palco de diversas atrocidades cometidas pelo Poum e por outros grupos armados de Barcelona, como FAI, CNT e UGT. Quando esses grupos passaram por ali a caminho de Aragão, executaram todos considerados fascistas: policiais, proprietários rurais, comerciantes, padres e freiras. Até outubro de 1936, 250 pessoas foram mortas, e integrantes do Poum passaram a viver nas casas mais abastadas.

45 Andrés Nin foi um jornalista espanhol integrante da CNT. Em meados de 1920, foi enviado para Moscou e tornou-se secretário de

Leon Trótski, que foi perseguido por Stalin. Como consequência disso, Nin foi expulso do país em 1930. De volta à Espanha, liderou o Poum. Em setembro de 1936, Nin passou a integrar o governo catalão até ser expulso por pressão do cônsul soviético e do PSUC, em dezembro. Nin é tido como a inspiração do personagem de *1984*, Emmanuel Goldstein, o "Inimigo do Povo".

46 Andrés Nin foi capturado por membros da NKVD e levado para uma prisão secreta em Madri, dentro de uma igreja. Foi então levado para outro lugar, onde ficou entre 18 e 21 de junho sendo interrogado. Mesmo sob tortura, ele se recusou a admitir acusações falsas, entre elas a de que teria passado a localização de alvos de artilharia para o inimigo. Foi transferido para uma casa, torturado até a morte e enterrado nas proximidades. Muros na Espanha começaram a aparecer pichados com a pergunta: "Onde está Nin?" Comunistas então escreviam logo abaixo: "Em Salamanca ou Berlim"

47 Ver os relatórios da delegação Maxton no Apêndice 02. [N. A.]

48 Apesar de Orwell acreditar que Kopp era da Bélgica, ele apenas foi criado no país. Kopp nasceu em São Petersburgo, na Rússia. Quando foi torturado pela polícia secreta soviética, um tradutor acompanhou a prática, embora não fosse necessário, já que ele falava russo. A questão é que, se os torturadores soubessem que ele tinha nascido na Rússia, Kopp seria um homem morto.

49 O setor de inteligência das brigadas internacionais, ligado à Internacional Comunista, apresentou um relatório que afirmava que Kopp e Eileen Blair, esposa de Orwell, desenvolveram um relacionamento próximo quando ele estava no front e ela, trabalhando para o Poum em Barcelona. "Eles estão em um relacionamento íntimo. É por isso que ela manda comida, livros, jornais etc... para ele na prisão", diz o texto.

50 A Carta Vermelha, ou "carta de Zinoviev", foi um documento falso publicado pelo jornal *Daily Mail* em 1924, em que o presidente da Internacional Comunista, Grigori Zinoviev, em Moscou, incitava o Partido Comunista britânico a promover atividades sediciosas. O Clube de Cavalaria é onde se reunia a elite da época. A mensagem apócrifa contribuiu para que os conservadores ganhassem as eleições seguintes.

51 A OGPU foi a polícia secreta da URSS entre 1923 e 1934. Foi conduzida por Stalin para deter e perseguir seus rivais políticos: anarquistas, produtores rurais refratários à coletivização das terras, intelectuais e trotskistas, que foram enviados a campos de trabalho forçado e assassinados pelos seus guardas. Em 1936, quando Orwell chega à Espanha, a OGPU já tinha sido incorporada à NKVD, que realizou diversas ações na Espanha.

52 Orwell provavelmente se refere ao Temple Expiatori de la Sagrada Família, que, na verdade, não é a catedral de Barcelona. Trata-se da maior obra do arquiteto Antoni Gaudí, um devoto religioso. O nome do templo embute a ideia de que os devotos deveriam expiar os pecados da modernidade, como o anticlericalismo, o ateísmo e o liberalismo. Na reação à tentativa de golpe dos franquistas, em 1936, anarquistas destruíram o escritório de Gaudí e queimaram seus desenhos e suas maquetes. Esse vandalismo depois levantou dúvidas sobre como a obra deveria ser concluída.

53 Kopp foi solto em dezembro de 1938, após pressão das autoridades belgas. Torturado pela NKVD nos dezoito meses em que esteve preso, ele pesava apenas 44 quilos e tinha várias cicatrizes pelo corpo quando foi libertado. Quem cuidou dele foi o cunhado de Orwell e sua esposa, na Inglaterra.

54 Um ano depois da publicação de *Homenagem à Catalunha*, em abril de 1939, o general Francisco Franco venceu a Guerra Civil

Espanhola. Cinco meses depois, o Reino Unido declarou guerra à Alemanha nazista, que invadira a Polônia. Era o início da Segunda Guerra Mundial.

55 No dia 1º de julho de 1937, bispos espanhóis publicaram uma carta coletiva para católicos do mundo todo, apoiando o movimento "cívico-militar" dos nacionalistas, encabeçado por Franco. Segundo eles, comunistas e anarquistas, apoiados pela Rússia, pretendiam realizar uma revolução para instituir o comunismo e eliminar a religião católica. A carta cita vários exemplos da violência propagada contra sacerdotes, que tiveram membros amputados, línguas cortadas, olhos arrancados, e que foram queimados e enterrados vivos. A guerra, segundo eles, seria um "remédio heroico" para retomar o reino da paz. "A Igreja, mesmo sendo filha do Príncipe da Paz, abençoou os símbolos da guerra, fundou ordens militares e organizou cruzadas contra os inimigos da fé", dizia o texto assinado por seis arcebispos, 35 bispos e cinco vigários gerais, e que não cita os crimes praticados pelos franquistas.

56 Quiroga, Barrios e Giral. Os dois primeiros se recusaram a distribuir armas para os sindicatos. [N. A.]

57 Delegados foram escolhidos proporcionalmente pelo número de membros de cada organização. Nove delegados representavam os sindicatos, três os partidos liberais e dois os partidos marxistas diversos (o Poum, os comunistas e outros). [N. A.]

58 Essa foi a razão de porque havia poucas armas russas no front de Aragão, onde as tropas eram predominantemente anarquistas. Até abril de 1937, a única arma russa que vi, com exceção dos aviões, que poderiam ou não ser russos, foi uma submetralhadora. [N. A.]

59 Na Câmara dos Deputados, em março de 1935. [N. A.]

60 Para o melhor relato da interação entre os partidos do governo, ver o livro *The Spanish Cockpit*, de Franz Borkenau. Esse é de longe o livro mais qualificado sobre o que aconteceu na guerra espanhola. [N. A.]

61 As críticas de Orwell ao stalinismo serão trabalhadas em seu próximo livro, *A revolução dos bichos* (*A Fazenda dos Animais*, em traduções recentes), de 1945. Na obra alegórica, os animais explorados em uma granja fazem uma revolução contra o seu proprietário, mas aos poucos os porcos submetem os outros animais e criam uma casta de privilegiados. Quem assume o comando é o porco Napoleão, que expulsa seu rival Bola de Neve. Napoleão é uma referência a Stalin e Bola de Neve seria Trótski. Em um texto de 1934, Trótski tinha comparado o stalinismo ao "bonapartismo".

62 Os números de membros do Poum são os seguintes: em julho de 1936, 10 mil; em dezembro de 1936, 70 mil; em junho de 1937, 40 mil. Mas as fontes são do próprio Poum; uma estimativa mais cética provavelmente dividiria esse número por quatro. A única coisa que se pode dizer a respeito do número de membros dos partidos políticos espanhóis é que sempre eram inflacionados pelos próprios partidos. [N. A.]

63 Gostaria de abrir uma exceção para o *Manchester Guardian*. Para escrever este livro, precisei pesquisar nos arquivos de muitos jornais. Dos grandes, o *Manchester Guardian* foi o único que cresceu em meu respeito por sua honestidade. [N. A.]

64 Os anarquistas eram contra a prostituição, pois entendiam que se tratava de uma depravação burguesa. No início da guerra, a maioria dos bordéis de Barcelona foi fechada. Muitos cafetões foram assassinados.

65 Trabalhadores britânicos, principalmente mineiros do País de Gales, enviaram alimento, equipamentos médicos e ambulâncias

para o governo republicano da Espanha, além de acolher crianças refugiadas do País Basco. O valor da ajuda chegou a 2 milhões de libras, cuja maior parte veio de pequenas doações.

66 Nessa época o Marrocos era dividido em um protetorado da Espanha e um protetorado da França. O país só obteve a independência de ambos em 1956.

67 Um número recente da *Inprecor* diz o exato oposto — que o *La Batalla* ordena que as tropas do Poum saiam do front já. Isso pode ser facilmente verificado no *La Batalla* da data mencionada. [N. A.]

68 *New Statesman* (14 de maio). [N. A.]

69 Na eclosão da guerra, os guardas civis acompanhavam o partido mais forte. Mais tarde, em várias ocasiões — por exemplo, em Santander —, os guardas civis locais mudaram em massa para o lado fascista. [N. A.]

70 A *Inprecor*, International Press Correspondence, era uma publicação da Terceira Internacional, voz da URSS stalinista, impressa mensalmente em diversas línguas.

71 No número 128 da rua La Rambla, uma placa lembra o desaparecimento de Andrés Nin. Nela, lê-se: "Aqui, no dia 16 de junho de 1937, seus companheiros viram pela última vez Andrés Nin (1892-1937), secretário político do Poum, lutador pelo socialismo e pela liberdade, vítima do stalinismo. Seus camaradas. Barcelona, 16 de junho de 1983."

72 Para relatórios das duas delegações veja o *Le Populaire* (7 de setembro) e o *Lalèche* (18 de setembro); relatório sobre a delegação Maxton publicado pelo *Independent News* (Rue Saint-Denis, Paris, 219) e pelo panfleto "Terror na Espanha", de McGovern. [N. A.]

73 O falangismo foi a ideologia fascista adotada e moldada por Francisco Franco, que unia a defesa de um Estado forte, o militarismo e valores católicos. Seu membro ideal deveria ser "meio monge, meio soldado".

74 Orwell, ao dizer que atrocidades podem ser consideradas verdade ou mentira segundo a predileção política, antecipa o debate sobre o viés de confirmação e as *fake news*, em que a realidade é interpretada segundo a opinião de quem a vê.

75 O pacto russo-alemão Molotov-Ribbentrop foi um acordo de não agressão assinado pelos ministros de Relações Exteriores da URSS stalinista, Viatcheslav Molotov, e da Alemanha nazista, Joachim von Ribbentrop, em 1939.

76 O historiador inglês Paul Preston estima que, na Guerra Civil Espanhola, 50 mil civis foram mortos nos territórios dominados pelos republicanos "vermelhos", enquanto ao menos 150 mil morreram nas áreas dominadas pelos franquistas "brancos" — três vezes mais. *O livro negro do comunismo*, escrito por diversos acadêmicos e publicado em 1997, afirma que o nazismo matou 25 milhões e o comunismo, 100 milhões.

77 A recriação do passado pela máquina de propaganda governamental será um dos principais tópicos de *1984*, publicado em 1949.

78 O protagonista Winston Smith, de *1984,* revolta-se contra a manipulação da realidade pelo governo do Grande Irmão e afirma: "No fim, o Partido haveria de anunciar que dois mais dois são cinco, e você seria obrigado a acreditar."

79 Nas indústrias de Barcelona de 1936, os operários trabalhavam sessenta horas por semana. Crianças começavam na labuta aos seis anos. O salário de um espanhol equivalia a 45% do de um britânico, e as mulheres ganhavam a metade ou menos do que os homens.

BIBLIOGRAFIA

ALMEIDA, Paulo Roberto. *Brasileiros na Guerra Civil Espanhola*: combatentes na luta contra o fascismo. Revista de Sociologia e Política, n. 12, jun. 1999, pp. 35-66.

BARRAYCOA, Javier. *El Cojo de Málaga o el Durruti de la Cerdaña*. Jornal La Razón. 15 fev. 2021. Disponível em: <https://www.larazon.es/memoria-e-historia/20210215/qdtqxpvvpnbf5bjzayafdnuzle.html>.

BEEVOR, Antony. *The battle for Spain*. The Spanish Civil War 1936-1939. 1. ed. Londres: Penguin Books, 2006.

CROOK, David. Autobiography - *Hampstead heath to Tian An Men*. Disponível em: < http://www.davidcrook.net/simple/downloads.html>. Acesso em: abr. 2021.

EPISCOPADO ESPANHOL. Carta colectiva de los obispos españoles a los obispos de todo el mundo con motivo de la guerra en España. Pamplona: Gráficas Descansa, 1937. Disponível em: <https://www.uv.es/Ivorra/Historia/SXX/carta.html>. Acesso em: mar. 2021.

KIRKPATRICK, Ann. *Playthings of a historical process*: prostitution in Spanish society from the restoration to the Civil War (1874-1939). Claremont Colleges Library Undergraduate Research Award, 2014. Disponível em: <http://scholarship.claremont.edu/cclura_2014/6>. Acesso em: mar. 2021.

LYNSKEY, Dorian. *The Ministry of Truth: A Biography of George Orwell's 1984*. Londres: Pac Macmillan, 2019.

MAGNOLI, Demétrio; BARBOSA, Elaine Senise. *O mundo em desordem: vol. 1 (1914-1945)*. Rio de Janeiro: Record, 2011.

ORWELL, George. *A Revolução dos bichos*. São Paulo: Faro Editorial, 2021.

ORWELL, George. *Homage to Catalonia*. Canadá: Delphine Lettau e Howard Ross, 1938.

ORWELL, George. *Looking back on the Spanish War*. Disponível em: <https://www.orwellfoundation.com/the-orwell-foundation/orwell/essays-and-other-works/looking-back-on-the-spanish-war>.

PRESTON, Paul. *La Guerra Civil Española*: reacción, revolución y venganza. Tradução: Francisco Rodríguez de Lecea, Maria Borràs, e Jordi Beltrán. Barcelona: Debolsillo, 2006.

PRESTON, Paul. *Lights and shadows in George Orwell's Homage to Catalonia*. Bulletin of Spanish Studies, 2017. Disponível em: http://eprints.lse.ac.uk/85333/1/Preston_Lights%20and%20shadows_2017.pdf.

SHERWOOD, Harriet. *How soviet spies targeted George Orwell during Spanish Civil War*. 2020. Disponível em: https://www.theguardian.com/books/2020/oct/11/revealed-soviet-spies-targeted-george-orwell-during-spanish-civil-war. Acesso em: mar. 2021.

STOUT, James. *The history of the raised fist, a global symbol of fighting oppression*. National Geographic, 2020. Disponível em: https://www.nationalgeographic.com/history/article/history-of-raised-fist-global-symbol-fighting-oppression>. Acesso em: jun. 2021.

TAYLOR, D.J. *Orwell: the life*. Londres: Vintage, 2004.

TREMLETT, Giles. *The International brigades*. Fascism, freedom and the Spanish Civil War. Londres: Bloomsbury Publishing, 2020.

VICH SÁEZ, Sergi. *Sanjurjo y Mola, dos accidentes oportunos para Franco*. La Vanguardia, 2020. Disponível em: <https://www.lavanguardia.com/historiayvida/historia-contemporanea/20201211/6107315/sanjurjo-mola-franco-golpe-estado-guerra-civil.html>. Acesso em: maio 2021.

**ASSINE NOSSA NEWSLETTER E RECEBA
INFORMAÇÕES DE TODOS OS LANÇAMENTOS**

www.faroeditorial.com.br

CAMPANHA

Há um grande número de portadores do vírus HIV e de hepatite que não se trata.

Gratuito e sigiloso, fazer o teste de HIV e hepatite é mais rápido do que ler um livro.

FAÇA O TESTE. NÃO FIQUE NA DÚVIDA!

ESTA OBRA FOI IMPRESSA
EM OUTUBRO DE 2021